Günter Seuren · Abdecker

Günter Seuren

Abdecker

März Verlag
BERLIN UND SCHLECHTENWEGEN

1. Auflage, März 1983

Umschlagmotiv nach einem Foto von
Argyris Sfountouris

Gesamtherstellung Beltz Offsetdruck,
Hemsbach über Weinheim
Printed in Germany

ISBN 3-88880-016-1

Is there a life before death?

Marshall McLuhan

Distant Early Warning

Hier, ja, das muß es sein, sie wollen unsere Hände nicht mehr loslassen, Hand in Hand sehen wir uns alles an, da waren vor uns schon zwei mit einem Kind, aber sie wollten die Vorzüge nicht sehen, das Kind ging so unruhig hin und her, und der Mann tat nichts, um sich in ein gutes Licht zu setzen, sie glauben, daß er eine Krankheit hatte, dann glauben sie, daß er müde war oder einfach nicht geschaffen für so ein Haus. Frau Bjarsch hat gesagt: Wenn er nur so dasteht und sich nicht mit einem Menschen beschäftigen kann, dann sollen die Zimmer leer bleiben, es ist ja nur, daß man gute Leute im Haus hat.

Wissen Sie, wie es da unten aussieht, in der Stadt? Mitten in der Nacht fallen Gegenstände um, ein Mann redet mit seiner Frau, bei offenem Fenster, rücksichtslos, der Mann fällt hin, er stammelt im Liegen, sie haben irgendwo einen Nachtbetrieb, versaufen alles, und tagsüber die Glockenschläge aus nächster Nähe, überall Glocken in der Stadt, hier ist das anders, auf so einem Berg, Sie haben ein Haus am Waldrand.

Das hören sie gern, da ist einer, der sie braucht, dringend, sonst muß er wieder Tageszeitungen kaufen und Annoncen blättern, aber da ist wenig Hoffnung, bald etwas Gutes zu finden, das hier, so ein Haus, steht sowieso nicht in der Zeitung.

Er wird sich nützlich machen, jetzt haben wir Herbst. Das muß alles weg, sagt Frau Bjarsch, wo bleibt der Wind? Wenn der Wind nicht kommt, müssen wir das Laub in der Hecke wegmachen, im Frühjahr müssen die neuen Blätter Platz

haben, dann wächst hier alles zu, dann kann uns keiner hineinsehen.
Ich heiße Anna-Roberta, ich stehe in den Büchern. Poesiealben meint sie vielleicht, Briefe, Reiseerinnerungen, Bergtouren hat sie gemacht, und die Herren sind alt geworden und groß, man kann sie anrufen, dann helfen sie, jeder auf seinem Posten, wenn er nicht tot ist, ja, einige antworten nicht mehr.
Das Trinkwasser soll hier besser sein als in der Stadt, weil es Quellwasser ist und kein Wasser vom Zürichsee, sagt man, der Waldführer erklärt, mit dem Zurückhalten der abfließenden Niederschläge durch die Waldmoosdecke wird ein wertvoller Ausgleich im Feuchtigkeitsgehalt des Bodens geschaffen. Zur Zeit trägt die Schneiderpuppe eine rote Seidenbluse, Frau Bjarsch wechselt die Kleidungsstücke auf der Schneiderpuppe; wenn sie gewechselt hat, sagt sie wieder: Das ist meine letzte Arbeit. Ihre Finger sind gern in der Luft, sie hantiert an unsichtbaren Kleidern, es ist lange her, daß sie sich mit richtigen Kleidern in Paris und Zürich beschäftigt hat.
Das Fräulein ist ja noch jung, eine schöne Brust, feste Beine, kein Bauch, später muß man da aufpassen, sie tätschelt den Hintern, sie streicht über Welas Bauch von oben nach unten. Morgens essen sie weichgekochte Eier, es gibt Knäckebrot und Kaffee, im Laufe des Tages süßes Gebäck und wieder Kaffee, abends so oder so, sagt Frau Bjarsch, Zwieback oder wieder Knäckebrot, kalte Milch oder Mineralwasser.
Elly hat sich ein graues Geschirrtuch umgebunden, man sieht es täglich, im Schoß steckt seit dem ersten Tag eine Sicherheitsnadel, sonst ist Elly schmucklos, die Schwestern haben auf dem Handrücken pralle Adern, die wie versteinert aussehen, auf dem gescheckten Fleisch trägt Frau Bjarsch einen Brillantring.
Beim Einzug kommen die alten Briefe aus ihren Löchern.

Sie war vor einem halben Jahr vorausgefahren, zurück in das alte Mädchenzimmer: Ich habe jetzt die grünen Läden wieder bekommen, die immer schon da waren. Sie sind frisch gestrichen. Einer ist immer zu, gibt ein gutes Licht, ich mag das Halbhelle. Jetzt nisten Tauben dazwischen. Eines Morgens habe ich sie angeschrien, sie gurren schon in aller Frühe, und der Goof im Nest wird immer dicker.
Man könnte die Anlage herrschaftlich nennen, wenn sie einen Gärtner kommen ließen, Bäume und Sträucher sind lange nicht geschnitten worden, das Laub fällt und bleibt liegen, der letzte Gärtner ist am Spaten zusammengebrochen, nein, nicht hier, er war fleißig und genügsam, keiner kann ihn ersetzen, sagen sie. Beim Rundgehen passe ich auf, daß ihnen die Zweige nicht ins Gesicht schlagen, oder daß sie nicht auf schlüpfriges Laub treten, sie leben auf, winken, ja, und im Sommer sind wir dann alle zusammen und sitzen hier am Steintisch, auf der Terrasse, überall Marmorfliesen, wo es immer so war, gut und schön, und das war einmal, Frau Bjarsch steckt die Finger ins Efeu, sie will etwas rausholen, sie kratzt, und plötzlich hat sie eine Wut auf Lügner und Diebe, früher war der Mann im Haus, geh, hol mir ein Taschentuch, Elly geht ins Haus und holt das Taschentuch für die Trauer, die andere sieht zu, wie sie geht und kommt, und braucht das Taschentuch nicht mehr. Man weiß schon, wo wir sind, sagt Frau Bjarsch, Weihnachten schicken sie immer Pralinen, große Packungen von der alten Firma, mein Mann war Mitbegründer, er war ein Boß, früher habe ich alles gemacht, ich habe das Haus gebaut, unten in der Stadt habe ich noch vier andere Häuser, manchmal denke ich, ob ich nicht weiterbauen soll, aber mein Sohn sagt, laß das, du hast ja alles, das ist Anna-Roberta, ich bin am Heiligabend geboren, ich habe zwei Plätze in der Oper, die teuersten, aber mein Sohn hat nicht immer die Zeit. Bald will sie mit Wela in die Oper gehen.

Hier ist der Wald, hier ist Schongebiet, Planquadrat H 5 auf der Stadtkarte ist schwach besiedelt. Der Wald ist mehr als eine bestimmte Anzahl von Bäumen, sagt der Waldführer. Als ein heftiges Gewitter über der Stadt niederging, ist die rote Seilbahn nicht gefahren. Das ist im Stadtplan die gezahnte Linie, den Geißbergweg hinauf, in einer turmartigen Station steigt man aus, Eltern mit schwer erziehbaren Kindern wenden sich nach links und erreichen nach ca. 300 Metern die Praxis von Professor Gandrian. Früher wurden Häuser in der Ekstase Sonnenschein oder Bergrose genannt. Eine Talfahrt kostet 30 Rappen, eine Bergfahrt 50 Rappen. Im Sommer sieht man von oben, wie in der Stadt ein Dachstuhl brennt. Einmal brannte das Motorrad, der Fahrer war bis zum Hals aus Leder, er ging um seine Maschine herum, ganz anders als man früher um ausgerutschte Pferde herumging, da konnte man noch eine Decke unter das Tier schieben, und alle Leute fanden das gut. Das war die Brandsache im November, das plötzliche Ende durch Schaum gefiel den Leuten nicht, sie hätten sich gern noch etwas länger an den Flammen gewärmt, der Fahrer verstand die Leute, er gab seinem brennenden Helm einen Tritt, die Leute schrien dankbar, als der Helm auf sie zurollte.
In der Stadt kostet ein Kaninchenkopf 15 Rappen, es heißt, Kaninchenköpfe sind nichts für uns, die sind für die andern, die verwerten Augen und alles, die Italiener breiten sich aus, sie kochen eine Suppe aus den Kaninchenköpfen, an der Suppe muß was dran sein, sie haben vier Klöten und eine Pfahlwurzel in der Hose.
Im Advent hatte die Stadt Angst vor Taschendieben und stellte Plakate auf, man sah künstlich lange Hände im Stadtbild. Etwas steuerte die Kinderstraßenbahn, etwas drehte eine Runde nach der andern, etwas winkte und bimmelte, ratsch, über den festlichen Kindskopf.
Sehen Sie, so gefallen Sie mir, hat Frau Bjarsch zu Wela

gesagt und hat sie wieder befingert, Brust und Schenkel, wie Sie jetzt dastehn, auf der Treppe, es ist nicht gut, wenn der Mensch allein ist, jetzt haben Sie eine schöne große Wohnung, Elly ist froh, daß jetzt ein Mann im Haus ist, da ist ein Magnolienbaum, und Sie haben Bad und so und Licht und sehen Sie. Die Klospülung hat sie abgezogen und hat den Porzellangriff festgehalten, nur erste Qualität, Gebrüder M. & R. Roth, Sanitäre Anlagen, Zürich I, und Sie haben es warm im Winter und so, was man zum Leben braucht, das viele gute Holz an Tür und Fenster und im Parkett, ja, und die Riegel, Elly machte vor, wie man die Riegel auf- und zuschiebt, Riegel an allen Türen.
An der eisernen Vorgartentür haben sie ein Leichtmetallschild, Warnung vor dem Hunde, eine Schiene ist locker, ich sage den Schwestern, daß ich einen Werkzeugkasten habe, ich werde das reparieren, sie sollen wissen, daß mir nichts entgeht, wir wollen dankbar sein und die Umgebung verbessern, aber nicht zuviel Energie zeigen, das ist verdächtig, irgendwie hilflos bleiben, ihnen bestätigen, daß sie die Wohltäterinnen sind, dann lieben sie uns länger. Auf die Herren in den hohen Ämtern, sagen sie wieder, kann man sich verlassen, sie schicken beizeiten die Polizeistreife vorbei, nachts fahren sie am Wald entlang, über die Krattenturmstraße weiter oben. Ich gebe ihnen recht, ja, ich kenne den Polizeipräsidenten, er hat auch einen guten Inspektor, mehr sage ich ihnen nicht. Der Inspektor hatte die Akte auf seinem Schreibtisch, ich habe meine Briefe wiedergesehen, Briefe, die den Grund meiner Einreise erklären sollten, ein persönliches Interesse an: Vorname, Mädchenname, Adresse, nur deshalb, der Antragsteller versichert, daß er hierzulande kein Gewerbe ausüben will, kein Wort über die Landschaft, die Luft oder das Verlangen nach Sicherheit, ich baue hier kein Haus, mehr will ich nicht, ich scheiße ab und zu gern ins Freie, nicht vorbestraft, ich bitte um eine Aufenthaltsbewilli-

gung. Aber der Inspektor sprach von der Überfremdung. Ich fand einen Fürsprecher, seine Beziehungen waren die besten, da gab es oben einen Ruck, der Polizeipräsident hat zum Vortrag geladen, der Inspektor hat die Akte mitgebracht und hat das Gesuch bestätigt, Vorname, Mädchenname, Adresse, persönliche Gründe, weiter nichts, die Lage sei jetzt übersichtlicher. Der Polizeipräsident hat ein paar Fragen gestellt, wegen der Demokratie und dem sauberen Bürgersteig, man will ja gute Leute im Haus haben, das hat die Hausherrin richtig gesagt, die Herren haben ein gutes Auge.
Manchmal ist der Inspektor lange nicht da, dann kommt er durch die Luft und ist plötzlich wieder mitten im Zimmer. Was wird er tun, wenn er dahinterkommt? Nein, das kann er nicht. Die Akte ist erledigt, er hat mir noch einen guten Witz mit auf den Weg gegeben, um zu zeigen, daß er es gut meint und als Verlierer nicht nachtragend ist, er sagte im Hinausgehen, und das haben die anderen Herren nicht mehr gehört: Sie wollen ja nicht im Konkubinat leben, nicht wahr? Mehr hat er nicht gesagt, ich habe es aber trotzdem gehört: Ich kann warten, ich kriege Sie schon. Am Anfang sagte er auch: Überall ist es schön. Sie können überall hingehen.
Jetzt habe ich alles, gültig für ein Jahr, bei guter Führung geben sie ein zweites Jahr und so weiter, es heißt, der fehlbare Ausländer kann weggewiesen werden.

Ausländerausweis B Aufenthaltsbewilligung
Nr. ZH 772 040 hu/ek (widerruflich)

Stück für Stück haben wir das alte Inventar hinausgeschleppt und auf die Dachkammern verteilt, die sperrigen Ledersessel,

deren Nähte aufgeplatzt sind, den Rauchtisch, Lampenschirme, Perserteppiche, den verglasten Schrank, Stühle und Aschenbecher, ich weiß, Frau Bjarsch hat das nicht gern gesehen, sie hat mehr Liebe für die Gegenstände erwartet, wir brauchten Platz für das Eigene. Wenn Sie mit dem Einrichten fertig sind, zeigen Sie es mir, hat sie gesagt, sie zog an der schweren Falttür, um vorzuführen, wie man aus dem einen schlundartigen Raum zwei Zimmer macht, die Falttür knirschte auf den winzigen Steinen, die in der Schiene lagen, und bewegte sich nicht, ich habe dann die Falttür auf beiden Seiten zugezogen, Wela hat schon im anderen Teil gestanden, den sie zu ihrem Zimmer gemacht hat, die Steinchen habe ich später aus der Schiene gepinselt, aber es sind immer ein paar in der Schiene, die zusammen mit der Falttür das Geräusch machen.
Beim Einräumen hatte sie auf einmal die Gaspistole wieder in der Hand, Modell 6 B, Gerstenberger & Eberwein, schwarz und handlich, auf ihrer Zolliste existiert sie nicht, Wela hat vergessen, sie unter Umzugsgut zu erwähnen, vielleicht, weil sie das Ding nie gebraucht hat, aber den Mann hat es gegeben, sie weiß den Namen des Parks nicht mehr, die Gegend war schlecht beleuchtet, sie hat den Mann zuerst nicht gesehen, dann hat sie gemerkt, daß einer hinter ihr her war, der immer schneller ging, weil auch sie anfing, schneller zu gehen, immer durch diesen fahlen menschenleeren Park, sie lief, der Mann lief auch, sie kann nicht sagen, wie alt er war, das Gesicht hat sie nicht gesehen, der Vorsprung war gerade so groß, daß sie bis zur Haustür kam und noch aufschließen konnte. Daran siehst du, daß ich schon immer in so eine Gegend wollte, irgendwo im Grünen, sie hat so gut wie nichts von dem Mann gesehen, um so mehr hat sie von ihm gehört, das Laufen, das Atmen, wie es immer näher kam, das Keuchen, das war das Schlimmste, daß er nichts gerufen hat, nur das Laufen und Keuchen hinter ihr, das kann sie noch hören,

bis zum Klo ist sie nicht mehr gekommen, sie hat in die Badewanne gekotzt, in derselben Woche hat sie die Gaspistole gekauft, sie hat einmal probeweise damit geschossen, sie und ein paar Bekannte, sonntags im Wald.
Die Schwestern kamen herunter, um nachzusehen, wie weit wir mit dem Einräumen waren, da ist mir eingefallen, wie sie von der Polizeistreife gesprochen haben, und daß sie Handbewegungen gemacht haben, um etwas abzuwehren, und dann die vielen Riegel im Haus, ich weiß nicht warum und wogegen, damit haben wir nichts zu tun, aber ich kann ihnen zeigen, daß wir auf dem Posten sind, für Sie, für das Haus, bitte schön. Sie waren so gut, uns aufzunehmen, ein Glück, wie gesagt, die Wohnungssuche in dieser engen alten Stadt ist trostlos, jetzt sind wir da und machen kurzen Prozeß, wenn man uns und allem hier zu nahe kommt, ich zeige ihnen die Pistole, die sehen doch nicht, ob sie scharf ist oder nicht, die Hausherrin ist 78, die andere 74, sie sollen ruhig ein bißchen zurückschrecken, das kann nicht schaden, sie sollen nur glauben, daß wir keine Witze machen, wenn einer sich was holen will.
Sie standen zufrieden an der Tür, sie haben gelächelt, als sie die Pistole sahen; erstaunt oder vielleicht ein bißchen verwirrt, das waren sie nicht, sie nahmen die neue Sicherheit gelassen hin.

Der Ausländerausweis ist vom Inhaber bei Inlandreisen auf sich zu tragen.
Bekanntmachung an die ausländischen Arbeitskräfte.
Waffentragen
Im Kanton Zürich, wie auch in den meisten anderen schweizerischen Kantonen, ist das Tragen von Waffen ohne besondere Bewilligung (Waffenschein) verboten. Als Waffen, de-

ren Tragen und Mitführen untersagt ist, gelten alle Faustfeuerwaffen (inkl. Gasschußwaffen), die Stichwaffen (Dolche, Stellmesser u. dgl.) sowie Hiebwaffen (Stahlruten, Schlagringe u. dgl.).
Verbotenes Waffentragen und Unzucht mit noch nicht 16-jährigen wird strafrechtlich geahndet.

Wir haben uns gut eingelebt. Bei klarer Sicht kann ich ein paar Berge beim Namen nennen, Scherhorn, Dammastock, Tödi, Clariden, Titlis, Glärnisch. Wenn wir rechts hinaufgehen über die Krattenturmstraße, kommen wir zu der neuen öffentlichen Bedürfnisanstalt, einem Gedenkstein für Büchner und zum alkoholfreien Restaurant Rigiblick, wo wir unter Witwen Kaffee trinken. Das ist 586 m über dem Meeresspiegel. Andere alkoholfreie Lokale des Zürcher Frauenvereins sind Lindenbaum, Sonnenblick, Karl der Große, Frohsinn und Wasserrad. Hochzeitspaare können jetzt den Hochzeitspfeil nach Einsiedeln benutzen, der Reiseführer überreicht dem Brautpaar eine alte Eisenbahnerlaterne, die Schweiz ist schön, sagen Durchreisende.
Im Labor schlüpfen die Fliegen aus, eine Seite der Zuchtfliege ist männlich, die andere Seite weiblich, die Geschlechtsgrenze verläuft wie eine Naht, der halbe Männchenkopf ist stärker behaart als der halbe Weibchenkopf, sie zerschneidet die Zwitter, sie färbt Hirnpräparate und hat bunte haarige Körper unter dem Mik, manchmal beneide ich sie, wenn ich allein in der Wohnung bin, vielleicht weiß sie es und bringt deshalb die Nachrichten nach Hause, die neuen Fliegen haben weiße und aprikosenfarbene Augen, manchmal arbeitet sie allein in einem Raum, der beständig auf 25° C geheizt ist, in verdunkelten Gläsern wachsen die Larven, Fliegen paaren sich unaufhörlich. Das Team fahndet nach dem

Zeitpunkt, an dem die Chromosomen mit dem Bau des Geschlechts beginnen. Eines Abends sagt Kortner, das Beste am heutigen Menschen geht in die Wissenschaft, das geht nicht mehr in die Künste. Das hat ihr gefallen, sie hat ihre verdunkelten Gläser, in denen es wimmelt. Anfangs war sie in der Medizin, die Leute kamen ins Labor und brachten Urin und Exkremente vorbei, volle Marmeladengläser, oder sie machte Hausbesuche, die Haut war zäh, alt, wollte die Nadel nicht durchlassen, oder die Vene war wie verschwunden, es gab Rollvenen, die unter der Nadel wegrutschten, die alten Männer in den muffigen Betten waren mürrisch oder verlegen, sie wurden unruhig und fanden das Marmeladenglas nicht, wenn sie pinkeln sollten, sie wälzten sich aus dem Bett, die Beine auseinander, nackt, immer wieder die Grätsche der alten Männer, im letzten Winter stieg die 70jährige Mrs. Clayton aus Manhattan im Dolder ab, im Urin wurden Spermien festgestellt. Über das alte Arbeitsgebiet wird kaum noch gesprochen.

Rückerstattung des Preises für 2 Fangnetze beantragt, Professor Hecker hat an der Elfenbeinküste Fledermäuse gefangen, Dr. Sandt läßt afrikanische Kröten (so große hast du noch nie gesehen) hungern, um die Auswirkungen des Hungers auf den Organismus zu beobachten, die Tiere sitzen still auf ihren Plätzen und schrumpfen. Zur Zeit sind Fliegeneier im Apparat, die 20 Stunden alt sind, Röntgenstrahlen brechen die Chromosomenstäbe, die sich im Crossing over anders als geplant verbinden, die neue Fliege ist schöner als die alte, der Mensch stirbt an einer Strahlendosis von 300 bis 400 R., ein Fliegenei behauptet sich noch bei 2500 R.

Wir haben jetzt Fenster nach Westen und einen alten grünen Anstrich auf den Rolläden, die Sonne dreht rechts überm Käferberg, Hönggerberg und Gubrist von der Limmat ab.

Es ist Post gekommen, eine Ansichtskarte aus Rom.

Liebes Kind,
ich habe Dir noch gar nicht zu Deiner neuen Arbeit gratuliert. Ich kenne ja Deine Ausdauer für eine Sache, die sich lohnt. So warst Du schon in den Kinderschuhen, auch wenn es schiefging. Nun muß ich an Dich denken, wenn ich eine Fliege sehe. Trotz Mikroskop muß man da wohl gute Augen haben und eben das sichere Händchen beim Sezieren. Schreibe von Deinem Leben, wenn Du Zeit hast. Deine Tante Claire.

Die Schwestern glauben, daß sie eine gute Ärztin wird, sie sagen, daß die Leute gern zu ihr kommen werden, sie hat einmal Ellys Knie behandelt, Elly ist beim Blätterfegen ausgerutscht und hatte ein schwarzes Hämatom, Wela hat Salbe aufgetragen und hat einen Wickel angelegt. Frau Bjarsch war aber nicht ganz bei der Sache, sonst fingerte sie doch gern in der Luft an dem, was einmal in Paris und Zürich durch ihre Finger ging, Kleider und reiche Kundinnen, die ja durch die Luft kommen, wenn sie die Finger hebt, dann kneift sie dich ins Fleisch und sagt, drehen Sie sich mal, ja, so, wie hieß mein Salon in Zürich, Elly, wie hieß er noch? Wann hatte ich meinen Salon? Elly steht hinter oder neben der Schwester, aber eigentlich nie richtig neben ihr, wie soll ich sagen, etwas, das die andere in der Nähe haben muß, damit es Namen und Jahreszahlen aufsagt. Frau Bjarsch sprach diesmal von etwas ganz anderem, das Haarnetz sei verschwunden. Zusammen mit dem Seilbahn-Abonnement hat es immer in der Nachttischschublade gelegen, manchmal fährt sie mit der Seilbahn zum Coiffeur, manchmal holt er sie mit dem Wagen ab, weil sie eine gute Kundin ist. Ja, sagt auch Elly, das Haarnetz ist weg. Man habe seine Arbeit in so einem großen Haus.

Wir haben beide dasselbe gesehen, die kleinen roten Flecken in Frau Bjarschs Gesicht. Mir ist nicht aufgefallen, daß sie anders war, wenn sie die Flecken im Gesicht hatte, ich habe nur gedacht, das Wetter ändert sich vielleicht, sie spürt den Föhn, na ja, vielleicht war auch etwas in ihrer Stimme, ich glaube, sie sprach lauter und schneller als an gewöhnlichen Tagen, aber mehr ist es nicht gewesen. Elly hat keine Wetterflecken, oder hat sie welche? Manchmal, wenn sie so dasteht, rutschen ihr die verschränkten Hände auseinander und pendeln vor dem Geschirrlappen und der Sicherheitsnadel im Schoß, ja, sie hat auch die Flecken im Gesicht, nur größer, daß man denkt, sie hat so eine Art, da lacht sie und blüht auf, ich weiß nicht, sie freuen sich, daß wir da sind.

Sie hat uns eingeladen, wir sollen alle zusammenkommen und auf das neue Zusammensein trinken, sie hat einmal ein Ehepaar im Haus gehabt, die haben ihr das eine oder andere besorgt, einmal hat sie der jungen Frau einen Hundertfrankenschein gegeben, damit sie bei Kleiner am Limmatquai eine Schokoladentorte kaufte, Kleiner macht die besten Torten in Zürich, sagte Frau Bjarsch, die Schokoladentorte hat 80 Franken gekostet. So eine sollen wir wieder besorgen, so gut und so schön wie in den alten Zeiten, sie hat noch eine Flasche Champagner im Keller, einen Mauler. Für 80 Franken kriegen Sie ja fünf Torten, hat Wela gesagt. Aber Frau Bjarsch hat darauf bestanden, daß sie 80 Franken gekostet hat. Sie gab Wela einen Hundertfrankenschein.

Glaubst du, sie weiß nicht, was eine Torte bei Kleiner kostet? Das kann ein Trick sein, vielleicht will sie jetzt genau wissen, wen sie im Haus hat.

Bei Kleiner gab es keine Schokoladentorte mehr, wir brachten eine Eistorte zu 18 Franken mit und die Quittung. Die Schwestern blieben aber dabei, sie hätten damals einen ganz anderen Preis gezahlt. Wir stießen mit den Gläsern an und tranken den Mauler auf gutes Zusammensein, die Hausherrin sagte wieder, es ist nicht gut, wenn der Mensch allein ist, sie führten uns durch die Wohnung, an Fotos und Silbergeschirr vorbei, auf dem Schreibtisch vom toten Boß steht eine Gallélampe, der Lampenschaft ist aus Bronze, im Sockel lehnt eine Bäuerin und stillt ihren Säugling an einer runden ländlichen Brust, auch Briefständer und Aschenbecher verkörpern das Landleben, hier wird eine Garbe gebunden, da sitzt ein Vater neben seiner Sense und trinkt aus dem Krug, Kinder balgen sich an seinem Knie, Frau Bjarsch hat für alle ein gutes Wort, sie läßt sich Zeit beim Streicheln der Köpfe, zeigt uns auch den Sessel, hat sie alles selber gestickt, Lanzenjäger und Hirsch Auge in Auge auf dem Rückenpolster. Elly greift ein, als Wela sich im Wohnzimmer auf das blaue geblümte Sofa setzt: Excüsi, Madame, die Kissen, lehnen Sie sich besser nicht so zurück. Die Stickerei auf den Kissen ist mit Stecknadeln befestigt, die Schwestern sagen oft, daß sie arbeiten, arbeiten, warum näht dann keine die Stickerei fest? Wir waren schon ein paarmal oben, kurze Besuche, ein paar Fragen, wie sind die Leute? wann kommt der Briefträger? wann kommt die Müllabfuhr? und so weiter, es war nicht das erste Mal, daß Elly uns vor den Kissen warnte, sie warnt geduldig, wenn wir die Nadeln hinter dem Rücken vergessen, oder Frau Bjarsch will nicht, daß einer ihre Stickerei zerdrückt, und Elly muß darüber wachen, ich glaube nämlich nicht, daß die Nadeln stechen, sie stecken ja eigentlich hinter den Kissen. Zum Wohl, ja, ein schöner Abend, eine aufgestülpte Teppichkante, Wela steht auf und streicht den Teppich glatt, sie müssen das sehen, so machen wir das, eins nach dem andern, das gibt Vertrauen, die Eistorte schmeckt ihnen, mit dem Mauler gehen sie vorsichtig um, nicht zuviel davon, in unserem Alter, trinken Sie nur, uns trinken Sie nichts weg. Auf dem Brautfoto steht Frau Bjarsch neben der weißen Braut und sieht an ihr vorbei auf den hochge-

wachsenen Sohn. Sie zeigt uns alle Gesichter, die Kinder, die Jakob gemacht hat, und den toten Boß, so belohnt sie uns, stellt uns irgendwie zwischen Fotos, Kristallgläsern und schweren stumpfen Gegenständen unter, jetzt gehören wir dazu, obwohl wir es gar nicht so haben wollten, so nah.
Sie brauchen in der kalten Jahreszeit nicht aus dem Haus zu gehen, wenn sie uns sprechen wollen, sie können über die Treppe hinter der Wand absteigen, die Zwischentür aufschließen und über die gesprenkelten grauen Fliesen kommen, hier ist ein zellenartiger Raum mit Wasserrohren und Sicherungskasten, hier ist auch, hinter einer Tür, die rotlackierte Heizanlage eingebaut; wenn das Fauchen des Ölbrenners einsetzt, hören wir die Stimmen der Schwestern nicht mehr, die oben hin und her gehen. Elly kommt jeden Abend die Treppe herunter, sie hantiert im Keller mit den Mineralwasserflaschen, murmelt auch vor sich hin, aber die Geräusche erreichen uns nie so, daß wir aufhorchen, das Gemurmel kommt und geht, beim Zuschließen schnappt das Türschloß laut wie immer, alles an seinem Platz, oben liegt der Schäferhund auf einem gestreiften alten Bettlaken, er ist überfüttert und verliert Haare, die Titten hängen und schwanken am lappigen Bauchfell, abends, wenn er sich kratzt, trommelt das Gelenk auf dem Boden, die Schwestern sitzen vor dem Apparat, guten Abend, pünktlich kommt der Besuch, diesmal ein Haufen Leber, platsch, überall dieselbe schlüpfrige Leber auf dem Rolltisch, still oder anhänglich wie alles, was tot, geplatzt, verschlissen, kaputt, geköpft, zerfleischt, aufgebläht und erledigt heute abend zu Besuch kommt, rundherum Gerümpel, quietschende Organe, Tagesschau, danach die Wetterkarte, dann tanzt ein haariges Trickmännchen, Haare bis zum Boden, in denen es hin und her flitzt, es bläst Trompete, es verschwindet in den Haaren, dann hält es still und beißt in seine Haare; wenn es den Mund voller Haare hat, singt es guten Abend hähähähä

hähhä hähä hä, mach es wie Beckett: Nimm auf die Luft meinen leisen Atem. Dann ist die Besuchszeit zu Ende, nur noch das Flimmern, das Flitzen der Amöben nach Sendeschluß.
Wir sammeln Ortskenntnisse: Petertobel, Vrenelisgärtli, Orelliweg, Weibelacker. Eine andere Mrs. Clayton, oder wie immer sie heißt, wird in der Stadt sein und Spermien kaufen, einmal rund um den Zürichberg auf der Wurzel keuchend, alle Türen zu, die Hundepfote klopft, was man so einen Winterabend nennt.
Schneefallgrenze auf 800 m absinkend.

Tonband läuft, die weibliche Stimme wiederholt: Die Zentrale ist überlastet, bitte Geduld, Sie werden sogleich bedient. Ich wollte die neue Adresse durchgeben, etwas Gutes über das Haus sagen, endlich, wollte ich sagen, kein Glockenturm in der Nähe, kein Schießplatz. Wir sind jetzt unter Dach und Fach. Sie ist in der Genetik beschäftigt. Fliegenmaden enthalten hohe Mengen Vitamin B 1, die Herren sagen, man muß einen Eßlöffel Fliegenmaden schlucken, dann ist man aufgenommen und anerkannt. Zürich ist von oben gesehen ein altes Loch.

Temperaturen fallen, die Schwestern erkundigen sich, ob alles funktioniert. Haben Sie es warm? Wir haben es immer schön warm im Winter. Die Maschine ist gut, von Oertli, die beste Firma, die Herren kennen mich schon lange, sagt Frau Bjarsch, sie kommen sofort, wenn etwas kaputt ist. Ja, danke, alles ist gut.
Der Magnolienbaum wirft ständig Blätter hin, ich stopfe sie

in angefaulte Obstkisten, die neben den Tannen stehen, einmal in der Woche kommt der Spezialwagen, Italiener oder Spanier verladen das Laub, das in Körben vor den Häusern steht, man hört das Schlagen der Eisentüren an den Vorgärten, wenn die Leute die Körbe wieder hereinholen. Im eingemauerten Milchkasten draußen neben der Eisentür sind alte Milchflecken, der Milchmann trägt schon Ohrenschützer. Wir hätten gern ein Fest gegeben. Aber mit wem? Was brauchen wir für den Winter? Schneeschaufel, Schneebesen? Wie hoch fällt hier oben der Schnee? Ist Viehsalz im Haus? Ich werde regelmäßig streuen, damit die Schwestern sehen, daß wir eine Stütze sind. Ein Mietvertrag existiert nicht. Frau Bjarsch sagte, das sei nicht notwendig, sie habe sich immer gut verstanden mit guten Leuten, sie wolle ja nicht jedes Jahr wechseln.

Ich weiß nicht, fing es plötzlich an oder schon vor Tagen? dieses Geräusch, Rufen oder Keifen, hinter dem Haus oder noch im Haus, etwa da, wo Ellys Küche ist, vielleicht haben wir es tagelang überhört, vielleicht war es nicht so laut wie jetzt, wir haben nicht damit gerechnet, es war so, daß wir nur Auge und Ohr für die Wohnung hatten, es kann aber auch sein, daß es anfing wie auf ein Stichwort, so als wäre das Geräusch eine Zeitlang zurückgehalten worden, wie etwas, das schon immer da war, lange vor uns, jetzt war es wieder da, als wäre eine Frist verstrichen, Ellys Stimme, nein, die andere, nein, das ist Elly, die so schreit.
Heute ist Sonntag. Früh am Morgen, die Rolläden sind noch unten, da vorn im Halbdunkel steht Frau Bjarschs klotziger Schreibtisch, er ließ sich nicht abschieben, aber er ist brauchbar, er hat auf den Türen geschnitzte Blumensträuße mit hängenden Köpfen, dann wieder Ellys Stimme, schnell und hoch hinausgeschriene Sätze, immer in den verfilzten Garten hinein, aber man versteht nichts, es antwortet auch keiner, Elly, so hört es sich an, geht es auch gar nicht um eine Antwort, vielleicht Katzen. Gestern nacht war doch etwas. Wela ist eingeschlafen, als ich mit dem Spaniel noch draußen war, so gegen zwölf, ein paar Minuten waren wir draußen, plötzlich ist sie hochgeschreckt und wußte nicht mehr, wo sie war, vor Angst hatte sie klamme Hände, ich habe draußen gehört, wie einer mit einem Leichtmotorrad durch den Wald fuhr, ich habe auch den Scheinwerfer gesehen, sonst nichts, er kam dann einen Hang runter und hielt plötzlich an, dann knallte

es, wie ein Karabinerschuß, der Spaniel hat gebellt, sie hat auch kurz nach dem Aufschrecken gehört, wie ich auf den Fingern gepfiffen habe, er hat den Scheinwerfer ausgemacht, mit abgeschaltetem Motor ist er den Weg hinuntergefahren, jetzt ist Elly still, vielleicht hat sie gestern nacht dasselbe gehört und schreit heute morgen etwas hinterher, um es loszuwerden. Später gehen wir auf den Weg und suchen nach einer Bremsspur, nach einer Patronenhülse, vielleicht finden wir Blutspritzer und Rehhaar, ja, eine schmale Reifenspur, wo er gehalten hat, aber kein Rehhaar, keine Hasenwolle, auch kein Schußloch im Mischwald.

Wir gehen weiter in Richtung Zoo, über den Orelliweg, kommen am Friedhof Fluntern aus, da sitzt Joyce mit übergeschlagenem Bein auf den eigenen Knochen und raucht Zigarillo, auch das aufgeschlagene Buch und der Knotenstock sind bei ihm, sie haben einen dürren schmächtigen Eintänzer aus ihm gemacht, er trägt die Brille, die Joyce auf dem Foto von Gisèle Freund aus dem Jahr 1938 trägt, auf dem Foto hängt über dem linken Arm der schwielige Knüppel, Rue de l'Odéon, Paris, ein Taxi hält, Taxinummer 8401 G 7, schwarzer Renault, der Fahrgast im Wintermantel will gerade zahlen, hat schon die Finger im Kleingeld.

Die blaue Tram bringt Zoobesucher, die Nashörner stehen im Winterbau, ein Bauer erschoß vor Jahren einen geflohenen schwarzen Panther. Sagentobel, Escherhöhe, Schattengasse, der Spaniel zieht nach der Sehnenoperation, die schon Jahre zurückliegt, das linke Hinterbein nach, er geht täppisch und wird deshalb von Passanten oft für einen jungen Hund gehalten. Frau Bjarsch sagte, sie möchte so einen lieber haben als diese Afra, die Henne, das Kalb, sagen beide Schwestern, sie sagen auch Kasper, er legt einem sein wakkelndes Fett und die Ekzeme vor die Füße, alter, gut zwischen den Haaren versteckter Schorf.

Da ist wieder das Haus, von oben gesehen, von der Rückseite, da unten war das Geschrei, die Küchentür ist zu, das Küchenfenster auf der Gartenseite ist mit Lappen verhängt, ein Haufen Erde, eine Erdwand in dem abschüssigen Garten, als könnte man da irgendwo reingehen, sie haben Weinbergschnecken, Steinplatten und Eisenträger stützen den abgestuften Garten, der Erdhaufen hat Platten herausgebrochen, die Eisenträger stehen schräg, unten am Eisentor wartet die Schäferhündin, wir rufen etwas hinunter, damit sie uns an der Stimme erkennt und nicht mit dem herausgequälten alten Gebell anfängt. Frau Bjarsch an der Haustür, sie trägt den weißen, lappigen Kittel: Ah, da kommen Sie ja. Sie hat frisch gefärbtes rötliches Haar, am Samstag hat der Friseur sie mit dem Auto abgeholt und wieder hochgefahren, sie sagt immer Coiffeur. Wenn das Haar gemacht ist, hat sie einen anderen Ausdruck im Gesicht, ich Anna-Roberta ich, gönnerhaft, aufgekratzt, sie duftet nach Herrin. Der Friseur hat diesmal nicht viel getan, die Stirnlocken zerfallen schon, eine dünne Decke, ein bißchen aufgebauscht, die Kopfhaut schimmert durch, sie kämmt sich selten, aus Furcht, daß wieder Haare im Kamm sind, sie läßt sie so, vom Schlaf plattgedrückt, in ein paar Tagen glänzt das Veltlinerrot nicht mehr.

Oder ist diesmal noch etwas anderes an ihr? etwas, das heute morgen mit Ellys Geschrei anfing, ja, sagen wir, es war ein langer Spaziergang, in Fluntern wird geschossen, aber hier haben wir Ruhe. Wo wird geschossen? Auf dem Schießplatz Fluntern.

Ich gehe nicht mehr so weit, sagt sie, ich gehe mit Afra in den Wald, aber nicht so weit.

Etwas, da, irgendwo, dem wir nicht mehr ausweichen können, so wie sie jetzt dasteht, in roten Pantoffeln, Goldrand, etwas, das nicht mehr aus dem Weg gehen will.

Ich könnte sagen, das stimmt ja nicht, sie geht nicht in den Wald, wir haben Sie nie da oben gesehen, seit wir hier sind,

der Hund scheißt auf den Weg, allein geht er nicht bis oben, weil er zu fett ist. Man tritt ja rein, wenn man nicht aufpaßt, überall die haarige Scheiße, er frißt sein eigenes Haar, das ihm ins Fressen fällt, Elly rührt ihm täglich mit der Hand den Haferbrei und läßt sich die Finger abschlecken, das Futter macht ihn krank, er braucht Bewegung, all das verschweige ich, damit wir uns verstehen, sie kann uns jederzeit auf die Straße setzen, ohne Mietvertrag, andere sagen, wir sollen den Mietvertrag machen, aber sie hat was gegen Papiere, ich glaube, sie hat Angst, man will sie reinlegen, es ist jedesmal eine Prozedur, wenn sie die Quittung über die fällige Miete unterschreiben soll, da bin ich vorsichtig, sie könnte ja plötzlich einmal sagen, Sie haben noch nicht bezahlt, einfach so, mit 78, sie hat helle Momente, sie kann scharfsinnig sein, wenn sie will, und auf einmal weiß sie nicht, daß sie mit dem Hund nie in den Wald geht, oder weiß sie es doch? weiß nicht, daß in Fluntern geschossen wird, obwohl in Fluntern schon geschossen wurde, als sie noch mit dem Boß im eigenen Wagen fuhr, sie hat den Führerschein, sagt sie, und ist immer gut gefahren, nie ein Tier oder einen Menschen angefahren, wie das heute passiert, aber die Leute arbeiten und sollen Autos haben für ihr Geld, die Leute wüßten, wie sie denke, deshalb sei sie ja überall so gut angeschrieben und beim Personal bekannt für ihre Trinkgelder.
Aaafra, hopp, ruft sie.
Hierher, Aaafra.
Jetzt, Auge in Auge mit ihr vor der Haustür, hoffe ich, der Schuß in der vergangenen Nacht ist schuld an Ellys Geschrei und an den Flecken in Frau Bjarschs Gesicht, ja, sie haben schlecht geschlafen, ihre Augen sind grau in grau auf etwas gerichtet, das näherkommt, die Flecken kennen wir, es hat nichts zu bedeuten.
Aaafra, sitz. Hören Sie mal.

Ja, was ist?
Haben Sie die Australier gesehen?
Wen?
Die Australier.
Es ist das erste Mal, daß sie mir so mit dem harten langen Fingernagel gegen die Brust tippt, bisher hat sie nur Welas Hüften und Hintern getätschelt. Ja, da machen Sie Augen, die sind im Haus, die Australier, Sie haben sie nicht gesehen? nein? im Garten oder auf der Terrasse, wo die weißen Marmorfliesen liegen, kommen Sie, sehen Sie sich das mal an. Elly kommt aus der Küche, sie bringen uns in das Schreibzimmer, da, sehen Sie, alles verschwindet, die alten Adressen und Telefonnummern, das Verzeichnis ist gelb gewesen, die Agenda, Agenda, weg, damit sie nicht mehr telefonieren und nicht mehr schreiben können, den Herren draußen, die sollen nicht wissen, was hier vorgeht, aber sie erfahren es schon, jetzt soll die Streife kommen, das Pack schnappen und ausweisen, ein für allemal, damit hier endlich Ruhe ist, ja, sich breitmachen und langsam alles verderben, das sind Australier. Lachen Sie? sagt Frau Bjarsch, lachen Sie nur, zu Ihnen kommen sie ja nicht. Ich will ihr sagen, ich lache ja nicht darüber, ich lache nur, ja, warum eigentlich? weil es jetzt da ist? etwas, das ausgerechnet aus den schlampigen Kitteln kommen soll, die da sollen es sein? das macht zusammen 152 Jahre, da öffnet Frau Bjarsch die linke Schreibtischtür, dahinter ist eine zersplitterte Schublade.
Jemand hat versucht, die Schublade aufzubrechen, ein langer, breiter Span ist abgesplittert, in der Schublade liegt ein leerer Schnellhefter, in dem, wie sie sagen, die Agenda lag, alle wichtigen Leute, lange Reihen, die alten Zeiten, so wie hier, Frau Bjarsch holt aus der mittleren Schublade einen Wochenkalender, Jahrgang 1946, in die Wochenfelder sind Namen und Telefonnummern eingetragen, Summen und Jahreszahlen, jedes Feld ist mit zwei diagonalen Strichen

gewaltsam durchgekreuzt, da und da, sagt sie, nichts haben sie übriggelassen.
Plötzlich ändert sich die Richtung, Schluß mit dem wochenalten Liebäugeln, hier geht es nicht weiter, ja, sagen wir, ja, man sieht es, das war ein Messer oder ein Stemmeisen.
Sie ordnet an, daß Türen und Fenster geschlossen bleiben, ein Spalt genügt, und sie sind im Haus, sie haben ja oben gewohnt, in den Dachzimmern, ein paar Jahre ist das her.
Wela fragt: Wie alt waren sie?
Nicht alt, jung waren sie, Mitte zwanzig, vielleicht auch dreißig, der Meier 12 hat sie geschickt, der Streifenpolizist, weil sie doch keine Wohnung hatten. Da haben wir sie aufgenommen, weil der Meier 12 gesagt hat, die können Sie nehmen, aber der Meier 12 macht seine Sache schlecht, wenn er einem solche Leute ins Haus schickt, die anfangen, alles kaputtzumachen. Kommen Sie.
Sie will, daß man sich um sie drängt, jetzt ist es die Nähmaschine, eine alte Singer, Frau Bjarsch zieht die Zierdecke von der Maschine, der Lack ist zerkratzt, Spuren von Nadeln, aber sie kann Gedanken lesen, niemals hat sie ihre Maschine so entstellt, sie hat im Leben alles gepflegt, und dann kommen die Säue, wie sie sagt, und kratzen überall.
Gut, die Schublade ist ein Beweis, Elly deckt die Maschine wieder zu, wir glauben, es sind Arbeitsspuren, was noch? Sie geht durch wintertrübe Zimmer, die Fingerspitzen wischen über Tisch und Stuhl, über dem Buffet hängt ein großes Ölbild, Fischer am Strand. Was sehen Sie? sagt Frau Bjarsch. Auf dem Festland ist alles in Ordnung, die Fischer und ihre Frauen über Körbe und Fische gebückt wie immer, aber der Himmel, da ist es wieder, der Himmel ist gefleckt, jemand hat den Pinsel immer wieder auf das Himmelblau geklatscht, braune Farbe, hier und da hat er auch mit plötzlich aufkommender Lust fetzenartige Wolken gepinselt, was aus größerer Entfernung einer Wetterwand gleicht, wie es derartige

Fischer so an sich haben. Was sagen Sie jetzt? Das habe ich mir gedacht. Da sagen Sie nichts mehr vor der Sauerei, Sie staunen. Sie beobachten uns, das Kopfschütteln, das Haltsuchen an einer Stuhllehne oder Tischkante, das Hilflose, während sie zufrieden dastehen, zuhören, wie die neuen Mitwisser stammeln, wissen wollen, wie das angefangen hat. Das Paar wurde hinausgeworfen, als es anfing, aufdringlich zu werden. Wie aufdringlich? Sie haben den Wein aus dem Keller geholt und aus den Kristallgläsern getrunken, sie haben Eier und Fleisch aus dem Eisschrank genommen, als gehörte alles ihnen, immer das Beste, die Filets, die Kalbsschnitzel, auf einmal waren sie weg, da sitzen die Säue auf der Treppe und schälen die gekochten Eier, die Schalen lassen sie liegen, Elly mußte alles aufkehren, da wurden sie ohne Erbarmen vor die Tür gesetzt, das Haus war wieder sauber. Jetzt lacht sie, weil sie so vorgegangen ist und wieder so vorgehen wird, wenn sie die Säue schnappt, sagt sie, denn lange hat es nicht gedauert, kurz nach dem Rausschmiß waren eines Morgens die Krümel auf dem Wohnzimmertisch. Ja, glauben Sie vielleicht, wir stehen nachts auf und bröseln da herum? Wir haben einen guten Schlaf. Da sind sie wiedergekommen, hoppla, ins Haus mit einem Nachschlüssel, für alle Türen haben sie Passepartouts, und seitdem gehen sie nicht mehr weg. Sie fressen wie früher, sehen Sie, da liegen die Brösel von der vergangenen Nacht. Sie hebt die gestickte Tischdecke vom runden Salontisch, da liegen Krümel. Heute macht Elly das weg, morgen ist wieder alles voll.
Was sagen Sie? Mäuse?
Da lachen die Schwestern. Und der Dreck auf dem Bild? Und die kaputte Schublade? Was ist das? Es gibt hier keine Mäuse, nein, sie haben recht, es gibt wirklich keine Mäuse, die Krümel durch die Stickerei fallen lassen, wir lachen auch, wir ziehen die Mäuse zurück und bleiben so, wie sie uns momentan haben wollen, hilflos.

Dann setzen sie die Hausordnung fest: Nicht mit fremden Personen sprechen, auf die die Beschreibung zutrifft. Die genannten Personen haben so eine Art hungrigen Ausdruck im Gesicht. Sie sind normal groß, ca. 1,68 m die Frau, ca. 1,80 m der Mann, er hat eine vorstehende Oberlippe, er trägt bei schlechtem Wetter einen Hut, breite Krempe, ja, Schlapphut, eine helle Hose und hohe Wildlederschuhe mit zweifacher Schnalle, die Schuhe sind mit braunem falschem Lammfell gefüttert, er hat sie einmal im Winter zum Trocknen an die Heizung gestellt, die Frau ist schwarzhaarig, sie zupft sich die Augenbrauenhaare aus, damit die Augenbrauen schmal und spitz sind, sie geht gern in Gummistiefeln, weil sie oft Waldwege benutzt, sie lacht, das hört man, auch wenn man sie nicht sieht, nicht die Hand geben, nicht mit ihnen anbändeln, nicht hereinfallen auf den Schein, nicht hinhören, wenn sie guten Tag sagen oder so, sie wollen nur herein, nicht lachen, das nutzen sie aus, nichts geben, wenn sie fragen, sie sehen und doch nicht sehen, das Haus schützen. Denn das sind beide Australier.
Ja, gut, Australier, das ist so ein klares Wort, das nehmen wir hin. Was die Schwestern sagen, das bleibt so, das kriegt man so schnell nicht aus den Kleidern.
Unterwegs, langsam bergauf, Richtung Orelliweg, erklär mir das mal, was hast du da ausgesucht? Sie ging mit dem Hund spazieren und sah das Haus, Elly fegte Laub vor der Eisentür, so ein großes alleinstehendes Haus, man kann ja im Vorbeigehen mal fragen, ob bei ihnen etwas frei ist, so war das. Elly hat gesagt, sie soll warten, dann hat sie den Kittel mit beiden Händen festgehalten, damit er beim Laufen nicht flatterte, sie mußte gut zehn Meter zurück, das Laub und die Scheißballen hat sie gefegt. Wer auf Offerten schreibt, kriegt nie eine Antwort, das Anonyme müßte verboten werden, da legt man Rückporto bei, und die Scheißer bekleben andere Briefe damit. Wie ist sie ins Haus gelaufen? Beschreib mal

das Gesicht. Sie hat den Besen an den Briefkasten gestellt, sie hat sich irgendwie gefreut, sie war aufgeregt, drückte sich die Steckkämme fester ins Haar, vielleicht war sie sogar ein wenig begeistert, auf der Steintreppe hat sie sich noch einmal umgedreht, so über die Schulter, um sicher zu sein, daß Wela auch wartete, ja, ja, Fräulein, Madame hat was, Madame weiß etwas. Der Spaniel wollte hinterher, weil er die fette Schäferhündin in der Nase hatte, Elly hat gesehen, wie er an der straffen Leine gewedelt hat, Afra stand auf dem Weg und hat gebellt, ja, so hat es eigentlich angefangen, sie hatte Angst vorbeizugehen und hat zu Elly gesagt, sie soll doch bitte den Hund hinter die Eisentür bringen, Elly hat gesagt, das ist unsere Henne, unser Kalb, der macht nichts, und als sie von der Treppe aus sah, wie der Spaniel wedelte, da klatschte sie in die Hände, lachte und rief so etwas wie: Dem gefällt es bei uns, der schmeckt unsern Kasper, unser Kalb.

Alle Bäume waren damals gegen Napoleon, im Wald steht das Schlachtendenkmal, ein Haufen Steine und Eisenkugeln, überall im Wald stehen Wörter, das Forstamt hat gelbe Wörter auf grünem Grund, über den Wörtern eine gekrümmte Eidechse, unter den Wörtern eine Frauenschuhblüte, Wanderer, erhalte den lebendigen Schmuck der Heimat, den Nistkästen wurde unter dem Schlupfloch der Name Orpheus eingebrannt, hier ist Reitverbot. Denk mal nach. Sie hat am Küchenfenster geschrien, sie hat das Paar vielleicht gesehen, und wenn das Parasiten waren, dann haben sie zurückgezahlt, das Bild, die Schublade, das könnte für den Rausschmiß sein. Es kann doch sein, daß sie über die Gartenhecke gesehen haben, sie haben gewinkt oder gefuchtelt, weil sie wissen, daß Elly sie wiedererkennt und dann schreit, ich habe auch schon Leute gesehen, die stehengeblieben sind und in den Garten runtergesehen haben. Die anderen Grundstücke will doch keiner sehen, da ist ja alles in Ordnung, alles über-

sichtlich, hier kann man sich im Sommer nur mit der Sichel helfen, wenn man durchkommen will, das sieht jeder, und dann machen sie Gesichter und schütteln den Kopf, ab und zu ist so ein Gesicht über der Hecke, dann schreit sie. Das ist alles, wir sollten mehr Erbarmen haben. Sonst ist doch keiner da. Jakob in den Flumser Bergen, da hat er ein Ferienhaus, läßt sich jetzt ein Relief kommen, hat Elly gesagt, Kreuzritter aus einer spanischen Töpferwerkstatt, er will sie in die Flumser Gartenmauer einbauen. Jakob ist auf den Fotos ein Sohn, der gefallen kann, er steht in den Bergen und hält mit beiden Händen den Schneeräumer, der Schnee flitzt in die Luft, da bin ich, Mutter, jedes Jahr neue Fotos, da bin ich wieder. Hast du gesehen? Alles hört hier irgendwo auf, die Spuren, und auch das Rohr der Wasserleitung im Garten hört ca. 2 Meter über dem Boden auf, das sieht man erst, wenn man zwischen den Sträuchern vor der hohen Betonmauer steht, die den Hang abstützt, das Schlußstück des Wasserrohrs hat einer abgeschraubt, das fällt ja nicht von selber ab. Sie zeigen auf Spuren und machen Angaben, auf einmal hören sie auf und sagen, früher waren wir eine große Familie, da konnte jeder mit jedem sprechen.
In den Briefen, die ich schreibe, verschweige ich einen Zwischenfall. Wir sind abends durch den ersten Schnee gegangen, ein Mann ging vor uns her, er sah den Hund, der nicht an der Leine war, der Mann sagte: Im Wald dürfen Sie den Hund nicht laufen lassen, hier sind Rehe. Der Hund läuft weiter, frißt Schnee im Dunkel, den er später gelb in den Schnee zurückpinkelt, wie gesagt, er humpelt wegen der verkürzten Sehne, er jagt Eichhörnchen oder Vögel ohne Erfolg, der Mann bleibt amtlich, ich frage ihn, ob er Förster ist, ja, er ist Förster. Wela hat mir von Anfang an gesagt: Wenn die Schweizer Schriftdeutsch hören, setzen sie die Preise rauf, du merkst es an der Speiserechnung, wenn es zu spät ist, oder ihr Blutdruck steigt. Der Mann hat eine Fahne, der

Förster ist vielleicht gar kein Förster. Nehmen Sie den Hund an die Leine. Ich frage, ob sie noch immer die Aktion gegen die tollwütigen Füchse machen, jjajja, sagt er, ich frage anders, mehr im Fachjargon, ob die Baue noch vergast werden. Was? sagt der Mann, was? Unsere Bauern vergasen? Und ruft im Weitergehen: Auschwitz, was? Sind Sie von Auschwitz?
Wenn ich den Schnee zusammenkehre, zerstört der Hund ihn durch Tritte und Kopfstöße, er schafft sich einen Laufgraben an der kniehohen Mauer entlang, die das Grundstück gegen die Straße abgrenzt. Hinter der Mauer liegt auf dem letzten abschüssigen Streifen des Grundstücks ein Tennisball, Frau Bjarsch hat einmal erwähnt, daß der Boß Tennis gespielt hat, seine Tennisschläger liegen im Dachzimmer, zwei Slazenger, leere Pralinenschachteln, Seidenballen, Gartenkissen, ein kleiner Damenkoffer, auf der Vorderseite der Rücken eines jungen Krokodils, Wela wollte ihr den Koffer abkaufen, aber er ist vom Boß, alles soll so bleiben, am richtigen Platz. Auch der Boß ist plötzlich zusammengebrochen, wie der Gärtner, der Boß lag draußen vor der Eisentür und hielt die Hand in der Herzgegend, Elly hat ihn gefunden, er war so schwer, sie mußten ihn liegenlassen und Passanten rufen. Der Tennisball ist schwarz vom langen Liegen unter den Sträuchern.
Es klopft. Was wollte ich, wohin wollte ich? ich könnte ins Badezimmer gehen, aber der Hund bellt, ich habe gehört, daß sie kommen, das harte Einstecken und Umdrehen des Schlüssels, das Gemurmel, das Schleifen der Pantoffeln auf den Fliesen, ich wollte doch in die Stadt, ein paar Konserven für den Hund kaufen, Pferdefleisch und 500 Gramm Schweineherz, was wollte ich sonst noch in der Stadt? Zu spät. Ich werde jetzt die Tür öffnen und fragen, ob ich das Viehsalz haben kann, ich werde sagen: Jetzt wird es Zeit, jetzt muß ich streuen, damit Sie nicht fallen.

Da sind sie, Frau Bjarsch vor Elly, die den Schlüssel mit beiden Händen festhält, die Hände zittern, Elly lacht trotzdem, nein, sie lacht etwas weg, vielleicht, daß sie wie hilfesuchend hinter der anderen steht, ich habe Elly ein paarmal zugeblinzelt, wenn die andere befahl, ich habe aber nicht gesehen, daß Elly einen Dank in ihrem Lachen versteckt hat, sie steht da und wartet, auf was?
Hören Sie, sagt Frau Bjarsch.
Ich kenne jetzt den Ton, die Flecken, die niedrigen Stirnlöckchen.
Haben Sie etwas gesehen?
Was soll ich gesehen haben?
Eine Wut hat sie, ein neues Aussehen, da geht ein Mund auf und zu, hat Mühe, das künstliche Gebiß zu halten, das in dem Loch ein Geräusch wie Knirschen oder Ausklinken macht, die Lippen bläulich wie die Unterseite der Schnecke, die Brillanten an den Ohrläppchen schwanken, wenn die Kinnlade etwas abstößt, Wörter, die sie schon beim Heruntersteigen ausprobiert hat, das Gemurmel hinter der Wand und jetzt der Griff der dickgeäderten Hand in die Luft, dicht vor mir, fast schon im Gesicht, und hinter ihnen rückt immer noch mehr von diesem Altweibergeruch nach, Dunst von abgestandenem Kaffee, Zwiebackfutter, Schürzen und Schößen, die Schäferhündin wedelt, schlägt den Schwanz mal hier, mal da gegen die Kittel.
In der Nacht waren sie wieder da, sie haben am Tisch gebröselt, die Krümel liegen wieder da, das soll ich mir ansehen, wenn ich es nicht glaube, es wäre aber besser für alle, das zu glauben, damit etwas dagegen getan wird. Das arme Mädchen da, Elly, kann ja keine Nacht mehr schlafen, immer kommen sie ans Fenster. Frau Bjarsch hat Fenster gesagt und schweigt, jetzt macht Elly weiter, ja, das ist die Stimme vom Sonntagmorgen, die Schreistimme, dieselbe Tonlage, etwas wie Weinen und Keifen zusammen: Meine Augen,

meine armen Äugen, es ist furchtbar, immer in die Äugen. Da hocken sie am Fenster und fackeln immer so mit der Lampe, immer im Kreis, so eine große Lampe, zum Kutschieren, wie früher. Wo er geht und steht, fackelt er, ja, er strahlt mir in die Äugen. Man darf gar nicht sagen, was sie zusammen machen.

Was machen sie?

Ja, das ist so, Frau Bjarsch löst Elly ab, auf einmal hat sie ein neues Lächeln, so eine Art Schauer im Gesicht, was glauben Sie, was die auf meiner Terrasse machen, auf dem weißen Marmor? da wälzen sie sich, ja, Sie haben richtig gehört, wälzen, und glauben Sie es nur, wir sehen ja, wie sie aufeinanderhocken, mal so, mal so, Frau Bjarsch zuckt irgendwo mit Haut und Knochen unterhalb vom Gürtel, der Kittel bewegt sich, weht: Auf der Terrasse sind sie und hoppla, da packt er seinen Schwanz, weil er weiß, wir sind da, und zeigt ihn und geht damit hin und her. Warum geht er nicht mit dem Gehenk woanders hin? Aber nein, sie hocken bei uns. Da und da und da. Elly sagt: Ja, Madame hat recht, immer geht es in meine Äugen, wo ich doch den ganzen Tag schaffen muß. Ist das nicht genug?

Der Kittelsaum schwankt wieder. Oder bewegt sich der Schäferhund? Pumpt Frau Bjarsch noch mal unter dem Kittel?

Sie sagt: Hin und her geht er damit, und dann kommt die Rifze und schluzzt ihn ab. Das war früher nie nie nie. Ja, denken Sie. Da war alles sauber, da kam Besuch, und mein Mann ging in den Keller, den haben Sie ja gesehen, und holte einen guten Wein, nie hat es das gegeben. Wo sie gehen und stehen, hoppla, machen sie was kaputt. Die Polizei muß kommen. Der Meier 12 hat sie mir ins Haus geschickt. Wie kann er so was machen, wo er doch bei der Streife ist? Aber jetzt wird er pensioniert. Auch Elly freut sich, daß der Mann dann nichts mehr, gar nichts mehr zu tun hat, sie wünschen ihm nach Ausziehen der Uniform einen langsamen Tod.

Kommen Sie, das müssen Sie sehen.
Ich sage, daß ich in die Stadt muß, danach will ich mir alles ansehen, dann überlegen wir zusammen, was wir dagegen tun, jetzt liegt Schnee, da sieht man, wo sie um das Haus herumgehen, wir kriegen sie schon. Sie hören zu, wie ich mich anbiete, aber Frau Bjarsch hat eine Methode, sie will keine Spuren sehen, weil vielleicht gar keine da sind, sie setzt woanders an: Sehen Sie, das Messinggeländer, das habe ich machen lassen, mein Mann war auf einer Reise. Sie bringen mich zur Treppe, ich sehe mein Bein auf der Treppe und kann es nicht wegziehen, ich bin da, die Stütze im Haus. Sie lassen den Boß wieder sterben, das Messinggeländer wurde kurz vor seinem Infarkt angebracht, er war ein guter Mann, sie streicheln ihn, jetzt ist er ein Messinggeländer, und da, da sind die Flecken und fremden Fingerabdrücke, Elly reibt und reibt. So komme ich nie in die Stadt. Sie bringen mich wieder in ihr Wohnzimmer, Frau Bjarsch hebt die Stickerei hoch, da liegen die Krümel auf dem Tisch.
Ich werde sagen: Jetzt hören Sie mir bitte genau zu. Ich will ja helfen.
Jetzt hören Sie mal zu.
Passen Sie auf.
Oder ich werde von jetzt an den gemeinsamen Ton benützen, sie sollen hören, daß ich auf ihrer Seite bin: Regen Sie sich doch nicht auf, wenn Sie mal einen Schwanz auf der Terrasse haben. Glauben Sie mir, in der Kälte hält er es nicht lange aus, der Sack wird ihm abfrieren.
Eins nach dem andern. Jetzt passen Sie mal auf. Sie sind hier, und wir sind unten. Sie haben ein Telefon. Wenn Sie erst die Treppe runterkommen, verlieren Sie Zeit, dann sind sie weg. Sie müssen mir telefonieren, wenn sie da sind. Rufen Sie leise an, damit sie nichts hören. Dann komme ich, und dann haben wir sie. Ich kann zuschlagen. Ich fauste in die Luft, gefällt Ihnen das? so, platsch, rein in die Fresse, und

dann liegen sie im Schnee, so machen wir das und rufen die Polizei an. Ich schreibe Ihnen jetzt meine Nummer auf. Elly holt Blatt und Kugelschreiber, Frau Bjarsch nennt Verstecke für die Nummer, das Pack ist fähig und zerreißt den Zettel, und wenn sie dann telefonieren will, lachen sie mal hier, mal da. Frau Bjarsch schiebt den Zettel unter den Gummischützer auf dem Schreibtisch.
Sie sagt: Wir läuten, wenn sie wieder da sind. Was für eine Nummer haben Sie?
Haja, sagt Elly, der Herr hat sie doch gerade aufgeschrieben, und fummelt unter dem Gummischützer, da ist sie.
Ja, denk dran, da ist sie.
Haja, das weiß ich, der Herr hat sie aufgeschrieben.
Ja, denken Sie, sie schluzzt ihn ab.
Haja, die australische Dreckheit.
Schluzzt ihn ab.
Haja ja.
Und was macht der Staat? sagt Frau Bjarsch.
Haja, wir haben ja telefoniert.
Natürlich haben wir ihm telefoniert. Aber sie kriegen sie nicht.
Haben Sie mal die Streife kommen lassen?
Ja, was denken Sie, sie waren hier und haben alles abgesucht. Aber da oben ist der Wald, hoppla, da sind sie drin und weg, wenn sie die Polizei sehen.
Dann muß die Streife jeden Tag kommen.
Sie waren ja schon ausgewiesen, aber sie kommen wieder. Sie haben keine Arbeit und kein Domizil. Und zu uns kommen sie, weil wir zwei alte Frauen sind, da denken sie, wir können uns nicht helfen. Was glaubt das Schwein? Wir brauchen seinen Schwanz doch nicht zu sehen.
Haja ja.
Beide lachen, Lippen zu, lachen wie nach getaner Arbeit, sie reißen pünktlich das Blatt vom Wandkalender, alle Uhren

gehen richtig, jeden Tag kommt das *Tagblatt der Stadt Zürich*, es steckt an der Haustür in der blanken Messingklappe Briefe & Zeitungen, Elly liest aus der Zeitung vor, es könnte alles gut sein, aber Weihnachten, letztes Jahr, da waren sie bei Jakob in Meilen am See, es war ein schöner Heiligabend, die Kinder haben gelacht, gegessen, gespielt, gesungen, gelacht, gegessen, gesungen, aber dann, als die Schwestern wieder nach Hause kamen, schwamm das Öl auf den Fliesen, der Brenner stand still. So machen sie das, wenn man nicht im Haus ist. Seitdem fährt Frau Bjarsch am Heiligabend allein nach Meilen, Elly bleibt im Haus, um das Schlimmste zu verhindern, nie mehr können sie zusammen aus dem Haus, sie würden gern einmal ausruhen in Jakobs Haus in den Flumser Bergen. Aber es geht nicht. Wir haben Australier im Haus. Sie können meinen Sohn fragen, es war überall kalt im Haus und unten alles voll Öl, fragen Sie Jakob, wenn Sie es genau wissen wollen.

Heute abend sehen wir den alten Reisefilm *Nosferatu:* Einsteigen, Jonathan. Die Knechte: Herr, wir reiten nicht weiter, hier beginnt Sein Land. Schon hält die schwarzgelappte Kutsche, der Meister in der schwarzen Pelerine von 1922, ruckzuck geht die Fahrt dank Nosferatus Rückenwind tiefer ins Landesinnere, man lernt hier die Art, geduldig und rein durch den Fledermauszahn zu sprechen.

Das Geräusch des Schneeräumers am frühen Morgen, zwei gekochte Eier, nach dem Frühstück die Schranktüren schließen und die Telefonschnur durchschneiden, aber nicht heute, da ist immer noch eine Möglichkeit, die Papierscheibe unter

dem Cellophan, da hast du alles, was du brauchst, Aufsicht, Feuer, Störungen, Polizei, Auskunft, Sonderdienste siehe Teilnehmerverzeichnis, es kann nichts schiefgehen, überall Leute, wo die Löcher für den Finger sind, aber auf einmal haben all die Leute, die du anrufen wolltest, schon alles gesagt, es ist dann einfach, Hörer auflegen und dasselbe morgen noch mal versuchen.
Sie hat mitten in der Nacht geschrien, draußen war etwas wie Ausrutschen oder Aufschlagen, der Schnee liegt so hoch, daß er über das Dachgitter rutscht, sie will aber auch ein Kratzen gehört haben, Scharren oder Kratzen am Rolladen, was denn nun? Finger oder Krallen, der Hund hätte doch gebellt. Oder glaubst du jetzt auch schon an das, was sie da oben sagen? wenn du jetzt auch damit anfängst, können wir bald die Koffer packen, so leicht wie hier läßt uns keiner mehr rein, wenn sie keinen Ring am Finger sehen. Morgen liegen die Krümel wieder auf dem Tisch, die Australier sind da, laß sie bleiben, im Haus ist Platz genug.
Hast du Schritte da oben gehört, Radio, leise Musik, hast du gehört, wie sie Teller oder Tassen auftragen? Afra hat nicht gebellt, aber die zählt nicht, sie wedelt auch, wenn sie das Messer am Hals hat. Hast du fremde Stimmen gehört oder Lachen? Der Hund frißt Schnee, die andern sollen ja Magenbluten davon haben, er nicht, dann ruf ich etwas, such oder faß, damit sie hört, daß wir in der Nähe sind, nichts, überall frisch gefallener Schnee, keine fremden Fußspuren.
Sie wollte ja so einen Winter, das Nest im Winter, Teeabende und so weiter, ja, ich weiß, sie hat den Winter nicht gemeint, vielmehr den Herbst, als eines Morgens so ein Geschmack in der Luft war, alles windstill, Nebel, das sei ihr Wetter, alle Leute, aber auch alle müßten in so einer Jahreszeit in die Knie, sie sagte, jetzt kann keiner mehr übertreiben.
Jakob ist vor dem ersten Schnee dagewesen und hat das Wasser für den Gartenhahn an der Hausfront abgedreht, er

kommt, damit das Rohr in der Kälte nicht platzt, er ist jedesmal wie neu, kein Stäubchen, das macht einen Sohn aus ihm, der in Frau Bjarschs Sätzen alles fest in den Händen hat.
Du hast also wieder Leute ins Haus genommen. So ist er, sagt sie, er war überrascht, ich habe ihm nichts davon gesagt, daß Sie kommen. Er weiß, daß wir das finanziell nicht brauchen, aber ich habe ihm gesagt, er hat ja auch seine Gäste und kann nicht ans Telefon kommen, wenn ich ihm telefoniere, dann kommt das Dienstmädchen und sagt, er hat Gäste, er hat Gäste, dann lege ich wieder auf, ich habe die Leute gern, die bei mir sind, ich habe sie gern, sonst wären sie doch gar nicht bei mir, nicht wahr?
Es ist alles ruhig, keiner will hier etwas holen.
Frau Bjarsch sagt: Das ist mein Areal.
Wir haben ja immer noch Zeit, wenn einer dasteht, ein Griff, und man hat etwas in der Hand, im Notfall ist alles zu gebrauchen, rücksichtslos, ohne Anruf in die Fresse, da, siehst du, es hat lange gedauert, bis die Hand so hell und dünnbehaart war, aber sie hat es nicht verlernt, nur rechtzeitig aufladen, das ist alles, man braucht sich nur umzusehen, überall Steine und Knüppel in so einer Wohnung, alles vollgestopft, wenn plötzlich einer im Türrahmen steht, sofort in die Augen, immer auf die Augen, das wünsch ich mir, soll er mal kommen, den machen wir fertig, du von hinten, ich von vorn, bis alles kurz und klein ist, verlaß dich drauf, es kommt plötzlich so aus dem Ärmel, ruckzuck wie es schon immer aus dem Ärmel kam, mehr oder weniger haarig.
Was hast du? sagt sie.
Nichts.
Sie weiß nicht, warum sie mitten in der Nacht schreien muß.
Ich sag ja nichts. Ich frag ja nicht, warum sie schreit. Du schreist eben nachts.
Das war das erste Mal. Warum schrei ich?
Wie soll ich das wissen?

Manchmal denk ich — —.
Vielleicht sehen sie zu.
Und wie?
Vielleicht haben sie irgendwo ein Loch.
Sie sagen, es ist nicht gut, wenn der Mensch allein ist.
Und dann sagen sie, auf der Terrasse wird gevögelt.
Wie soll einer auf die Terrasse steigen?

Frau Bjarsch war jünger als der Boß, mindestens 15 Jahre, wenn man sie so reden hört, Herztod, das muß in den 50er Jahren gewesen sein, vielleicht ist sie gar nicht aus seinen Kreisen, woher kommt sie? vom Strich? Alle Brillanten und das Gold, was der Boß in sie reingesteckt hat, haben sie ein paar Jahre mundtot gemacht, dann lag der Boß auf dem Pflaster, da hat sie all die eingesperrten Wörter wieder rausgelassen, es gibt keinen besseren Lebensabend als Wörter.
Und was ist mit Elly? Wer hat damit angefangen?
Ja, ich habe zugeschlagen, es mußte sein, plötzlich, es war nichts anderes in der Nähe als der Hund, er war weg, ich habe gesucht, gerufen, warum hat er nicht gehört? da habe ich zugeschlagen, ja, so, ich gehe auf ihn zu, mach das nicht noch mal, und hole mit der Leine aus, aber der Hund kommt noch mal davon, oder ich wollte vielleicht mit dem ersten Schlag nicht treffen, um mehr Luft für den zweiten Schlag zu haben, der Hund fängt an zu laufen, ich hinter ihm her, mit der kurzgeschlungenen, erhobenen Leine, ich weiß genau, es hängt von mir ab, wann die Leine aufs Fell klatscht, hetzen, den Arm oben lassen, obwohl der Hund jetzt genau unter dem Arm läuft und läuft, ich komme nicht eher davon los, bis ich zugeschlagen habe, ich könnte ebensogut hinter etwas anderem herlaufen, das ich schlagen kann, plötzlich, klatsch, da heult der Hund und sieht im Laufen über die

Schulter, wir haben den Schläger gesehen, er ist plötzlich wieder weg, bis zum nächstenmal, später belohne ich den Hund, bin erleichtert, weil es noch einmal klappt, er frißt noch immer aus der Hand, die ihn geschlagen hat. Ich habe ihr nichts von dem Schläger gesagt, ich habe nur gesagt, weil der Hund so still in der Ecke lag: Ich habe ihm eine verpaßt, weil er mir weggelaufen ist.
Früher, nein, früher, anfangs, ich war ja selber überrascht, daß der Schlag vorbereitet war, ja, aus nächster Nähe, wie soll ich sagen, es ist ja vorbei, es ist wieder alles in Ordnung hier, wir werden damit fertig. Sie läßt die langen ausgekämmten Haare im Waschbecken liegen, sie brauchte nur Wasser drüberzuspritzen, über die Haare da.
In den Tagen vor Weihnachten kam ein anderes Geräusch dazu. Elly fing an, in die Hände zu klatschen und zu singen, wenn sie in den Keller ging. Sie holt eine Flasche Mineralwasser, oder sie begießt singend oder summend eine Zwergpalme, die im Abstellraum überwintert, hier ist die Tür auf der Gartenseite mit zwei Balken verrammelt, Frau Bjarsch sagte, die Herren haben die Balken angebracht, jetzt haben sie viel zu tun, die Streife ist im Adventsverkehr eingesetzt und kann nicht kommen. Ganz ruhig kann sie dastehen, als wollte sie sagen, wir sind allein, machen Sie sich keine Hoffnung, es kommt keiner mehr, um Sie da rauszuholen. Was Elly singt, versteht man nicht, auch wenn wir das Ohr an die Tür oder Holzleiste halten, es hat aber mit dem Herrn zu tun. Plötzlich hört der Singsang auf, einen Moment ist es still, dann schreit sie: Ich weiß schon, was du willst, meine Augen kaputtmachen, du Dreckheit, und mir den Schoß verreißen, rüdiger Schwanz.
Ich bin nicht da, wenn sie klopfen, der Hund kennt jetzt das Klopfen und bellt nicht mehr, er beobachtet nur die Tür, ich bin nicht da, weg, tu was, Schnee fegen, überall, ich räume auch oben an der Eisentür den Schnee weg, damit sie sehen,

wie ich mich um Haus und Areal kümmere, ich schaufle unter den Briefkästen rechts und links von der Eisentür, damit der Briefträger gut an die Briefkästen herantreten kann, ich habe ja gesagt, daß sie mit mir rechnen können, ja, klopfen Sie nur, habe ich gesagt, ich bin immer da.
Am Heiligabend ist sie wieder bei Jakob am See, und weil sie an dem Abend geboren ist, sagt sie, war es ein reiches Leben, der Herr hat es so gemacht, sie ist dankbar, so und so hängen die Kinder an ihren Händen, und wir sind alle zusammen auf dem großen Areal, das ich meinem Sohn gekauft habe, so ist es jedes Jahr, sagt sie, wer Liebe sät, wird Liebe ernten.
Elly schreit hinter dem Haus: Afra, hopp, beiß ihm das rüdige Gehenk ab.
Was macht die Frau? sagt Frau Bjarsch.
Danke, es geht ihr gut.
Wo ist sie? Was arbeitet sie?
Sie machen, ja, was soll ich sagen, sie haben jetzt viel zu tun, ja, Strahlenexperimente, ja, mit Fliegen, Transplantationen, Nährböden züchten, die Fliegen fressen Mais und Hefe, nein, keine Stubenfliegen, es sind Obstfliegen, die kleinen roten oder braunen, die im Sommer unter Äpfeln und Trauben auffliegen, die Drosophila, sie wollen sehen, ob sie Strahlenschäden reparieren kann. So kann ich Frau Bjarsch ablenken, ja, wenn ich ihr zuvorkomme, bevor sie auftischt, da steht sie wie ratlos im Schnee, ich schaufle gebückt um die roten Pantoffeln herum, während ich zu ihr hochsehe, gutmütig, sehen Sie, so bin ich, aber es dauert nicht lange, sie durchschaut mich und schlägt zurück: So, dann hat das Fräulein ja viel zu tun.
Ich erinnere sie an unsere Abmachung, vorsichtig zu sein, bitte, wir haben ihr gesagt, wie es ist, nicht vergessen, einfach Frau sagen, niemals Fräulein, sich nicht versprechen, schon gar nicht auf der Straße, wenn sie mit den Leuten spricht.

Sehen Sie mal, alles voll, sagt sie, so geht es nicht weiter.
Was sagen Sie?
Ja, sehen Sie das nicht? Die Trödel da im Schnee.
Trödel?
Da, Sie stehen ja davor, da.
Mit dem Finger zeigt sie auf den Weg, Trödel, hier und da, Scheißhaufen von der Schäferhündin, nein, das stimmt nicht, alles machen sie voll, die Australier, weil Frau Bjarsch sie rausgeworfen hat, seitdem scheißen und seichen sie auf den Marmor, in den Garten, auf den Weg, wo sie gerade sind.
Ich sage vorsichtig: Das kann Afra sein, sie ist so schwer, und jetzt liegt überall Schnee, da bleibt sie auf dem Weg.
Afra macht das nicht.
Glauben Sie mir, es war ja schon im Oktober so, als wir kamen.
Sie weiß es besser, sie hat es ja lange genug mitgemacht, wieder steht sie so vor mir: Es kommt keiner mehr, um Sie da rauszuholen.
Darum ist es ja heute wieder so schlimm mit Elly, sagt sie, Elly muß alles wegmachen, aber nicht lange, dann liegt wieder ein Trödel da. Die ganze Nacht hat das arme Mädchen nicht geschlafen, weil er die Lampe wieder zwischen den Rolladen gesteckt hat, an, aus, an, aus, Elly zittert und weint, diese Nacht haben sie wieder gefressen.
Die Krümel habe ich gesehen, sage ich.
Und wie kommen sie rein?
Sie haben ja Nachschlüssel.
Gut, daß Sie das wissen.
Sie haben es mir gesagt.
Wer? Die Australier?
Frau Bjarsch, wir wollen uns doch verstehen, ja, Sie selber haben es mir gesagt. Ich kenne keine Australier. Ich habe sie nie gesehen. Zeigen Sie mir einen einzigen, und ich hole ihn, ich bring ihn, damit wir Ruhe haben.

Sie sagt: Ich will ja auch Ruhe haben.
Und warum sind sie gerade hier, in Ihrem Haus?
Sie triumphiert: Weil sie uns kennen.
Ich komme dagegen nicht an, heute nicht.
Sie waren ja meine Mieter, hier kennen sie sich aus, in den anderen Häusern sind sie fremd, da bleiben sie lieber hier.
Nein, Afra macht das nicht.
Du kennst das nicht, du bist im Labor, in Sicherheit, du bist nicht dabei, wenn plötzlich wie durch einen Sog unter den Füßen etwas nachgibt und wegrutscht, wie Fladen und Schuppen, ich sehe dann nur die Pantoffeln und die Beine in den braunen Altweiberstrümpfen, so tief zieht es mir den Nacken nach unten, dann kehre ich alles zusammen, immer auf derselben Stelle, so lange, bis die Bodendecke wieder zu ist und wie vorher, am Ende kriegst du den Anfang noch mal verpaßt: Der Hund ist sauber.
Haben Sie die Haare gesehen?
Was für Haare? sagt sie.
Das sind Afras Haare in der Scheiße.
Sie lacht: Das hat noch keiner gesagt.
Wer soll es Ihnen denn sagen? Es ist ja keiner da.
Sie sagt: Da haben Sie recht.
Das Zerren an den Lippen, Trauer, das Reißen an den Mundwinkeln, wie gerufen, ja, sie sind begraben, die Gäste, und haben den Maienfelder und den Osterfinger getrunken und haben zusammen Karten gespielt, auf allen Friedhöfen, in allen Richtungen liegen sie, Eichbühl, Sihlfeld, Manegg, Fluntern, Rehalp, einer hatte einen Dalmatiner, die Herren gingen sonntags auf dem Zürichberg spazieren, sie zeigt mit dem Finger auf die fette Hündin, die sie von einem Bauern gekauft hat, als Afra vier Monate alt war und noch kurzbeinig, früher waren die Hunde noch schön, sagt Frau Bjarsch, nicht so. Der Bauer hat den Hund geschlagen, Afra mag keine Männer. Der Bauer hat nicht gesagt, daß der

Hund so groß wird, manchmal denkt sie, ob es nicht besser ist, ihn zu spritzen, so mit Daumen und Zeigefinger, wie sie es vormacht, sehen Sie, wie er mich ansieht, wo ich geh und steh, da ist er auch, das Kalb. Der Hund wedelt, haut ihr den Schwanz gegen das Bein, sie schlägt ihm das Handgelenk, das Gold über die Schnauze. Keine Gäste mehr, kein Tropfen Wein mehr im Keller, aber die leeren Flaschen sind alle da und liegen im Holzgestell und sehen auf den ersten Blick so aus, als wären sie voll, wem soll man sie geben? aber sie haben gar nicht vor, die Flaschen abzugeben, die beweisen, wie alles mal war, Eichbühl, Manegg, Fluntern, alles weit auseinander, aber hier im Keller ist man noch zusammen und spricht miteinander. Ein anderes Holzgestell, leere Honiggläser, immer dieselbe Sorte, mexikanischer Blütenhonig, da stehen auch die leeren Flaschen eines Kreislauftonikums, Roßkastanienextrakt, die Gäste sind abgekratzt, einer nach dem andern, da haben die Schwestern angefangen, mit Gläsern und Flaschen gegen die Löcher in Eichbühl oder Fluntern zu kämpfen, passen Sie auf die Leber auf, hat Frau Bjarsch im Keller gesagt, sonst sind Sie schnell ein alter Mann.

Der Alte, sagt Wela, ist nicht am Herzinfarkt gestorben.

Sie hat Wela von dem Messinggeländer vorgeschwärmt. Als der Boß von der Reise zurückkam, hat er zuerst gesagt, sie soll nicht soviel Geld ausgeben, aber dann, hat Frau Bjarsch gesagt, konnte er es gut gebrauchen in seinem Alter.

Er mußte über die Treppe, wenn er zu den Flaschen im Keller wollte. Wela hat gefragt, ob der Boß viel älter war als sie, Frau Bjarsch hat zerstreut, bedauernd oder einfach so ja ja gesagt, Wela will bemerkt haben, daß sie verschämt ist, wenn sie von seinem Tod spricht, nie sagt sie genau, woran er gestorben ist, er ist hingefallen, heißt es, die Hand am Herzen, aber jetzt denk mal an das, was sie über die Leber gesagt hat und die Flaschen im Keller, der Boß hatte eine

kaputte Leber. Hatte er die Hand wirklich am Herzen? Er hat sich aus dem Haus hinausgesoffen. Jetzt wollen sie dem Boß oder sich selber einen Gefallen tun und sagen, es war das Herz.
Sie hat es gut in ihrem Labor, zwischen den Transplantationen trinken sie Tee, dann verpflanzen sie wieder, die Genitalscheibe von der Larve in die Adultfliege, Tee, Larve, Adultfliege, Larve, stundenlang.

Tauwetter und Geschrei, beiß ihm das Gehenk ab. Wir haben alle Hoffnung auf den Sommer gesetzt, drei Astronauten unterwegs zum Mond, der alte Mann in Rom macht ein Geräusch, laßt uns beten für die Brüder in der gewaltigen, geheimnisvollen Wirklichkeit, in der wir alle uns bewegen. Das Landleben ist fruchtbar und locker, der Regenwurm schläft nicht im Liegen, wenn er schläft, steht er aufrecht in der Erde, das weiß jede Hexe.

Früher haben sie die Hostie ins Schnupftuch gespuckt, sind damit auf ihre nächtlichen Sammelplätze gegangen und haben sie vergraben, dann haben sie darauf gestampft und getanzt, früher haben sie die Gestalt von Hund, Katz, Wiggle, Maus und schwarzer Taube angenommen, in dieser Gestalt haben sie mit Hilfe des Teufels Kühe, Fisch und Hühner vergiftet, haben Hagel gemacht, wozu ihnen der Teufel Haar, Gift, Todtenbeiner und getrocknete Igelmilch gegeben hat, was sie in Teufels Namen alles in die Luft geworfen haben, bis es hagelte. Früher sagte eine, man solle sich in den Finger schneiden und ihr folgen, mit dem Blut ging man früher fort, um den Teufel zu treffen, man führte dann eine Menge Schädigungen an Mensch und Vieh aus, früher waren sie fähig, Geschlechtsteile wegzuzaubern, wie es einem Mann in Ravensburg passierte, der plötzlich nichts mehr sah und nichts mehr fühlte zwischen den Beinen, da war nur noch eine platte Stelle, sooft er auch drüberstrich, seine Hand fand keinen Halt mehr, er ging zu dem Mädchen, das er verlassen hatte, er würgte die Person solange, bis sie ihm die Hand

zwischen die Lenden steckte und ihm so das Verlorene wieder an seinen alten Platz zurückhängte, sofort spürte der Mann aus Ravensburg das vertraute Gewicht wieder und ging zufrieden davon. Früher wurden sie dem Gericht übergeben, sie wurden zum Reden gebracht, an die Leiter gebunden, sie bekamen einen Vierling Pulver um den Hals und wurden angezündet, nachdem sie vor allem gestanden hatten, der Teufel habe ihnen den Schwanz bis in den Hals gestoßen. Wenn eine das Ausfragen nicht überstand, wurde sie ohne Geläut und Lichter bei Nacht ins Loch hinabgelassen, überall knisterte dann der Waldboden.
Jakob hat die Vorgänge kennengelernt, er hat gesagt, sie ist herzensgut, sie hat ihre Ansichten und Härten, sie sind jetzt beide in einem Alter, das man hinnehmen muß, wie es ist. Aber er kennt sie nicht, wie wir sie kennen, er ist am See weit genug weg. Er hat den Kopf so voll, sagte Frau Bjarsch, ihm kann ich das nicht sagen, er baut sein Leben auf, dabei darf man ihn nicht stören.
Ja, mit der Zeit, habe ich zu Jakob gesagt, ja, sie brauchen Vertrauen, einen, mit dem sie sprechen können, man darf ihnen die Australier nicht nehmen. Wissen Sie, wer damit angefangen hat? Nein. Wir lassen ihnen die Australier, so wird es gehen. Jakob wünschte ein gutes neues Jahr, er war ein paar Minuten da, er wollte die neuen Mieter sehen, mehr nicht, und ist deshalb auch nicht näher auf die Sache eingegangen, vielleicht weil er hoffte, wir könnten wirklich damit fertig werden, oder weil er uns überhaupt keine Chance gab und sich nicht weiter darauf einlassen wollte.
Die Zeitungen bringen Schneeberichte, Zürich grau, in der Klemme, erschöpft, wie es sich klein macht in seinem alten Gletscherloch. Elly hat mir das Viehsalz in einem Marmeladeneimer gegeben. Sie hat nicht geschrien, als die andere am Heiligabend bei Jakob war. Hatte Elly Angst? Oder war sie still, weil es ohne die andere nicht funktioniert? Sie hätte

sich doch mehr denn je wehren müssen, laut und schrill, denn die Australier beobachten das Haus und hätten kommen müssen, wo sie so leichtes Spiel gehabt hätten. Was hat sie gemacht? Wir haben nur Afra gehört, der Hund hat sich wie immer die Ekzeme gekratzt und hat dabei mit dem Gelenk den Wirbel gegen den Fußboden getrommelt.
Ja, Elly, sie vielleicht, sie streut nachts die Krümel auf den Tisch. Vielleicht hat sie Hunger. Nachts geht sie an den Kühlschrank, sie muß den Dreck machen, die andere rührt keinen Finger. Warum ist kein Dienstmädchen da? Die Alte sagt doch immer, daß sie noch vier andere Häuser hat. Aber Spinngewebe an der Decke, der Türlack war mal weiß, jetzt ist er grau und splittert ab, seit Jahren ist hier nichts gemacht worden.
Ellys Haare sind im Nacken kurz geschnitten, sie geht nie zum Friseur, die andere läßt sich Stirnlöckchen machen, von Ellys grünen Wollärmeln hängen die Fäden, sie trägt gelbe Pantoffeln, falsche Eidechse, und hat klamme Schöße vom Abwischen der nassen Küchenhände. Was hat sie davon, wenn sie jede Nacht Krümel auf den Tisch streut und sagt, es sind die andern?
Frau Bjarsch hat sie nach eigenen Worten bei sich aufgenommen, Elly war so etwas, das bis dahin im Leben zu kurz gekommen war, Anna-Roberta kam aus Paris und sah, was falsch war hier und da, j'ai les yeux en face des trous, so gute Augen will sie auch heute noch haben. Elly sagt *Der Herr*, wenn sie vom toten Boß spricht, der Herr aß morgens zwei Spiegeleier mit Schinken, die Dotter mußten weich sein, so ein bißchen in der Pfanne hüpfen, harte oder ausgelaufene Dotter wollte der Herr nicht sehen, die mußte Elly essen, am Morgen des Tages, an dem er hinfiel, hat sie ihm noch die taubengrauen Gamaschen gebürstet, der Herr war bekannt für seine leichten Strohhüte, das Leben war früher in den besten Händen.

Elly klopft nie an die Tür, die andere klopft, sie will als erste dastehen und sprechen, so sind die Regeln, der Hundekopf zwischen den Kitteln, wenn ich öffne, nicht zu weit, mit der linken Hand halte ich die Klinke fest. Warum rufen sie mich nicht an? Ich habe ihnen die Nummer übergroß auf den Zettel geschrieben, Elly sagt zwar, das Schwein macht ihr die Augen kaputt, aber ich weiß, daß sie der anderen aus der Zeitung vorlesen muß. Es wächst und ist jedesmal größer an der Tür, wenn ich aufmache und sehe, wie sie dastehen und alles ausstopfen.
Wo sind sie?
Wer?
Die Australier, das wissen Sie doch.
Was soll ich wissen?
Sie waren da und haben die Brosche gestohlen, die mit dem roten Stein, hier auf dem Kleid war sie, jetzt ist nichts mehr da, weg, einmal waren es drei Kristallvasen, das hört nicht mehr auf.
Elly: Excüsi, das Schwein hat die Lampe wieder mitgebracht. Elly hat sich gerade gebückt und wollte eine Nadel vom Teppich heben, da fing er an mit dem Fackeln und Blenden, rundherum war das Licht, das ganze Zimmer lila, kaum bückt sie sich, da ist er am Fenster und blendet, ganz schwach sind die Äugen wieder, wie soll sie arbeiten, alles lila, und letzte Nacht saßen sie an dem runden Tisch, wo sie immer das Gestohlene fressen, und haben sich die Fingernägel geschnitten, es hat auf dem Tisch gelegen, geschnitten und gefeilt haben sie die Finger, alles voll.
Elly streckt die Hand aus, sie braucht ihre Nägel nicht zu schneiden, weil sie vom Arbeiten abbrechen. Warum beweist sie es? Keiner hat verlangt, daß sie ihre Finger zeigt, die stumpfen Nägel, sie weiß also, daß sie im Verdacht steht. Bei wem? Bei der Schwester? Hat Frau Bjarsch jemals vor Elly so einen Verdacht ausgesprochen? Sie sagt doch immer,

sie machen Ellys Augen kaputt, man muß Elly vor dem lila Lichtstrahl retten. Excüsi, Elly hebt den Arm hinter Frau Bjarsch, hier bin ich, sie mußte sich immer ein bißchen recken im Leben, um gesehen zu werden, die Barthaare sind gewachsen, da diente sie schon der Schwester und paßte mit den Barthaaren gut in Küche und Haus, von dem sie sich nie weiter als ein paar Meter entfernt, gerade so weit, um ab und zu die Scheißhaufen vom Weg zu fegen, ins Gebüsch, die Trödel, australische Scheiße. Excüsi, im Krieg war auch die Schweiz verdunkelt, im Krieg ist Elly mit dem Scheinwerfer zur Seilbahn gegangen, wenn der Herr und Madame vom Theater kamen, Elly hat mit der Lampe nach Hause geleuchtet, und so eine Lampe hat das Schwein jetzt, wie im Krieg, er glaubt ja, daß er den größten Schwanz im ganzen Areal hat, deshalb zeigt er ihn ja immer auf der Terrasse und am Fenster, und die Rifze schluzzt und schluzzt.
Frau Bjarsch hat in solchen Momenten einen Ausdruck wie Horchen oder Träumen im Gesicht, sie wirkt ruhig und entspannt, hat beide Hände in den Kitteltaschen und steht etwas vorgebeugt, als zähle sie die Wörter und vergleiche, ob es auch dieselben sind wie immer, als lege sie Wert darauf, daß sie sich wiederholen, Scheinwerfer, damals, jetzt, der Schwanz, die Klöten am Fenster, weg, weg mit dem Licht. Wenn er am Fenster steht, trägt er so eine Jacke bis zum Knie, eine Hitlerjacke, sagt Elly, sie sitzen jeden Abend vor dem Bildschirm, Hitlerjacken hat sie im Laufe der Jahre mehrmals gesehen, auch Gamaschen trägt er.
Die Schwester summt jetzt, Wela hat ein Wort dafür: Die Alte möhnt.
Wenn ich sie kriege, sagt Frau Bjarsch mitten in ihrem Summen, dann schlag ich sie tot.
Elly: Du mußt ihn mal sehen, wie er den Aal hält und so damit herumgeht. Sie hält beide Hände unten hin, hoch damit, ja, so hoch, und dreht sich im Kreis. Die andere lacht,

es ist gerade so viel Beifall, daß die Brillanten im Ohr schwanken.
Ich will ihn gar nicht sehen, sagt sie. War es zu spät für den Boß? Ich will ihn nicht sehen, mich kotzt es schon an, wenn ich davon höre, aber sie sieht ihn immer wieder auf der Terrasse, wo er auf dem weißen Marmor so gut erscheinen kann.
Eines Morgens greife ich am Henkel der Kaffeetasse vorbei, Wela sieht es nicht, es bedeutet ja auch nichts, ich sah nur durch das Küchenfenster gegen den Schnee, ich hörte eine Elster, die wie im Juni lärmte, im Sommer sitzen wir vor der Tür und feilen die Zehennägel, und alles wird anders sein, ja, dann reißen wir erst mal den Garten, der keiner ist, auseinander, draußen in der Sonne sind wir stärker als im eingeschneiten Haus, wir schneiden die Hecken, wir legen einen Rasen an, wir säen und ernten, schrie die Elster so früh im Jahr.
Der weiße Kittel steht mir gut, das Ja Ja Ja, das sie aus mir rausholen, spricht der Wärter. In der Küche tropft der Warmwasserhahn, an der Decke des Badezimmers muß schwarzer Schimmel abgewaschen werden, die toten Spinnen sind weg, die alten Spinngewebe waren von der Decke bis zu den Lampenschirmen gespannt, das haben wir erst bewohnbar gemacht. Im November haben sie mich gerufen, ich habe ihnen die numerierten Vorfenster eingesetzt, weil es kalt wurde, sie standen auf dem Estrich, die Luke ist mit einem Seil an der Treppe festgebunden, damit vom Estrich keiner einsteigen kann. Elly ist auf die Treppe gestiegen und hat den Knoten aufgemacht, die Kälte kommt von oben, sagte Frau Bjarsch, und ab jetzt werden sie die Vorfenster nicht mehr rausnehmen, das Personal bleibe aus, es sei, wie gesagt, entweder tot oder abgewandert, und sie sei froh, daß ich die Vorfenster einhänge. Alles ging gut, bis sie die Fliegen auf der Fensterbank sahen, Elly putzt doch auch die unbewohnten Dachzimmer, und auf einmal so viele tote Fliegen.

Da sieht man wieder, wie sie es machen, sagte Elly.
Ich sagte: Sie sind vom letzten Sommer.
Sehen Sie mal, dem Hund haben sie das Gesicht schwarz gemacht.
Afra ist um Augen und Nase schwarz, das Muster wächst ihr spitz über die Stirn.
Sehen Sie, da und da. Also.
Elly hat mit der Hand die Fliegen zusammengeschoben. Auch die bronzene Tellfigur auf dem Bücherschrank haben sie schwarz angestrichen, Tell, Afra, Tell, alles verdorben, und ein Lexikon vom Boß ist verschwunden, alles schwarz. Ich halte mich an den Vorfenstern fest, trage sie stumm oder mit einem *Vorsicht, ich muß da vorbei* durch die Zimmer zu ihren Haken. Wenn ich beschäftigt bin und mich bewegen kann, überstehe ich die Sätze besser, nicht stehenbleiben, sich nicht auf das blaue Lippenpaar einlassen, Vorfenster einhängen und nach dem Einhaken Luft holen und auf die Stadt runtersehen, ich habe gesagt: Sie haben einen schönen Ausblick.
Und da, excüsi, der Schreibtisch, sehen Sie, wie die Rifze es mit den Fingern gemacht hat, meine Finger sind das nicht, sagte Elly, ich habe gestern noch Staub gewischt, aber dann kommt sie und macht einmal so mit ihren Stecklifingern, und dann hat man wieder die Pfoten hier und da. Wenn Sie sich bücken, dann sehen Sie die Dreckheit, ich putze, aber immer geht sie mir drüber, und Elly strich die Finger lang über den Tisch durch den Staub. Dann ist da noch ein Bett im mittleren Dachzimmer und immer dieselbe Grube oder Mulde im Federbett, auf dem eine weinrote Schondecke liegt, da lassen sie sich einfach fallen, wenn sie müde sind, Elly hat mit der Hand reingeschlagen, die Mulde wird mit jedem Schlag tiefer, Elly sagte, Madame hat das Federbett vor ein paar Tagen noch glattgezogen, jetzt ist das Loch

wieder da, man sieht es ja, so einen Abdruck macht nur der Arsch eines Menschen.
Also, sagte Frau Bjarsch.
Glauben Sie denn, habe ich vorsichtig gefragt, die Australier legen die toten Fliegen auf die Fensterbank?
Ja, was denken Sie, die haben ja keinen Beruf und nichts. Die Rifze hat im Zuchthaus gesessen, weil sie ihr Kind getötet hat.
Elly: In Reutlingen ist es gewesen.
Es hat mich nicht überrascht, vielleicht weil ich gerade mit dem Einhängen der Vorfenster beschäftigt war, und die Stadt hat so ausgestreckt in der Sonne gelegen, da nimmst du den Kindsmord hin, weil die Turmspitzen gerade wieder ihre Namen aufsagen, Großmünster, St. Peter, Fraumünster, und wenn du so nach unten schwebst, dann überrascht dich gar nichts mehr, weil du ja keinen Boden unter den Füßen hast, sonst müßtest du schreien: Ja, wofür halten Sie mich eigentlich?
Fliegenleichen auf der Fensterbank
Der Hund ist schwarz.
Das Loch im Bett.
Fingerabdrücke.
Das laß ich jetzt so, wie es ist.

Auf dem Friedhof Fluntern stand der uniformierte Friedhofswärter und hatte etwas vom Fährmann oder Chauffeur an sich, er hat einem Joyce aus Dublin das Streichholz an den Zigarillo gehalten, und das Buch in der Hand ist gerade auf der Seite aufgeschlagen, wo steht: In den Roggenfeldern liegt gern harmloses Landvolk zusammen. Es kann aber auch eine andere Seite sein. Der Friedhofswärter tat wie ein alter Bekannter aus Dublin, immer geradeaus, dann die

Treppe hoch und dann rechts, da sitzt er mit der Pfeife in der Hand, hat der Mann gesagt, aber dann hatte er gar keine Pfeife in den Bronzefingern, nur diesen kalten, rauchlosen Zigarillo, der Friedhofswärter war nicht aus Dublin.
Anfang des Jahres macht Wela Fotos, Elly bindet das Geschirrtuch ab, sie steht in der Haustür, Afra liegt auf der Fußmatte, früher war sie vielleicht das Mädchen, das eines Sonntags auch mal fotografiert wurde, weil auf dem Film das letzte Bild noch frei war, also strafft sie sich ein bißchen und zupft an den Haaren, Frau Bjarsch ist anders, sie sieht bei jeder Aufnahme geradeaus in die Kamera, sie hat die Hände hinter dem Rücken, man sieht, wem das Haus gehört. Sie atmet tief ein und langsam wieder aus.
Man muß dabei pfeifen, sagt sie.
Ich weiß jetzt, wie Elly der anderen mit so einem seltsamen Blick in den Rücken sieht, aber wenn sie merkt, daß sie beobachtet wird, sagt sie schnell etwas Beifälliges.
Madame kann es gut.
Die andere pfeift.
So muß man es machen, jeden Tag ein paar Atemübungen vor dem Haus. Können Sie das auch?
Das ist der Frieden, für den man pfeifen muß, sonst kommen sie wieder auf das andere, laß sie in dem Glauben, daß wir mit ihr ein- und ausatmen. Sie sagt: Heute gefallen Sie mir. So müssen Sie immer sein, früher waren alle so.
Das Fräulein sollte aber Handschuhe tragen, sonst kriegt sie rauhe Hände, sehen Sie mal meine Hände an, die haben nie gelitten, wenn ich unterwegs war, jetzt geht man ja nicht mehr so weit.
Sagen Sie nur ruhig Frau, sage ich, das ist besser, Sie wissen ja.
Was?
Elly erklärt es ihr: Der Herr meint, du sollst zur Madame Frau sagen. Es ist wegen der Leute.

Ja, das sag ich doch.
Du hast Fräulein gesagt zur Madame.
Sehen Sie, sagt Frau Bjarsch, alles habe ich gemacht, das ganze Areal, alles habe ich aufgebaut.
Sag was, so fängt es an, jetzt müssen wir gehen, sag das oder etwas Ähnliches, sie hat wieder so tief hängende Stirnlöckchen, das sieht man immer erst, wenn es zu spät ist.
Jetzt müssen wir gehen.
Ja, gehen Sie nur, es tut Ihnen gut, aber Ihre Frau muß sich wärmer anziehen.
Danke, danke, das nächste Mal tut sie es.
Heute ist sie gnädig, vielleicht kennen wir uns jetzt lange genug, sie hat uns in alles eingeweiht, im neuen Jahr wird es besser gehen, Jakob hat gesagt, daß man sich auf sie einstellen muß, wie, das hat er nicht gesagt, ich nehme aber an, er meint, auf ihrer Seite sein, kein falsches Wort sagen, Australier sagen, ab und zu auch sagen: Wir schlagen sie tot.

Wir laden sie ein, sie trinkt eine Tasse Tee, die beiden Zwischentüren sind geöffnet, Elly ist in der Küche, sie will nicht kommen, kommt dann aber doch ein paar Treppenstufen runter und setzt sich mit einer Tasse Tee auf die Treppe, sie hält die Tasse mit beiden Händen fest, die so zittern, daß der Tee überschwappt. Ist das echt? Zittert sie nicht ein bißchen zu gut, um zu beweisen, daß sie die Arbeit macht, sie allein, oder um zu zeigen, daß man keinen Verdacht haben darf, wenn die Hände so zittern? Wela nimmt ihr die Tasse aus der Hand und stellt sie auf die Treppe, sie gibt ihr die Tasse später wieder in beide Hände, damit sie einen Schluck trinken kann, danach stellt Elly die Tasse selber auf die Treppe und lächelt dankbar. Frau Bjarsch beobachtet diesen Vorgang mit so einem Blick: Wie macht Elly das? Macht sie

es auch gut, macht sie es richtig? sie ist zufrieden, ja, bleib so, es ist richtig so, jetzt hast du sie schon so weit, daß sie Mitleid haben, mach so weiter. Elly geht zurück an die Arbeit. Frau Bjarsch trinkt Tee, sie vermißt das alte Inventar, alles verändert, die früheren Mieter haben das nicht gemacht, aber so geht es auch, sagt sie, Sie haben jetzt eine schöne Wohnung, Sie wohnen hier unten besser als wir da oben.
Wir sagen: Sie haben die schöne Aussicht, Sie sehen auf die ganze Stadt und den See.
Früher hat sie Wela ein paarmal gesehen und hat zu Elly gesagt, da ist das Fräulein wieder mit dem Hund. Ich war ja lange in der Couture, sagt Frau Bjarsch. Sie weiß, wann man einen guten oder schlechten Gang hat, sie hat auf alles geachtet, Arme, Beine, Hintern, alles gut und fest unter dem Kleid, sie zielt mit dem Finger durch die Luft, sie war auch mal aus Fleisch. Der Teppich gefällt ihr, da geht sie hin und her auf den Seegrasmatten, sie schlurft und macht Stoppeln, laß sie laufen, laß sie glauben, daß wir das alles ihr verdanken, wir zeigen ihr, daß sie es gut bei uns hat, der Spaniel kratzt an ihrem Bein, Frau Bjarsch hält es für ein gutes Zeichen, daß er die Pfote gehoben hat, er macht das ganz anders als das Kalb mit seiner Tatze. Wir zeigen ihr seine Ahnentafel, damit sie es schwarz auf weiß sieht, daß sie Leute mit anständigen Papieren im Haus hat.
Er hat englisches Blut.
Da steht es.
Sie hat ihre Brille nicht dabei.
Wela liest ihr die Namen vor.
Der Vater war Crusader of Kassonmere.
Frau Bjarsch und wir alle haben einen guten Tag.
Die Mutter war Lady Audrey of Ware.
Noch etwas Tee?
Die Großeltern väterlicherseits waren Gulval Wallflower und

Falconers Mark of Ware. Er ist ein Blauschimmel, Wela streicht ihm das schwarze Rückenhaar auseinander, da hat er blaue Haut, Frau Bjarsch streichelt ihn, überall blaue Haut, Frau Bjarsch kann so anders sein, wenn Elly nicht dabei ist. Sie hört zu, wie Wela ihr die guten Vorfahren aufzählt, Verlorenbringer, Totverbeller, Würger und Spurlautjäger, steht alles da, auch wenn er nichts zu jagen hat, er ist reizbar, er bekämpft laute Vögel durch plötzliches Anrennen und hat auch sonst ein Ohr für fremde Geräusche, Wela sagt es vorsichtig, damit Frau Bjarsch nicht sagen kann: Ja, wir müssen aufpassen, es waren wieder abgeschnittene Fingernägel auf dem Tisch.
Elly hat den Tee auf der Treppe nicht ausgetrunken, sie hat die Tasse mitgenommen, danke, Madame, hat sie zu Wela gesagt und hat wieder gezittert, beim Treppensteigen haben Teelöffel und Tasse geklirrt, über die Treppe kommt der Altweibergeruch herein, ich habe gesehen, wie sie die Kaffeekanne mit altem Kaffee in einem Topf Wasser aufwärmen, ich habe gesehen, wie der Zwieback in der aufgerissenen Packung auf dem Küchentisch liegt, ab und zu bringt der Metzger das Fleisch vorbei, sie sind einmal mit den Steaks im aufgeschlagenen Papier gekommen, um zu zeigen, wie groß und saftig ihre Steaks sind, und daß sie auch von zartem Fleisch leben.
Plötzlich ist der gute Tag vorbei, Elly reißt ein Fenster auf und schreit: Mörder.
Frau Bjarsch hört gut, sie hebt den Arm, zeigt mit dem Daumen über die Schulter durch Wand und Decke nach oben, sie hat enge Augen und lacht, sie sagt: Da fängt sie wieder an. Sie zwinkert, sie hat gewußt oder erwartet, daß das Fenster aufgehen und das Geschrei wieder anfangen wird.
Warum unternimmt sie nichts dagegen? Sie befiehlt doch, sie kann doch dieses Schreien verbieten und sagen, mach es im Keller oder in deinem Zimmer, aber nicht im ganzen

Haus, ich will meine Ruhe haben. Warum zeigt sie nur mit dem Daumen über die Schulter? Sie gibt uns rechtzeitig das Zeichen, alles vorbei, ob Sie wollen oder nicht, das ist für Sie, ich kann nichts für Sie tun, Sie sehen ja, hier sitze ich bei Ihnen, und es fängt einfach so an, das werden Sie nicht mehr los, auch wenn Sie noch soviel ablenken, Sie mit Ihrem kleinen schwarzen Köter, mich können Sie nicht reinlegen, der sieht nichts und riecht nichts. Wenn wir Besuch haben, hilft Ihnen kein Tee, Ihr Köter wird keinen beißen, dafür sorgen wir schon. Elly schreit in den Garten.

Er plagt mich,
wo er kann.
Geh
zu deiner Alten.
Geh
zu der Rifze.
Dreckiges Gehenk.
Die Rifze
wartet schon.
Plagt meine Äugen
und denkt, er kann rein
haja.
In die Rifze
kann er rein
von mir aus
immer dreckiges
Gehenk.
Kastrieren
soll dich
der Staat.

Jakob ist vorbeigekommen und hat gefragt, wie es geht. Er war von der Flumser Bergsonne gebräunt, mein Sohn, mein Sohn, die Fotos mit immer demselben Lächeln für die endlose Reihe Fotos von Jahr zu Jahr. Es ist schlimmer geworden, sage ich, es hat zugenommen, ich weiß nicht, wie ich ihm das sagen soll, vielleicht ist er imstande und sagt ihr, sie meinen es nicht gut mit dir, auch wenn sie nach außen hin freundlich sind, sie sind nicht verheiratet, schmeiß sie raus, sonst kriegst du Ärger. Er weiß, was auf der Terrasse passiert, er kennt die Ausdrücke. Was ist mit Elly? Kann es ein Augenschaden sein? Vielleicht sollte man mit ihr zum Augenarzt. Wir fahren sie gern hin, Sie brauchen sich nicht darum zu kümmern, Sie brauchen ihr nur zu sagen, daß sie zum Augenarzt gehen soll, alles andere machen wir. Jakob hat gesagt: Haben Sie Ellys Brille mal genau angesehen? Die Schrammen am Gestell, das trübe Glas, er hat längst gesagt, daß eine neue Brille gekauft werden muß, Elly will es nicht. Aber Jakob irrt sich, Elly sieht gut, sie sieht, wie wir durch den Garten gehen, obwohl die Entfernung vom Küchenfenster bis zum Hang gut zehn Meter beträgt, überall die Sträucher, später sagt Elly, daß sie uns gesehen hat, fragt, wie es unserem Garten geht, sie bedankt sich dafür, daß sie nicht belästigt wird, wenn wir im Garten sind. Vor Ihnen, sagt Elly, hat sie Angst. Sie sagt nicht: Das Pack hat Angst. Oder: Er macht nichts, wenn Sie im Garten sind. Elly meint: sie, sie. Etwas, das greifbar ist.

Jakob hat einmal auf alle Fenster Klebestreifen geklebt, je zwei Streifen diagonal übereinander, bis über die Fensterrahmen, um zu beweisen, daß nicht Nacht für Nacht Personen einsteigen und sich vollfressen. Am nächsten Tag waren alle Klebestreifen noch in Ordnung. Nach diesem Versuch haben die Schwestern zum erstenmal gesagt, die Personen kämen nicht durchs Fenster, sie hätten Nachschlüssel für alle Türen. Er erinnert sich gut an diese Antwort, das war auch die Zeit, in der die Riegel angebracht wurden. Er hat nichts mehr unternommen, auf alle Einwände hatten sie immer eine Antwort.

Er sagte nicht wörtlich, es sei eine Panne passiert, er hätte

es wahrscheinlich verhindert, wenn sie es ihm vorher gesagt hätten, wenigstens eine Andeutung durchs Telefon, daß sie die Zimmer wieder vermieten; erst als wir fest im Haus waren, haben sie gesagt: Wir haben neue Leute im Haus.
Ich habe die Flasche Williamsbirne nicht geöffnet, obwohl ich dachte, bei der Kälte sollte ich ihm einen Schluck anbieten, auf seine Voraussage konnte man schlecht einen trinken: Es ist schön hier oben, besonders im Frühling und Sommer, vor Ihnen waren andere da, zuerst ging alles gut, dann kamen die Australier. Die Leute haben telefoniert, sie haben mich um Hilfe gebeten, aber was sollte ich machen? Ich habe es mit der Logik versucht, aber alles prallt ab, ich sage Ihnen im Vertrauen, genießen Sie die Zeit, wo Sie hier sind, das Frühjahr und den Sommer, ich gebe Ihnen noch ein halbes Jahr.
Das Haus, hat ein Hydrobiologe vermutet, könnte über einer Wasserader stehen, vielleicht sitzen sie seit über vierzig Jahren auf der Wasserader, er kann es nicht beweisen. Im Frühjahr kommt ein Suchtrupp, irgendwo im Boden soll ein Rauschen sein, Plätschern, Auslaufen von Trinkwasser; das ist geplant, sie haben diese Rotte bestellt, ein neuer Trick, jetzt fängt es auch draußen an, Preßlufthammer, Straße aufreißen, warum ausgerechnet hier dieses Rauschen oder Plätschern, warum nicht 100 m weiter? Sie tragen das Horchgerät hoch und setzen es neben unserer Haustür an, sie sprechen sich nicht aus, aber es muß hier sein, sie machen mit Ölkreide drei Kreuze auf Steinboden und Mauer, da kommt das Loch hin, der Graben bis unten auf die Straße. Frau Bjarsch beobachtet den Vorgang sorgfältig, das werde erledigt, sie kenne den Staat, alles alte Jugendfreunde im Staat, der Suchtrupp glaubt es vielleicht, keiner zieht die Augenbrauen zusammen, keiner macht sich Gedanken über den schmutzigen weißen Kittel, sie glauben es wahrscheinlich, weil das riesige graugestrichene Haus dasteht, man

muß schon ganz nah rangehen, um die Risse im Verputz zu sehen, den aufgesplitterten Fensterlack, den herausgefallenen Kitt auf den Fensterbänken, das fahle Grün der Rollläden. Es ist keiner mehr gekommen, auch in der näheren Umgebung ist nicht gebohrt worden, die roten Ölkreuze werden sich lange halten.

Von Anfang an hatte der Magnolienbaum einen besonders tiefhängenden Ast, er war so malerisch in der Luft, daß von daher Geborgenheit kam oder Ruhe, Wela sah ihn beim Schreiben an, ich stieß mit dem Kopf dagegen, es hörte nicht auf, ich habe gesagt, er paßt nicht in den Baum, ich mache ihn weg, sie war dagegen, es hieß, sie brauche den Ast. Ich habe mich an ihm festgehalten, bis der Schmerz anfing, in den Ast zu ziehen, ich nehme an, es war der krumme Ast von früher, den man draußen in der Zeichenstunde gemalt hat, ich kenne den Knüppel, ich wußte aber nicht, daß man so an ihm hängen kann.

Du mußt dich nur bücken.

Ich säge ihn ab.

Du hast keine Säge.

Ich schneide ihn ab.

Eins habe ich gelernt, sagte Wela, ich werde nie wieder für andere eine Wohnung suchen, nie wieder.

Was hat das mit dem Ast zu tun? Wir bleiben ja hier.

Das ist so ein Moment: Warum hält denn keiner mit seinem Wagen vor der Tür? jetzt, und sagt einfach, los, steig ein, allein, oder wenn sie noch will, los, kommt doch, aber raus hier, sofort. Es kommt keiner, sie verlassen so selten ihre Wohnzimmer.

Es ist ja dein Ast.

Sie sagte: Ich kann mir ja ein Zimmer suchen.

Du hast den ganzen Baum vor deinem Fenster, es fällt gar nicht auf, wenn der Ast weg ist.

Mach ihn ab.

Ich laß ihn hängen, wenn du nicht willst.
Mach ihn ab. Willst du die Koffer packen?
Wieso denn Koffer packen? Die machen uns fertig da oben, wenn wir sie nicht vorher fertigmachen.
Und deshalb muß der Ast weg, ja?
Es ist ja nicht der Ast.
Es geht mit ein paar Schnitten rund um den Hals, es wird Frühling, man kann schon in Hemdsärmeln arbeiten und ins Schwitzen kommen, ein paar Schnitte mit dem Taschenmesser rund um das Krächzen im Hals und das Räuspern der Hausherrin aus den Wintermonaten, wenn sie klopfte, immer wieder klopfte, der Ast hat einen Knorpel, der es mir leicht macht, an den Kehlkopf zu denken, ich schneide.
Professor Stoll hat es gewußt, es ist eine Sache der Geographie, Ethnologie und Medizin, 1904 erschien bei Veit & Comp., Leipzig, das vergessene Werk *Suggestion und Hypnotismus in der Völkerpsychologie*, es war notwendig, das Vorwort der ersten Auflage von 1894 in die zweite Auflage zu übernehmen: Und zwar darf diese Betrachtung ihre Quellen nicht bloß im Studium des literarischen Materials und nicht bloß in der Beobachtung überseeischer Naturvölker erblicken, sondern sie muß selbst im Menschen der allernächsten Umgebung ein ethnologisches Objekt sehen, aus welchem in unablässiger Bemühung durch direkte Beobachtung und Befragung ein reiches und durch seine Zuverlässigkeit und Kontrollierbarkeit besonders wertvolles Material zu gewinnen ist, das erst das richtige Verständnis fremdländischer Erscheinungen vermittelt.
Professor Stoll und die Bäume: Als Lachsnerei wurden in früherer Zeit alle mit magischen Prozeduren verbundenen Verfahren bezeichnet, gleichgültig, ob sie zu guten oder bösen Zwecken, das heißt zur Erhaltung oder Schädigung von Gesundheit und Leben unternommen waren. Das Wort geht wahrscheinlich auf einen alten Stamm zurück, der

schon im Gotischen als lekinon und leikinon *heilen* auftritt und der auch noch im russischen Wort Arzt erhalten ist.
Die Lachsnerei soll da und dort noch ausgeübt werden, eine gebräuchliche Form besteht darin, Bäume zum Absterben zu bringen, wenn man einem menschlichen Objekt Krankheit oder Tod anzaubern will, die Prozedur sieht das nächtliche Hersagen von Verwünschungen vor, dabei wird der Baum entweder angebohrt oder mit Draht abgebunden, oder er wird geringelt, das heißt, ein paar Schnitte rund um den Stamm ausführen und ein ringförmiges Stück Rinde ausschneiden. Der berüchtigte Davoser Baumtöter und Verhexer Accola soll einmal versucht haben, einen anderen Davoser namens Prader zu töten, man sagt, er durchbohrte eine Tanne, und unter Murmeln von Verwünschungen strengte er seinen Willen dahin an, den Prader langsam zum Sterben zu bringen. Dr. Zuppinger aus Elgg berichtet über einen jungen Bauernsohn, der eine mit Draht abgebundene Tanne im familieneigenen Wald fand, nachdem sein Vater gerade gestorben war. Zwei Jahre später erkrankte die Altbäuerin, der Sohn fand wieder eine mit Drahtschlinge abgewürgte Tanne, er ging zum Arzt und fragte, ob es seiner Mutter vielleicht noch helfen könne, wenn er den Draht entferne, über das Ende der Frau ist nichts bekannt. Um das Jahr 1872 bohrte ein Mann aus dem Dorf Uhwiesen (Kanton Zürich) 300 Bäume an, um damit das Sterben ihres Eigentümers einzuleiten.
Immer wieder liegen abgeschnittene Fingernägel und Nagelstaub auf dem Salontisch der Schwestern.
Dazu Professor Stoll: Man stößt ferner bei unserem Landvolk noch da und dort auf die Ansicht, daß es möglich sei, einen Menschen durch langsames Siechtum zu töten, indem man ihm das von den Fingernägeln abgeschabte Pulver ins Getränk mischt.
Die verschiedenen Mittel wirken mehr oder weniger stark

auf Leben oder seelisches Gleichgewicht der Person, es kam früher zu Angst, Schlaflosigkeit, Zittern, Atemnot und Gewichtsverlust. Der Spaniel nagt am abgefallenen Ast. Er verschluckt Rinde und Späne und muß würgen, Passanten hören das Ausspucken, sie drehen die Köpfe nach oben, sie können aber nichts sehen, weil er hinter der Mauer liegt. Auch Frau Bjarsch soll nicht sehen, daß ich einen Ast abgeschnitten habe, ich könnte ihre Fragen nicht beantworten, ich nehme weiche Wurmerde und streiche sie über die helle Schnittstelle, Frau Bjarsch, die summend oder keifend an der Hausfront vorbeikommt und bis zum Magnolienbaum geht, wird nicht sehen, daß ich zum erstenmal etwas erledigt habe, was ihr gehört, ich trage so viel Wurmerde auf, daß der Regen sie nicht so schnell abwäscht.
Früher suchte man auch die als Kuckuckszünglein bekannte Pflanze, weil es davon heißt: Wenn man sie einer Person, die verdorren soll, anwirft oder ins Haus legt, so wird diese unbeliebt und verachtet werden, gleichwie der Kuckuck, von dem die Pflanze den Namen hat, ein verachteter Vogel ist. Ein Baumtöter konnte aber auch rückwärts gehen und seinen Spruch aufsagen, das hat geholfen.
Wenn mich jemand fragt, wie es mir hier gefällt, weiß ich nicht mehr, womit ich anfangen soll, die Antwort fällt mir schwer in so einer Gegend. Die Leute am See haben Strumpfbänder aus Aalhaut gegen Wadenkrämpfe getragen, ein Mann hatte Warzen und legte sich einem Rat folgend in ein frisch geschaufeltes Grab, mit dem Kopf am Fußende, andere bestrichen Warzen mit dem Blut einer erstmals menstruierenden Jungfrau, bei Seitenstechen hoben die Leute einen Stein auf, sie bespuckten die Unterseite und legten ihn wieder in sein Loch zurück, dann ging man weg und durfte sich nicht nach dem Stein umdrehen. Professor Stoll meint, Land, See und Leute von solcher Herkunft können nie ganz überwunden werden.

Abends bringt Elly den Schäferhund vor die Tür und schreit, daß sie das Kind umgebracht haben, da sind sie, hinter der Hecke, er und die Rifze. Wenn aber Leute vorbeikommen, verändert sie die Stimme und grüßt die Leute, sie beruhigt sie auch, wenn Afra bellt: Kommen Sie nur, der macht nichts, sei still, du Kalb. Sie sieht mich nicht, ich stehe am vergitterten Toilettenfenster, oder wir stehen beide hier, weil es von hier aus nur ein paar Meter bis zur Eisentür sind; hinter den Hortensiensträuchern sehen sie uns nicht, Elly schreit Augenmörder und Rifze in die offene Haustür, Abend für Abend, während Frau Bjarsch vor dem Bildschirm sitzt und den Ton weit aufgedreht hat, er kommt durch die Zimmerdecke, über die runde Tischplatte starrt sie alles an, was sich im Apparat bewegt, sie schaltet ein, sie schaltet auch wieder aus, sie macht die feineren Arbeiten. Manchmal, wenn ihr die Bilder nicht zusagen, macht sie eine Pause, der Apparat bleibt aber eingeschaltet, dann kommt sie auch zur Haustür und schreit: Die müssen jetzt weg, ja, Saupack, fressen und scheißen, alles bei mir, noch nie haben wir es so dreckig gehabt, wie wir es jetzt haben, ich seh dich genau mit deinem alten Schwanz, komm, Afra, hopp, mach zu, mach das Licht aus. Ja, das mach ich ja, sagt Elly dann schroff, der Hund kommt ja nicht, sie schreit, Afra, komm jetzt, hopp, aufs Tuch, ein Hund muß folgen, ich muß ja auch. So hat Wela es gehört. Elly fegt den Schnee mit nackten Armen und gießt aus der Plastikschüssel heißes Wasser auf die Steinplatten, dann wissen wir, sie waren wieder da und haben aufs Areal geschissen, und da ist wirklich kein Schnee mehr, wo Elly schüttet und putzt, da ist eine leere dampfende Stelle im verschneiten Gelände, es gibt keine Gegenbeweise.

Wir sagen nicht mehr: Das war Afra.

Wir sagen auch nicht mehr: Das müssen Sie Jakob mal zeigen.

Wir fragen auch nicht mehr, wo die Fußspuren sind. Sie kommen doch immer zusammen, sie rauchen doch auch mal eine Zigarette, irgendwie müssen sie sich draußen ja mal aufwärmen. Haben Sie schon mal Zigarettenkippen gefunden?
Wir sagen: Bei uns sind keine Fußspuren.
Immer bei uns, sagt Elly.
Da sind sie gegangen, da.
Der Schnee auf der steinernen Gartentreppe ist niedergetreten, auf dem Schnee liegt oft das ausgefallene Hundehaar, ich habe es einmal aus dem Abdruck einer Hundepfote genommen, sehen Sie, es lag genau in der Hundepfote, es ist von Afra.
Aber natürlich, meinen Sie, ich sehe das nicht? Afra geht auch über die Treppe, aber da und da, das sind keine Hundepfoten. Sie hat mit dem Finger auf die Stellen gezeigt, wo der Schnee breit ausgetreten ist, das ist vom Menschen, alles zerstampft, da braucht sie keine Zigarettenkippen zu sehen.
Auch nach dem Neuschnee sagen wir nichts mehr, obwohl dann gut zu sehen ist, wohin der Schäferhund gegangen ist, und wie er in der eigenen Fährte wieder zurückgetappt ist.
Wir sagen: Sie müssen sich ans Fenster stellen, und wenn sie kommen, schütten Sie heißes Wasser auf die Schweine.
Frau Bjarsch gefällt es, wenn wir ihr Tips geben, gehorchen und mitmachen, ja, so ist es richtig, nicht gleich totschlagen, langsam erledigen, erst Wasser kochen, dann Gesicht und alles andere verbrühen, da lacht sie, weil wir in solchen Momenten beweisen, daß wir etwas gelernt haben. Dann belohnt sie uns, gönnt uns eine Ruhepause und erklärt, daß wir das Leben genießen sollen, Wela habe das lange schwarze Haar, das man verkaufen könne, sie weiß es, alles ist gut, solange der Friseur einem noch das Haar abkaufen will, so ein Haar hat sie früher auch gehabt, aber als Jakob unterwegs war, verlor sie Haare, sie will den Rest jetzt län-

ger wachsen lassen, sie will es dem Friseur sagen und betont es so, als schenke sie ihm jedesmal ein paar Zentimeter, hier und da soll es jetzt wieder wachsen, sie tätschelt das schlaffe Backenfleisch: Dann ist mein Gesicht nicht so nackt.
Excüsi, Elly löst die Schwester wieder ab, sie hat sich früher auch das Haar färben lassen, hellbraun, zwei-, dreimal, aber es ging nicht, das Zeug hat damals Syril oder so ähnlich geheißen, es ist ihr in die Augen gelaufen, sie bekam entzündete Augen und eine Flechte an Schläfe und Stirn, sie zeigt mit dem Finger auf trockene, rissige Hautstellen, die man erst bei genauerem Hinsehen erkennt, alte ausgedörrte Haut, weiße Schuppen, eine Art Räude vom Dienen, ja, vom Haarefärben, was anderes wird sie nicht sagen.
Das Luzerner Begräbnis hat Welas Familie zusammengebracht, alle haben mit der kleinen Schaufel frostige Erde auf Onkel Marcel geworfen, dann haben sie die Straßburger Leber verzehrt, Onkel André hat sich am längsten mit Wela unterhalten, er hat so eine stille, hilflose Art, unter vielen Leuten zu sitzen, André ist der arme Onkel aus Rouen, der ungefähr die Figur seines verstorbenen Bruders hat, deshalb haben sie auch gesagt, daß André ein paar Anzüge bekommt, er war einverstanden, demütig und dankbar, wie es zu ihm paßt, Wela hat ihm das Nachspiel nicht zugetraut: André hat die Klamotten nach Luzern zurückgeschickt, er brauche die Sachen nicht, hat er geschrieben. Nichts gegen Tante Simone, nach jedem Begräbnis freuen sich die Motten, sie muß sehen, wie sie das Zeug aus der Freßlinie bringt, André hatte ja zugestimmt, vielleicht hat ihn einer ins Kreuz getreten, André, Idiot, laß dich nicht abspeisen mit ein paar Anzügen, vielleicht war es seine Frau. Mit unerwarteter Energie schmeißt er ihnen den armen Idioten vor die Füße, es war ein guter Tag für ihn, als er das Paket auf die Post brachte. Manchmal gibt es gute Tage, manchmal fahren wir an den See, früher gingen die Leute quer übers Eis, auf dem

Familienfoto sind alle so winzig auf dem Eisfeld, zweimal ist der See in diesem Jahrhundert zugefroren, die Leute zappeln, wenn man lange genug auf das Foto sieht, man hört das Geschrei, auf dem Eis haben Würstchenbuden gestanden. An einem schönen Tag, schreit Frau Bjarsch, warte nur, dann bist du tot.

Hören Sie, Sie dürfen sie nicht reinlassen.
Ich laß keinen rein, zu mir kommt nur der Briefträger.
Ich habe sie bei Ihnen gesehen. Passen Sie nur auf, Fräulein, sie hat hinter der Tür gestanden.
Wer?
Die Schlampe war bei ihm.
Was für eine Schlampe?
Das Weib, an der Tür hat sie gestanden. Sie war bei ihm.
Das war ich, sagt Wela.
Das waren Sie nicht, ich weiß doch, was ich sehe.
Warum soll ich sie denn reinlassen?
Wie soll ich das wissen? Weil sie was von ihm will, aber sie kommt mir nicht ins Haus.
Er läßt keine fremde Person ins Haus, er hat die Person, die Sie meinen, nie gesehen.
Sie war bei ihm. Das ist mein Haus.
Wann war das?
Sie waren nicht da, sagt sie zu Wela.
Hören Sie, sage ich, die Person, die Sie meinen, was soll die bei mir, die hat doch schon einen Schwanz auf der Terrasse?
Zum erstenmal habe ich die Rifze ins Haus gelassen, sie hat mich besucht, das streite ich noch ein paarmal ab, bevor es endgültig ist; was dann kommt, weiß ich nicht, aber es kann nichts Gutes sein.
Elly lacht hinter Frau Bjarschs Rücken beifällig. Als wir

vom Seespaziergang zurückkamen, habe ich die Eisentür mit dem Fuß aufgestoßen, da ging auch die Haustür auf, sie haben gesehen, daß wir kamen, sie haben uns abgefangen, auch Frau Bjarsch lacht und sagt: Sie sind gerissen.
Warum?
Zu Wela: Wie er lacht, ich seh das schon, aber wenn er lacht, kann er gleich gehen.
Liebe Frau Bjarsch, Ihr Sohn sagt, Sie sind herzensgut. Aber sagen Sie nicht, daß ich die Sau ins Haus lasse.
Ich frage Elly: Laß ich die Sau ins Haus?
Sie fingert an der Schürze und an der Sicherheitsnadel, die aufgeht und hinfällt, Wela hebt sie auf, Elly will nicht antworten, nur so hilflos dastehen, damit wir auch sehen: sie kann das nicht entscheiden, sie muß auch mitmachen, wie wir alle, da darf man nicht fragen, was falsch oder richtig ist, sie steckt die Sicherheitsnadel wieder an, da braucht sie keinem in die Augen zu sehen. So sind sie alle, die Hilflosen, wie Onkel André, der auch der Schwächste auf einem Begräbnis ist, aber sie trumpfen auf, wenn du gar nicht daran denkst. Ich wollte mich mit der Häßlichen verbünden, aber sie will nicht.
Wir haben eine Gaspistole, das habe ich Ihnen schon gesagt, ich schieße auf alles, was ins Haus will und da nichts zu suchen hat. Dabei hebe ich die Hand und ziele in Frau Bjarschs Gesicht, da mach ich kurzen Prozeß, wenn ich die Australier sehe, ich bin da wie Sie, Frau Bjarsch, das Pack muß ausgerottet werden, sonst wird es immer schlimmer, dann kann auch die Polizei nicht mehr helfen. Also müssen wir uns selber helfen, es ist nicht gut für Sie und für uns, wenn die Australier im Haus sind.
Dann tun Sie was dagegen.
Der Herr paßt schon auf, sagt Elly, der Herr weiß ja, wie die Rifze ist. Excüsi, sie hat mir Glas auf den Teppich gestreut, damit ich mich schneide, sehen Sie da, Elly hat einen

Schnitt in der linken Hand, etwa zwei Zentimeter lang, excüsi, auch die Füße sind zerschnitten. Morgens steht sie auf, und schon tritt sie ins Glas. Wenn sie mir nicht die Augen blenden mit dem Scheinwerfer, dann streuen sie Glas ins Zimmer, die Rifze denkt, sie macht mich verrückt, aber wer ist hier verrückt? Warum macht das Weib mir Hände und Füße kaputt?
Da ist wieder das Räuspern, Schlucken, der geräuschvolle Altweiberschleim, auf, ab, ihre Zustimmung, was denkt Frau Bjarsch? Welches Weib? Wenn es Haß ist, dann ist es besser, keine Namen zu nennen und ihn ins Nichts zu verlegen; was man da reinschreit, ist ein Lebenszeichen. Hörst du mich? Jakob sagt, es hat keinen Zweck mehr, sie in den Wagen zu setzen und vor den Spezialisten zu bringen, so eine Lösung können sie nicht mehr gebrauchen. Er hat es nicht wörtlich gesagt, aber so gemeint: Mit mir können Sie nicht rechnen, hier sind Sie ganz allein. Er hat alles gesagt, er fährt mit seinem Wagen vor, der flaschengrüne Scheiben hat, und macht seine knapp einstündigen Besuche, manchmal kann seine Stimme heftig sein, das hören wir durch die Zimmerdecke, Frau Bjarsch schreit dazwischen, Elly schweigt. Es sind fluchtartige Abschiede an der Haustür, Frau Bjarsch winkt an der Straßenseite, sie stützt sich auf die Mauer, wenn der blaue Plymouth startet und die hochgekurbelten grünen Fenster Jakob so unkenntlich machen.
Ich sehe, wie Wela an der Wohnungstür steht und das Ohr an die Holzleiste hält, es ist mir egal, wenn sie horcht, aber es gibt Momente, die es früher nicht gab, zum Beispiel, wenn sie die Hand gegen das linke Ohr hält, wenn sie abwinkt, wenn ich etwas sagen will, wenn sie sich auf die Lippen beißt, oder wenn sie so dicht an der Türleiste lacht, so für sich, als gehöre sie schon ganz dazu, zu denen da oben, ich meine, weil sie doch wollen, daß man den anderen Figuren immer ähnlicher wird.

Wela an der Türleiste: Die Alte sagt, sie will zwei gekochte Eier haben.
Elly ist in der Küche.
Hast du gehört, koch mir zwei Eier.
Elly schreit plötzlich: Da ist er wieder.
Sie reißt das Fenster auf und schreit: Hast du noch nicht genug, willst du wieder ihr dreckiges Loch jäten, und da muß man auch noch zusehen, haja, komm her, ich schlag dir den Schwanz ab. Ich sehe deine Rifze schon, ein Gesicht hat sie wie die Fäulnis.
Elly kocht die zwei Eier nicht, sie kocht die Eier, wann sie es will, man hört, wie sie die andere kurz in die Irre führt, damit sie die Eier vergißt. Das kann ich Jakob nicht erklären, er würde denken: Der Mann kann nur schaden, wenn er sich so weit in die Sache einläßt, sie müssen raus.
Elly bringt sich die Schnitte in der Hand selber bei, oder das Küchenmesser ist ausgerutscht, und sie lügt, oder Frau Bjarsch streut Scherben auf den Teppich. Wenn sie wieder Glas im Zimmer hat, soll sie mich rufen, ich will die Scherben sehen, sie hat versprochen, daß sie kommen wird, ja, wenn es sein muß, mit den blutigen Füßen.
Er glaubt uns nicht, sagt Frau Bjarsch zu Wela mild oder wie erschöpft, als habe sie jahrelang an mir gearbeitet.
Wir halten die Augen auf, wir müssen die Australier nur sehen.
Eines Tages werden Sie die Australier schon sehen.
Ich glaube Ihnen, sage ich, aber sind es wirklich Scherben?
Was denn sonst? sagt Frau Bjarsch.
Excüsi, meine Äugen sind ja kaputt, da sehe ich die Scherben nicht, das weiß die Fuchtel, deshalb schneidet sie mich immer.
Es gibt Ruhepausen, in denen sie ganz sachlich Auskunft geben über den weiteren Verbleib der beiden Personen: Er war Gelegenheitsarbeiter, er hat in Tiefenbrunnen Boote

repariert. Woher sie das wissen? Vom Herrn Tschudy, der ist Prokurist in der Werft. Die Rifze hat beim Guggenheim Hausarbeit gemacht, sie haben ihr die Chance gegeben und haben sie zum Guggenheim geschickt. Warum? Sie wußten doch, wie schlecht sie ist. Sie haben gedacht, der Guggenheim, der bekannte Guggenheim, der macht einen Menschen aus ihr, da hatte sie eine feste Stellung, ehrliche Arbeit und so, aber der Guggenheim hat sich bedankt, angerufen hat er hier und hat gesagt, er bringt sie vor das Gewerbegericht, weil sie stiehlt. Und weg war sie. Am nächsten Tag ist nichts mehr von dieser Sachlichkeit da, dann hört man das andere, das ihnen erlaubt, auf besondere Art zu existieren, ich glaube, das wissen sie und spielen nach Belieben mit Inhalt und Möglichkeiten, bis man zugeben muß, daß sie an einer bestimmten Stelle prinzipiell im Recht sind: die Wirklichkeit ist eine dauernde Fehlerquelle. Ich habe die Tür geöffnet und lasse die Figuren herein, der weiße Kittel, den sie mir angezogen haben, wird enger, ich bin der Wärter, der alles hinzunehmen hat, weil er ja nicht im Recht ist und weil er ja mitschuldig ist daran, daß alles abgekartet ist. Die Hausherrin schreit: Hier sage ich, wie es ist, das ist mein Haus.
Also gut, ich bin der Wärter, die Wirklichkeit, das laß ich mir nicht nehmen, gut, ich bin der Fälscher, immer gewesen, nicht zu bekehren, gerissen, wie sie sagen, weil ich ein paarmal zu vertraulich war, ich werde so wirklich sein, wie es mir möglich ist, oder so unwirklich, das ist dasselbe.
Ich habe am Küchentisch gesessen. Der Fußboden in der Küche ist mit roten Backsteinen ausgelegt, die Küche hat zwei Fenster, seit den ersten warmen Tagen kommen über die Fensterbank die kleinen schwarzbraunen Fusca-Ameisen. Ich habe Zeitung gelesen, dann habe ich mir die Fingernägel geschnitten, einmal habe ich sie über der Tischplatte geschnitten, da ist ein Nagelstück in Welas Gesicht gesprun-

gen, seitdem schneide ich sie unter dem Tisch, aber ich habe es mir gemerkt, es sagt auch keiner, daß ihre langen ausgekämmten Haare im Waschbecken liegen. Was ist schon so ein kleines Stück Fingernagel im Gesicht? Ich sage ja auch nicht, komm von der Tür weg, wenn sie an der Türleiste horcht, obwohl es mir vorkommt, als würde unsere Zeit knapper, allmählich weggenommen und verbraucht, aber nicht von uns, nicht so, wie wir uns das gedacht haben.
Plötzlich dieses Stampfen mit dem Fuß.
Sie stampft in der Küche, statt mit der flachen Hand zuzuschlagen, man kann doch Ameisen nicht durch Stampfen abschütteln, das gibt nur dieses blödsinnige Geräusch. Stampft ihr alle so? Was sonst noch? Später? Welche anderen Geräusche und Angewohnheiten, über etwas zu erschrecken, worüber ich nicht erschrecken würde? Hör auf zu stampfen, aber nein, sie will mir weismachen, sie waren schon unter dem Kleid, kurz vor dem Zwickel, sie könnten ja reinkriechen, ich versteh das Stampfen nicht, falsch, ganz falsch, so ein Geräusch, das macht man anders, ich gehe nach draußen und sprühe *Neocid* auf das Ameisennest, solange, bis der Ameisenhügel ganz naß ist vom Pyrethrum und Lindan, die Ameisenkörper strampeln.
Man sollte es ihnen da oben ins Gesicht schreien.
Das ist Ihre Sache.
Ich bin nicht Ihr Wärter.
Wahrscheinlich werden wir von der anderen Straßenseite beobachtet.
Auf der anderen Straßenseite sagen sie wahrscheinlich: Er ist Ausländer.
Man grüßt schlecht oder gar nicht.
Trau dem Briefträger nicht.
Wir haben keine Ringe.
Wir sind schlecht ausgerüstet für diesen Zustand.
Wir können nicht alles sagen.

Ich klopfe ja auch nicht jeden Tag bei Ihnen.
Dann sagt sie: Das ist nicht wahr, ich klopfe nicht jeden Tag. Das Lachen vergeht Ihnen noch.
Ich halte mit der linken Hand die Türklinke fest, mit der rechten Hand stütze ich mich gegen die Türleiste. Wenn sie sprechen, halte ich einen Bleistift hoch.
Sehen Sie, wie ich arbeite.
Aber ich sehe es ihren Augen an, was sie denkt: Er hat keine geregelte Arbeit.
Einer, der zu Hause ist und jederzeit in der Tür stehen kann, arbeitet nicht wie andere Leute.
Dem kann man alles sagen, der hat nichts Besseres verdient, wenn man nicht genau weiß, was er hinter der Tür macht.
Er kommt raus, wenn man lange genug klopft.
Er muß da sein, auch wenn alles still bleibt.
Er verstellt sich.
Er geht auf Fußspitzen.
Er ist also falsch.
Sie sagen hinter der Tür, wenn ich nicht öffne: Der Alte ist da, aber er will nicht aufmachen.
Er weiß schon warum.
Jahaja.
Er kennt das Weib.
Der Alte hat nichts Gutes im Auge.
Jahaja.
Ich kenne die Sorte, die hinter der Tür steht.
Ich sehe mich: Jetzt geht der Wärter auf Fußspitzen und hält das Ohr an die Tür.
Der Hund glotzt ihn an.
Der Hund verkriecht sich unter einem Stuhl.
Dann schnüffelt der Schäferhund an der Tür.
Afra, komm da weg.
Weg da.
Er riecht den Alten, sagt Elly.

Da unten am Türschlitz, da sind seine Zehen.
Und der Wärter sieht auf seine Zehen.
Er macht einen Schritt nach hinten.
Jetzt.
Mach die Tür auf und drück die Gaspistole ab.
Du kannst alles abstreiten, wenn die Polizei kommt. Du bist es nicht gewesen. Du schiebst alles auf die Australier ab.
Auf wen?
Jahaja.
Nehmen Sie sie mal fest.
Versuchen Sie es mal.
Finden Sie mal eine Pistole.
Kannst du alles sagen, wenn du frisch rasiert bist und ein sauberes Hemd anhast.
Deine Papiere sind in Ordnung.
Und wenn die Alte plötzlich sagt: Er lebt hier mit seiner Rifze, sie sind nicht verheiratet?
Ja, sei gut zu ihnen.
Versuch es noch mal.
Die Stimmen hinter der Tür: Der Alte weiß schon, was er nicht darf.
Deshalb ist er auch so still.
Er ist mit dem Hund spazieren.
Nein, er ist da.
Sie drücken noch einmal auf die Klinke.
Auf
ab
auf
ab.
Der Altweibergeruch kommt durch die Türritzen.
Mach nicht auf.
Mach auf.

Weil so früh im Jahr schon ein Marienkäfer über den Finger kriecht, schlägt Welas Kinderstunde: Bête, bête, bête du bon dieu, va dire au bon dieu, qu'il fasse bon temps. Der französische Zweig in ihrer Familie, zu dem auch der wortkarge André gehört, kennt solche Sprüche noch. Am dritten Montag im April steht der wattierte Knallkörper auf dem Sechseläutenplatz am Bellevue und krepiert, der alte Winter heißt hierzulande Böögg, das Volk bricht ihm den Hals. Nicht schmerzlich, eher so, als habe er die Abschiedsvorschriften gelesen, legt der Böögg den Kopf erst auf die Schulter, dann läßt er ihn auf die Brust sinken; wenn er einen guten Tag hat, wirft er ihn schon nach fünf oder acht Minuten großzügig vor die Pferdehufe, die Leute glauben dann an einen guten Sommer.
Ich mache die Tür auf und gebe mich zu erkennen, da bin ich, der faule Hund, der Alte denkt, mit Schneeschaufeln und Salzstreuen im Winter wär es getan. Das rechte Ohr schmerzt noch etwas vom Anpressen und Horchen an der Wand, es ist wahrscheinlich gerötet, ab und zu fragen sie nach dem Alter, suchen das Gesicht nach den Jahren ab und sehen zufrieden die Falten auf der Stirn des Wärters.
Zürich ist eng, manchmal läuft sie das kleine Gespenst um, Kniestrümpfe, Zöpfe, etwas, das nur noch auf Fotos existiert und plötzlich um die Ecke kommt, manchmal mit dem Häutchen, was sie dann weghaben will, nicht verkrampfen, sagte die Ärztin, die es nicht aufschneiden wollte, es war so hart und schmerzhaft, bis es dann platzte, etwas Blut im Laken, dann war alles richtig, still, schon wieder alt, und sie brauchte den Mann nicht mehr, der es gemacht hat. Andere heiraten bald danach und geben ein Hochzeitsessen am Limmatquai, ein alter Trick, der etwas unvergeßlich machen soll, die Aussicht auf das andere Ufer zum Beispiel, man hat während des Essens das Zifferblatt von St. Peter vor Augen, wo die Ringe angesteckt wurden, hinterher kommt manchmal etwas

dazwischen, was die Hochzeitsgäste nicht merken. Einmal heiratete eine Freundin Welas in Weiß, sie saß dann am Limmatquai in einem Zunfthaus und sah ganz was anderes als das Zifferblatt, sie mußte schlucken, hatte etwas im Hals, das ging nicht weg, denn plötzlich sah sie auf der anderen Seite den schwarzen Pfarrerrock, der sie an den Mann in der Kirche erinnerte.

Sie kannte ja das Haus, wußte, in welcher Etage er wohnte, und daß es sein Balkon war, wo der schwarze Rock hing. Vor der Trauung hatten das Paar und der Pfarrer noch ein Gespräch, auf dem Hinweg haben beide noch darüber gewitzelt, daß es wahrscheinlich ein fetter ältlicher Sack wäre, sie hatten wegen des Gesprächtermins nur kurz mit ihm telefoniert, aber dann war er jung, wie irrtümlich verkleidet, er sah zu gut aus, und der Mann neben ihr war ja nur einer, damit sie weiterkam, so wie andere wollen, daß es zwischen den Beinen platzt, nur davon loskommen, es ausbluten lassen und dann schnell ins Weiß schlüpfen. Als sie den Pfarrer sah, wurde ihr schwindlig, weil er sie ans Leben erinnerte, an das, was sie noch ein, zwei Jahre oder auch länger abwechselnd hätte haben können, so einer war das, einer, der falsch angezogen war, da hätte sie gern weitergemacht, hätte den Mann an ihrer Seite, den von der Stange, gern noch mal zurückgegeben, aber da fragte der andere schon, welchen Bibelspruch sie gern hätten, weil er darauf seine Predigt aufbauen wollte. Er hat sie auch so angesehen. Wie? Na so, als täte es ihm leid, ihretwegen, so falsch angezogen zu sein. Er hat den Römerbrief 13, Absatz 10 vorgeschlagen: *Die Liebe fügt dem Nächsten nichts Böses zu; so ist nun die Liebe des Gesetzes Erfüllung.* Er hat das in die Traubibel geschrieben, der Mann von der Stange aber hat nach dem Gespräch auf der Straße gefragt, ob sie ihn oder den Pfarrer heiraten wolle, weil sie den Typ so angesehen habe, sie hat aber gesagt, sie habe das nicht so empfunden.

Und dann?
Sie hätte alles auskotzen können in die Limmat, was die Bläßhühner dann gefressen hätten, so ein schöner kotzweicher Tag kurz vor der Zukunft ist das gewesen. Der Mann hat sich wieder beruhigt, es war Juli und der Altar voller Wicken in St. Peter, beim Eintreten und Platznehmen auf den beiden Traustühlen hat sie den anderen gesucht, die Orgel spielte, aber er war nicht zu sehen; erst als die Orgel aufhörte, stand er auf, er hatte von Anfang an hinter dem Altar gesessen, plötzlich sah sie ihn hinter all den Wicken und hat gedacht, er hat ihr die ganze Zeit zugesehen und hat mit diesem langen heimlichen Zusehen Abschied genommen, er hat aus dem Altar eine Art Bahnhof gemacht, auf dem gerade das Mädchen mit dem Römerbrief 13, Absatz 10, abfährt. In seiner Wohnung hat er auch gefragt, ob er ihnen die Ringe anstecken soll, sie hat schnell ja gesagt, weil sie in St. Peter seine Hand spüren wollte.
Der Hochzeitstrupp verließ die Kirche, sie hat über die Schulter gesehen, was eine Braut tut, um sich ihren Altar einzuprägen, in ihrem Fall ist es aber der Blick aus dem fahrenden Zug gewesen, auf den Bahnhof, der immer kleiner wurde, aber der andere war nicht mehr da, nur Jesus unter all den Wicken, und mit dem schlief sie schon lange nicht mehr. Sie hat im Hinausgehen noch gedacht, das hört nicht auf, immer noch eine Fliese, eine Säule, eine Fliese, und wer weiß, vielleicht sieht er durch einen Ritz oder einen Türspalt hinterher, da fing das Schlucken an, auch ein Magenkrampf, da wußte sie schon, sie würde nicht viel essen, sie durfte nicht an die Speisekarte denken, dann wurde der Magenkrampf stärker, als Vorspeise gab es Filet de Sole à la Bonne-Femme. Wela war in der Kirche dabei, die beiden Neffen des Mädchens standen vor dem Kirchenportal und streuten aus ihren Körben Wicken, aber das Mädchen selber hat es anders gesehen, wie sie gesagt hat, sie kam am Arm

des Mannes heraus, dann standen die beiden Knaben da, vier und fünf Jahre alt, aber gestreut haben sie nicht, die Schwester hat den Knaben zugerufen, streut, streut doch, aber sie kriegten keine Hand hoch und hielten verkrampft ihre Körbe fest, sie starrten das Mädchen an, das im weißen Hochzeitskleid und am Arm des Mannes so unkenntlich geworden war, sie begriffen nicht, daß sie für eine fremde Person streuen sollten, fingen dann aber an, lahm und ängstlich Blumen zu werfen. Und hinter den Knaben war noch etwas, so als hätten andere, die den Tag durchschauten, alles für eine plötzliche Flucht vorbereitet, irgendwohin, Filet de Sole à la Bonne-Femme, das gleiche wie am Hochzeitstag ihrer Mutter, alles unbegreiflich und doch für sie, sie hatte mit einem älteren Mann angefangen, er hätte ihr auch den Ring gegeben, er kapierte nicht, daß es zu Ende war, und jetzt stand ein Freund von ihm hinter den beiden Knaben und fotografierte, damit der Mann auch den Beweis hatte, sonst hätte er es nie geglaubt, hat das Mädchen gesagt.
Der Pfarrer war eingeladen, ist aber nicht gekommen, er hat sich mit dringenden kirchlichen Verpflichtungen entschuldigt. Er hat statt dessen den Rock aufgehängt. Dann war das Essen vorbei, und sie fuhren in die Berge, wo der Mann von der Stange die Bergwelt immer so fotografierte, daß er die Ausschnitte aneinanderkleben konnte, er wollte immer die Totale haben und schleppte das Stativ durch die Gegend, die Magenkrämpfe hielten an. Sie saß auf einmal im Katalogschlafzimmer, das seine Mutter *ihren Kindern* gekauft hatte, da standen plötzlich zwei Nachttischlampen, und wenn man die Lampenschirme umdrehte, konnte man bequem hineinkotzen, da stand auch, extra für sie von Mama, eine Parfümflasche aus falschem Kristall, so eine mit einem Gummiball, das war nach der Hochzeitsreise, als sie Mama besuchten und sie ihnen das Schlafzimmer zeigte mit solchen Augen: Nun legt euch schön hinein, Kinder, und

vögelt in Frieden. Wela hat das Ende der Hochzeitsreise auch nicht geglaubt, aber das Mädchen hat gesagt, es war so, wie ich sage, es war total irrsinnig, keiner will mir das glauben: Das Haus seiner Mutter stand am Hintereingang eines Spitals, sie blieben vierzehn Tage, am Spitaltor stand *Nur für Leichenwagen*, zweimal in der Woche fuhr der Wagen vor, und wenn kremiert wurde, stank es im ganzen Haus, deshalb hat Mama den Parfümzerstäuber hingestellt und hat Apfelblütenwasser von der Rubinstein hineingetan, die Rubinstein hat schon immer für Leichen produziert, in den vierzehn Tagen starb das Mädchen, nichts zu machen, sie war tot, Kinder, nun vögelt in Frieden, sie war tot und ließ ihn nicht rein, sie hatte nach allem die beste Entschuldigung: tot. Die Wiederbelebung ist dem Mann nie gelungen, nach zweijährigem Versuch wurde die Ehe kinderlos geschieden.
Beim späteren Betrachten der Hochzeitsfotos ist die Sehkraft nicht mehr dieselbe. Männer pinkeln in Frauen, um einen Orgasmus vorzutäuschen. Die ungestörte Funktion des Orgasmus ist notwendig zur Aufrechterhaltung des Glaubens an den Partner, weil sonst der Mensch zu irrationalen Handlungen neigt. Am Limmatgeländer hört man das abergrüne Geräusch Limmatlimmlimmat; wenn man keine falsche Bewegung macht, kann man ein Bläßhuhn fangen, aber das dauert länger als einen Tag, Flußname Lindemaga (um 1150): Zusammensetzung aus gallisch *linta*, die Geschmeidige, die Schlange (vgl. Lindwurm), und gallisch *maga*, die Große (vgl. die Tessiner Maggia aus magia). Im 14. Jahrhundert wurde der dunkle Name teilweise umgedeutet; daher die Form Lintmagt (1328). Durch Konsonantenschwund und Angleichung ergab sich allmählich die heutige Form (noch 1692 Lindmat, im 18. Jahrhundert Limmat). Der Vergleich von Flüssen mit Lebewesen ist bei vielen Völkern verbreitet.

Ich habe erst dicht hinter Elly gegrüßt, als sie sich gerade über die Stufen krümmte und wischte, sie hat die Schritte nicht gehört, sie ist mit einem kurzen Keiflaut ähwäh aufgeschreckt, meine Gummisohle macht kein Geräusch, das ist wahr, Elly steht jetzt hilflos da und läßt den nassen Lappen aus der Hand hängen, sie zeigt mir, daß der Schreck etwas mit den unbarmherzigen Tricks ihres Augenmörders zu tun hat. Vielleicht sieht sie schon die Ähnlichkeit in meinem Gesicht, sie sieht mich an, als würde sie die richtige Strafe für diesen Schrecken noch anwenden, sie braucht eines Tages nur zu schreien und ihre Schwester zu rufen, sie braucht dann nur noch zu sagen, mein Gesicht sei da, er, der sich gerade den Hosenschlitz aufmacht und mit dem Schwanz ans Fenster stößt. Einmal stehen Elly und Wela an der Eisentür, ich warte an der Hauskante neben dem Regenrohr und kann zuhören, guten Tag, wie geht es? Wenn du das sagst, bist du verloren. Schlecht, sagt Elly, ganz schlecht. Sie waren in ihrem Zimmer und haben die Schublade aufgemacht, in der Ellys Wäsche liegt, sie hat rosa, hellblaue und weiße Hosen, alle verdorben. Warum? Excüsi, sie hebt den Kittel hoch, damit Wela die Löcher im verschlissenen Kleid sieht. Es gibt keine neuen Kleider, weil Frau Bjarsch weder für sich noch für Elly welche kauft, es wird gerade so viel Geld ausgegeben, daß sie was zu beißen haben, Elly beweist Wela, daß es keine neuen Kleider für sie gibt, niemals: Sie hat mir den Schoß verrissen, hier, alles verrissen hat sie. Wenn sie so kläglich vom Schoßverreißen spricht, ist es auf einmal nicht mehr das Kleid, es ist etwas, das sie unter dem Kleid hat und vielleicht nie verrissen wurde, was umsonst darauf gewartet hat, ratsch, mittenrein, damit das Ding, das jetzt so spät und irre vor dem Fenster in der Luft herumflutscht, seine Stöße macht. Elly warnt: Wela, die so viel Verständnis habe, soll nicht erschrecken, wenn Elly jetzt ein bißchen die Beine breit machen und das Kleid heben wird, alles lappig und verstopft, aufgerollte Strumpfsäume, der fahle Schlüpfer, Fleisch zwischen Strumpfsaum und Hose, wo sie jetzt fummelt und zerrt, was ich gebückt sehen kann, hinter den Hortensien, rechts und links vom Zwickel sind Löcher, excüsi, Madame, da hat das Weib seine Finger reingesteckt, da sieht man, was für Fingernägel sie hat, alle Hosen in der Schublade sehen so aus. Und warum macht sie die Löcher, warum? damit der Australier seinen Schwanz überall reinstoßen kann. Die Rifze zieht Ellys Schlüpfer an, die Löcher, ja, die sind vom Reinstoßen so groß. Frau Bjarsch geht nicht so weit, daß sie die Röcke aufhebt, sie öffnet statt dessen den Kleiderschrank und hält die Nachthemden hoch, sie steckt den Finger in die Risse und Löcher, in ihrem Fall hat die Rifze die Schere benutzt. Aber das alte Gewebe ist gerissen, die Farbe ist ausgewaschen, die bleichen, langen Fetzen über ihrem Arm beweisen, daß sie von der Schwester gelernt hat; irgendwann haben sie das aussichtslose Flicken eingestellt, aber sie wollen es nicht zugeben, sie haben immer, immer eine Arbeit.

Die Leute kennen das, wenn sie Frau Bjarsch sehen, die an der kniehohen Mauer steht und über die Straße ruft: Viele Grüße daheim, kommen Sie gut nach Hause, und Sie sollen noch lange leben. Die Leute helfen sich mit einem Winken, manche kommen aus dem Tritt, Hilflose ziehen den Kopf ein. Herr Kramarz bringt an der Haustür einen neuen Riegel an, der alte Riegel ist zwar noch gut, aber jetzt ist die Haustür doppelt gesichert, Herr Kramarz ist Ende sechzig und lebt mit seiner alten Mutter zusammen, er ist Professor, wie sagt man? wo ist Elly? die weiß es, er ging immer in die Berge und kam mit schönen Steinen zurück, und jetzt ist seine Mutter über neunzig, sie wohnen im Haus auf der anderen Seite, der Professor füttert sie jeden Tag, dann setzt er sie auf den Balkon in die Sonne, jeden Tag sitzt sie da bei schönem Wetter. Haben Sie die Mutter noch nie gesehen? Nein. Ja, das müssen Sie mal sehen, wie er sie auf den Armen trägt und damit auf den Balkon kommt, füttern und in die Sonne setzen, das ist eine Liebe.

Ich werde krank.
Ich könnte krank werden.
Es ist vielleicht das Klima, der ständig wechselnde Luftdruck im Voralpenraum.
Du bist hier zu Hause.
Ich nicht.
Wir könnten alles verkaufen oder alles kurz und klein schlagen, wir könnten irgendwo mit leeren Händen ankommen und ein paar Leuten sagen: Da sind wir, so leicht waren wir noch nie. Vielleicht beneiden sie uns um so einen Anfang, vielleicht auch nicht, weil sie so gut und rund um einen Briefkastenschlitz gebaut haben, ich weiß, du traust ihnen nicht.

Also wohin?
Hierbleiben.
Irgendwas stimmt mit der linken Brustpartie nicht, sie ist schwer, lahm, will sich immer hinlegen und alles andere mitziehen, es ist so still in der Wohnung, einfach daliegen auf dem Rücken und den linken Arm auf die Seite legen, dann kommt der Hund und stößt die Schnauze gegen die Finger, er ist anhänglich und harmlos, ich kann ihn gegen nichts einsetzen.

Zweimal kam Post von Jesus, weil er sich über den Zuwachs in der Gemeinde freute und im Frühjahr ganz rammlig wurde vor Freude, er läutete die Glocken wie immer, aber jetzt aus großer Entfernung, und da hatte er schon genug getan, er stellte das Briefschreiben ein und war wieder das stille alte Etwas, das den Leuten ab und zu in den Mund schlüpft.

Das Klopfen, ja, gut, ich komm ja schon, wir bleiben, weil sie jetzt den guten Job hat und das Gefühl, dabeizusein, wenn es in die Zukunft geht, ich weiß jetzt, warum ich sie heimlich beneide, wegen der Solidarität, die immer dahintersteckt. Da vorn bist du, hier bin ich und habe das Geschrei und das Klopfen, sie haben wieder die Flecken, das getüpfelte Gesicht. Ohrmuscheln, Brillanten und immer wieder dieser Mund an der Tür, diese ausschweifende Ritze, in der das falsche Gebiß auf und ab rutscht, mit der Zunge drückt sie es hoch: Die roten Pantoffeln sind weg, die Rifze ist bei Ihnen gewesen, sagen Sie ihr, sie soll die Pantoffeln wieder zurückgeben.
Schreien Sie nicht so. Ich erkläre, daß ich diese Szenen vor der Tür nicht länger haben will, daß ich mir nichts vormachen lasse, daß sie uns da rauslassen soll. Sie kommen immer, wenn alles vorbei ist, Frau Bjarsch, jetzt sind wir schon Monate hier, und immer heißt es, sie waren da, sie waren da. Ich glaube Ihnen nichts. Auch Ihr Sohn glaubt es nicht, er hat es mir gesagt. Aber Ihnen sagt er es nicht, weil Sie es nicht hören wollen.
Mein Sohn, mein Sohn, schreit sie, was sagt mein Sohn? Von mir hat er das Haus und das Areal am See. Er soll nur nicht zuviel sagen, er kennt mich.
Wenn der Herr denkt, daß wir die Pantoffeln vielleicht ver-

stellt haben, sagt Elly vorsichtig, nein, sie hat alles abgesucht, sie kann so untertänig sein, kann beschwichtigen und dabei schlau bleiben, sie hat von Anfang an gemerkt, daß ich sie auf unsere Seite ziehen wollte, um zu sagen: Nicht wahr, so machen Sie das? Sie sorgen dafür, daß die Australier immer wiederkommen. Wir verraten Sie nicht, dafür müssen Sie uns ab und zu beistehen, uns die Alte vom Leib halten, wenn ich Ihnen ein Zeichen gebe, so über die Schulter der Alten blinzele, Sie verstehen. Die andere fällt immer wieder auf den alten Trick rein: Die Australier sind da. Dann fängt sie an zu schreien, Elly steht im Hintergrund und sieht zu, wie der Trick funktioniert. Ich hatte mir das so ausgedacht, aber Elly bleibt im Hintergrund, wo sie den besten Platz hat, um uns allen zuzusehen, ihre Augen sind nicht kaputt, sie sieht genau, wie wir aufeinander losgehen, nachdem sie uns aufeinander losgelassen hat, sie denkt nicht daran, etwas für uns zu tun, sie stöhnt selber um Hilfe.
Sie kann mich nicht anders unter die Erde bringen, sagt Elly, da macht sie eins nach dem andern.
Das ist eine, die noch flehen kann, Gott möge sie erlösen, die andere sieht dann nicht gern zu, das Flehen sieht so echt aus.
Sie will dich nicht unter die Erde bringen.
Doch, das will sie.
Ja, sagt Frau Bjarsch und stimmt plötzlich zu, haja, weil sie dann meint, ich nehme sie rein, wenn du weg bist.
Ja, die Fäulnis.
Sie denkt, sie macht alles besser als du.
Haja, umbringen will sie mich.
Frau Bjarsch: Und sich dann vollfressen und nichts tun.
Excüsi, sagt Elly, ich arbeite und esse nicht viel. Warum will sie mich umbringen?
Wela fragt: Wie lange versucht sie schon, Sie umzubringen?
Ach, schon lange, Madame, das ist kein Leben, immer so ein Gesicht wie die Fäulnis vor Augen.

Frau Bjarsch sagt: Das Luder.
Excüsi, sie denkt, ich werde verrückt, aber bevor ich verrückt werde, rechne ich noch mit der Rifze ab.
Sie sehen, sagt Frau Bjarsch, was für ein Weib das ist, da an der Tür hat sie gestanden und hat — —.
Ich schreie: Und hat gelacht, ja, verdammt noch mal, das wollen Sie uns einreden. Ich habe gedacht, ich könnte Ihnen helfen, aber das wollen Sie ja nicht. Gehen Sie lieber nach oben, bei Ihnen kommen die Australier rein, wenn Sie immer vor unserer Tür stehen.
Sie kann so verwundert tun: Ich stehe nicht immer vor Ihrer Tür.
Passen Sie lieber da oben auf, schreit der Wärter, ich hab's gesehen, gestern kam ein fremder Mann aus Ihrer Haustür.
Gestern war keiner bei uns, sagt Elly.
Er kam aus der Haustür. So einer mit einer Hitlerjacke und einem Hut mit einer breiten Krempe. Was soll ich denn dazu sagen? Sie lassen die Australier ins Haus, nicht ich.
Frau Bjarsch kämpft, man sieht es, das schlotternde Gold an ihrem erhobenen Handgelenk, das fahle Horn an den knotigen Fingern, das wahrscheinlich beim Nagelschneiden knallt und durch die Luft fliegt, auf Tisch und Teppich, wo es liegt und sich in die abgeschnittenen Fingernägel der Australier verwandelt, Elly hat den Fingernagelhaufen der Schwester zusammengetragen, ein Menschenalter lang, sie fordert ihren Lohn.
Das ist eine Lüge, schreit Frau Bjarsch, wir lassen sie nicht ins Haus.
Wela: Warum können wir nicht in Ruhe zusammenleben?
Ich quäle Sie nicht, sagt Frau Bjarsch.
Warum sagen Sie dann quälen?
Was?
Elly: Das Fräulein meint, du quälst die Herrschaften.
Frau, Fräulein, ich warne sie nicht mehr, sie wissen beide,

wie sie uns treffen können, mal Frau, mal Fräulein, immer lauter, eines Tages haben sie es geschafft, dann stehen die Herren vor der Tür und wollen die Pässe sehen.
Ich habe noch nie, nie einen Menschen gequält, in der Bibel steht — —.
Da schreit auch Wela: Ja, wer Liebe sät, wird Liebe ernten.
Sie wollen uns wieder weichmachen, zu spät: Sie lügen, wir zahlen 500 Franken und wofür? Warum kommt die Polizei denn nicht? Die Polizei macht nicht mehr mit, so sieht das aus.
Elly will sie am Ärmel zurückhalten, aber Frau Bjarschs Hand ist schon oben, das ist kein Zuschlagen, es ist mehr so ein Zuschnappen, Reißen am Hemd, sie kratzt einmal von oben nach unten, drei, vier Zentimeter lang, eine rote Schramme über die Rippen.
Sie schreit: 500 Franken, das ist schon die richtige Miete für Sie.
Wie meinen Sie das?
Jaja, das wissen Sie schon, das ist nicht zu teuer, wenn man nicht verheiratet ist.
Soll ich das Hemd aufknöpfen und die Schramme zeigen? lächerlich, das offene Hemd, der Finger an den Rippen, was kann ich schon beweisen? Sie werden handgreiflich, sie kratzen mir ihre Hausmarke ein, es war irgendwie so abgemacht, ich kann mich nur nicht richtig erinnern.
Dann müssen Sie ja auch wissen, sagt Wela, was Sie selber sind.
Was?
Sie machen sich strafbar.
Ich?
Elly sagt: Das Fräulein meint, es ist Kuppelei.
Kuppelei, das braucht sie mir nicht zu sagen, das weiß ich, sehen Sie die Pantoffeln, weg sind sie, jetzt muß ich die alten tragen, das würden Sie sich auch nicht gefallen lassen, daß man Ihnen alles aus dem Haus trägt, bis es leer ist.

Ja, Sie haben recht.
Sehen Sie, so verstehen wir uns.
Ich sage ja auch, wir müssen uns verstehen. Machen Sie das nicht wieder.
Was?
Kratzen.
Elly sagt: Der Herr meint, du hast ihn gekratzt.
Gekratzt? Wo?
Sie tippt mir den Fingernagel gegen die Brust, meint, das da sei doch ein Mann, und sie sei eine alte Frau, was ich denn schon gespürt habe? Mit diesen Fingern habe sie ihre Häuser und all das andere gebaut, sie habe es eben noch in den Fingern.
Ist heute Sonntag?
Ja, sagt Elly, heute ist Sonntag, bei uns sagt man, das ist der Tag des Herrn, Vater unser hat einen langen Brunzer.
Sie lachen, ein Ruck, und wir alle sind wieder ganz woanders, früher gingen sie in die Kirche, aber jetzt, die Australier im Haus und die alten Füße, man kann nicht mehr weg, aber das macht nichts, sagt Elly, vor Ihm sind alle gleich, dann hat Frau Bjarsch vergessen, warum sie geklopft hat, sie hat plötzlich einen Bruder, nach all den Monaten kommt Serge dazu, er ist Pilot. Immer wenn er übers Haus fliegt, ruft er sie an, er fliegt und fliegt, obwohl Frau Bjarsch jetzt 79 ist. Wer ist Serge? Kein Bruder, vielleicht der lange Brunzer, vielleicht Vater unser, zahnlos am Steuerknüppel, gar nicht mehr im Dienst, fliegt nur noch Ehrenrunden.

Der Briefwechsel hat zugenommen.
Was ich den Leuten schreibe? fragt Wela, ob ich den Eindruck mache, es gehe mir nicht gut, ob ich schreibe, daß ich

die Koffer packen will, was ich hinter ihrem Rücken schreibe? es kann ja nichts Gutes sein, sie glaubt, daß sie sich ein falsches Bild von ihr machen, daß die Leute sie vielleicht für die Schuldige halten. Ich habe nur geschrieben, daß wir jetzt am Waldrand wohnen und die Australier im Haus haben. Jetzt erkundigen sich die Leute von Brief zu Brief, sie wissen nicht, was hier wirklich vorgeht, sie fragen wohlwollend: Was machen die Australier?

Ich schreibe: Ja, sie sind noch da.

Die Leute glauben, sie könnten uns zuzwinkern, während ich eine ganz andere Sache meine, wenn ich erkläre, daß anfangs gar kein Verdacht bestand, alles in den Entwurf paßte, den man mitbrachte. Kurz nach dem Einzug stellten die Schwestern uns sogar diese halbverblühte Hortensie in einer Kristallvase auf den Tisch und wünschten alles Gute.

Die Leute schreiben jetzt weniger über sich selber, sie lassen sich auf Vermutungen ein, sie geben Ratschläge, aber baldige Besserung wünscht keiner, niemand will sich von den Australiern trennen, denn die Leute, denen ich Briefe schreibe, haben keine Australier.

Die Personenbeschreibung, die Frau Bjarsch am Anfang gegeben hat, wurde mehrmals durch Elly ergänzt: Sie haben Augen wie ein verreckter Fisch, das ist die Seesprache, ich habe sie kennengelernt, in Erlenbach am See unterhielten sich fünf Männer in der Seesprache, das Gespräch könnte auch in Pfäffikon oder Rapperswil gewesen sein, die fünf Männer unterhalten sich überall am See, einer sagt immer, daß es früher mehr von dem einen und weniger von dem anderen Fisch gab, und daß es heute weniger von dem einen und mehr von dem anderen Fisch gibt, und das hat eine ganze Menge mit den Runzeln in den Gesichtern zu tun. Wer das nicht versteht, ist nicht von hier, wahrscheinlich ein Ausländer, der Ausländer ist eine unbeschreibliche Masse, die überall eindringt.

Warum sind es Australier? fragen die Leute in ihren Briefen. Was soll ich sagen?
Es liegt auf der Hand, danach fragt man nicht, hier weiß man das, sie stützen sich auf eine alte Personenbeschreibung, man hat die da draußen ja genau vor Augen: Australier, in weiterem Sinne die Bewohner der Inseln der Südsee. Das Kopfhaar ist rein schwarz, etwas hart anzufühlen, mit entschiedener Neigung zur welligen Biegung, die sich weniger im Anfange als im weiteren Verlaufe bemerkbar macht. Die Behaarung auf dem übrigen Körper ist eine ziemlich reichliche. Die Farbe der Augen ist braun, das Weiße im Auge durch bräunliche Färbung sehr unrein. Die Stirn tritt etwas zurück und zeigt bei älteren Individuen starke, knöcherne Augenbrauenwülste. Die Nase ist kurz und niedrig; da die Flügel sehr breit und die Nasenlöcher weit sind, so folgt daraus jene häßliche Form, die in dem australischen Gesicht abschreckend wirkt. Oft ist die Nase so hoch wie breit. Im Gesicht machen sich gelbe Töne bemerkbar. Das Leben der Australier ist ein armseliges. In Familien oder kleinen Horden ziehen sie nackt und ohne feste Wohnsitze umher und suchen unter dem primitivsten Laubdach Schutz vor Wind und Regen. Da die von den Küsten vordringende Kultur sie in das trostlose Innere des Kontinents zurücktrieb, so gehen sie ihrem Untergang entgegen. Ihre Nahrung bilden Fische, die Ergebnisse der Jagd, Wurzeln und einige wildwachsende Getreidearten. Staatliche Verbindung blieb ihnen unbekannt. Versuche, die Australier zu unterrichten und an ein seßhaftes Leben zu gewöhnen, scheiterten so gut wie vollkommen an ihrem unbezähmbaren Trieb zum Umherschweifen. Gleichwohl sind ihre geistigen Fähigkeiten keineswegs so geringfügige, als man früher allgemein annahm. Daß von hoher geistiger Entwicklung nicht die Rede sein kann, ist klar. Es sind Fälle bekannt, wo man, um sich des lästigen Raubgesindels zu entledigen, durch vergiftetes

Mehl Massenvergiftungen herbeiführte. Wo es jedoch gelang, jugendliche Individuen in zivilisierter Gesellschaft zu erziehen, waren die Resultate ganz überraschende.

Etwas wie ein Landhaus, bäuerlich, abgenutzte Außenwände, schlechter Verputz, ein Rauschen im ganzen Haus, in den Wänden, in der Decke, ein Saugen, Plätschern, im Zentrum Stimmen, das Innere ist verwaschen, das Holz wie angeschwemmt, auch die Leiber, die vereinzelt oder zu zweit und zu dritt im Umkleideraum stehen, einander ansehen oder auch durchs Fleisch sehen, Männer, die den Mund auf- und zumachen für eine Luftblase, Leiber, die ihre Nässe mit der durchtriebenen Ruhe von Karpfen tragen und grübeln, in welche Richtung sie jetzt einen neuen Schwimmzug machen sollen.
An der Tür zum Duschraum eine handgeschriebene Warnung, Finger weg vom andern. Männer allein, nackt, weiß, Kopf im Nacken, seifen, kratzen, spucken, seifen zwischen den Arschbacken, immer wieder dazwischen, bis sie hinten all den Schaum haben, manchmal rutscht das Seifenstück weg, dann laufen sie ihm nach, hastig, steif, lässig, schwer, leicht, ganz nach Alter, schnappen auf den Kacheln herum, während die zwei schaumigen Klöten wackeln und plötzlich frei zwischen den Backen hängen, wenn sie sich bücken, dann kommen sie an ihren Platz zurück, Augen zu, Mund auf, wieder unter den Wasserstrahl, Männer, die sich dann vorn einschäumen, alles in die Hand nehmen und drücken und quetschen. Die Kammer ist voll, wenn man reinkommt, sie liegen auf dem Rücken, haben die Beine über das Beinholz gelegt, das von der Decke hängt, ganz heiß wird und an der Ferse brennt, alle beschäftigt, was man zuerst nicht sieht, weil man erst sieht, wie sie daliegen, einen Finger an

der Nase oder am Mund, sie liegen auf der Seite mit angezogenen Knien, die Kabine hat ein kleines Fenster und am Fenster eine zerschmetterte Uhr mit Temperaturanzeiger. Da ist noch ein Platz frei, vorsichtig einsteigen, nicht anstoßen, der Nebenmann grüßt irgendwie unter dem Gesichtsschweiß, blaue Augen in einem alten Kopf, weißes Brusthaar, er zieht die Hand ein, schlaff und alt in seiner Ecke, der andere ist fleischig, breit und bietet gleich so ein Hordenlächeln an, er glaubt, wer reinkommt in das Holzloch, wo sie liegen wie auf hoher See, ist auf ein- und demselben Kurs, erledigt, ja, von diesem Klopfen, Türöffnen, Zuhören, Beschwichtigen und Durchhalten, jetzt geh ich in die Stadt und leg mich auf die Pritsche, heiß, kalt, heiß, kalt. Man muß hier rechtzeitig kratzen, ich kratze längere Zeit, bis die Finger neben mir weggehen, der Nebenmann dreht den Kopf auf die andere Seite, greift über eine andere Haut, wo ihn keiner aufhält, fingert da an einem fahlen Pint, der einfach daliegt, überhaupt nicht hochkommt, obwohl der Mann stochert und der Pint so schön zurechtgemacht daliegt in der dick zurückgerollten Vorhaut. Der andere in seiner Ecke lächelt gütig, er hat seine eigene Methode, immerzu lächeln und gütig sein, nicht fingern, nein, das macht dieser flache leise Mann nicht, er kann warten. Sie liegen in der trüben Nuß, und alles, was sie zustandebringen, sind diese unaufhörlichen kleinen Bewegungen in der Fleischmasse, dieses Zupfen und Quetschen, was man besser sieht, wenn sie die Finger woanders unterbringen und einen einfach übersehen, dann sieht man erst richtig, daß sie alle die Vorhäute zurückgerollt haben, auch die, die keinen Liegeplatz gefunden haben und auf der anderen Seite sitzen und warten, sie kneten an ihrem Pint oder haben die Hoden ganz einfach auf der Hand und tätscheln von unten dagegen, überall werden die ohnmächtigen und schlenkernden Penisse für eine Orgie gehätschelt, die gar nicht stattfindet, aber keiner gibt auf, alle zwischen den kleinen und kleinsten Handgriffen in voller Fahrt, überall wird gekurbelt und gekurbelt, um wieder an das verlorengegangene Stück Erregbarkeit des Dr. Reich heranzukommen. Ab und zu steht einer auf und geht raus, man sieht einen Moment lang das kleine harmlose Becken, das für ihn gebaut wurde, der Mann breitet die Arme aus, manche kippen vornüber, andere gehen langsam auf einen Punkt unter Wasser zu und halten sich mit der Hand am Penis fest, sie bringen es einfach nicht fertig, sich mal längere Zeit loszulassen. Physiopraktische Extras nach Vereinbarung. Ich habe die ganze Zeit den Spindschlüssel in der Hand, das ist doch lächerlich, was soll schon wegkommen, wenn ich ihn steckenlasse? Das Klopfen und die Gesichter, immer tiefer in die Sache hinein, den Spindschlüssel in der Hand behalten, sie bringen dir bei, was du zu denken und zu fürchten hast, die Augen werden aufleuchten an dem Tag, an dem ich ihnen gestehe, daß etwas hinter mir her ist, immer näher kommt.

Die Hausherrin trägt wieder die roten Pantoffeln.

Wela wollte die Schwestern überführen, sie hat es gut angefangen, sie sagte in aller Ruhe, die Pantoffeln seien ja wieder da, dann könnten es die Australier nicht gewesen sein, die doch nicht zurückgeben, was sie einmal haben. Aber das war falsch. Frau Bjarsch konnte sich nicht sofort erinnern, was? was? sie sah auf die Pantoffeln hinunter, sie merkte, daß Wela sie auf etwas festlegen wollte, aber noch besser merkte es Elly.

Madame und der Herr seien ja gütig, danke vielmals, wenn sie sich so freundlich erkundigen, sie hätten ja diesmal nicht stehlen wollen, die faulen Säue. Was sollen sie auch machen mit den Pantoffeln? Der Rifze passen sie nicht, weil sie so

lange Füße hat, die dreckigsten im Areal. Diesmal haben sie es anders gemacht.
Sie haben die Pantoffeln hinter den Fernsehapparat gestellt, das Weib will ja nur, daß Elly die Arbeit hat und auf den Knien rutscht.
Die Schwestern wissen genau, wann wir nicht dagegen ankommen.
Hast du den Hund gebürstet?
Elly: Ich mach es morgen.
Immer sagt sie, sie macht es morgen.
Aber Elly nimmt das hin, sie bewahrt es auf, irgendwann wird sie auf ihre Art zurückschlagen, sie ist auffallend glatt im Gesicht, die Hautflechte nicht so deutlich wie sonst, auch das Haar ist kürzer, jetzt erst sehe ich, sie ist so heiter und genießt ihr Aussehen, weil sie rasiert ist, winzige Blutflecken an Kinn und Hals.
Sehen Sie, sagt Frau Bjarsch und greift Elly von hinten ins Haar, ich habe ihr die Haare geschnitten. Ist das Mädchen nicht jung und frisch?
Wir haben zugestimmt, ja, es wird alles besser mit den steigenden Temperaturen, man kann draußen stehen und denken, die Jahreszeit wird schon alles geräumiger machen.
Frau Bjarsch schneidet Elly die Haare mit der Schere ab, wie man einen Hund schneidet, um den Friseur zu sparen. Elly hat den Nacken eingezogen, als Frau Bjarsch in die verschnittenen Haare griff und daran zerrte, Elly hat gelächelt wie eine, die nicht sich selber gehört.
Sehen Sie, auch der Bart ist weg.
Elly: Ich kann mich nicht jeden Tag rasieren.
Aber jetzt bist du wie ein junges Mädchen.
Früher hatte ich lange Zöpfe, bis zum Steiß. Ich habe sie auch offen getragen, wenn ich mit dem Velo gefahren bin. Dann sind sie geflogen, ja, jetzt fliegt nichts mehr. Madame ist ein guter Coiffeur.

Sehen Sie mal, da liegt wieder so ein Trödel.
Es ist von Afra, sagt Wela, weil sie glaubt, es sei ein günstiger Tag, sie zu überreden, unter freiem Himmel und in der lauen Luft, aber sie passen auf.
Der Hund ist sauber.
Elly: Ja, er macht das nicht.
Wela sagt, wir können ja um 50 Franken wetten, daß Afra es gewesen ist. Aber Frau Bjarsch ist ganz ruhig geblieben, sie hatte einen guten Tag, womit ich meine, sie weiß, wann sie eine gute Antwort geben kann.
Sie sagt: Man muß nicht wetten, wenn die Hunde scheißen.
Jakob behauptet, es ist die Arteriosklerose, sie haben ganz verschiedene Tage, sie können heute friedlich sein, und morgen sind sie nicht wiederzuerkennen, man kennt den Anlaß nicht, es kann eine Kleinigkeit sein, ein Knopf, den sie nicht finden, ein Kratzer irgendwo an der Einrichtung, immer, wenn etwas nicht funktioniert, sie sind körperlich gesund, klagen ja nicht über organische Beschwerden, aber das andere, das ist nicht mehr zu kontrollieren, das zerfällt allmählich. Er hat am Telefon versucht, es zu erklären: Machen Sie es auch so, nur nicht kämpfen, das ist falsch. Sehen Sie, wenn ich komme, dann zeigen sie mir die alten Kleider und die Löcher, die gab es schon, als ich noch im Haus lebte. Sie sagen: Das sind die Australier. Wenn ich dann sage, es sind nicht die Australier, verstehen Sie, wenn ich ihnen helfen will nach unseren Maßstäben, dann müssen sie sich ja wehren, also gebe ich ihnen recht, und sie hängen die Fetzen wieder in den Schrank. Jakob ist ein guter Sohn.
Frau Bjarsch hat geträumt.
Man hat ihr ein Bein gekrümmt.
Sie hat im Traum deutlich ihr gekrümmtes Bein gespürt, es war ganz hart und unbeweglich, sie haben ihr das Bein in die Matratze gedrückt, und das Bein blieb in der Matratze stecken.

Wer hat das Bein gekrümmt?
Sie hat keinen erkannt, es gab keine Gesichter und keine Gestalten, es war einfach diese Gewalt und das Gefühl, daß es mehrere waren, groß, riesig, es bewegte sich überall, beim Aufwachen hat sie nach dem Bein getastet, sie machte es vor, rieb mit steifen Fingern am Kittel, das war über dem Knie, höher, wo so ein Bein einmal mehr Fleisch hatte.
Manchmal frage ich, um gut dazustehen, zutraulich und gehorsam.
Wer? Was? Woher?
Welches Bein war es?
Hatten Sie Schmerzen?
Dann haben sie mir die Hose ausgezogen.
So hat sie dagelegen, ganz still, als es unter ihr wegging, dieses Ziehen mitten in der Nacht, unter dem Fleisch plötzlich so ein Kitzeln, sonst nichts, mehr wollten sie nicht.

Liebe: Erregung, Entlastung, Dankbarkeit.
Als Liebe bezeichnet man den Zustand der Atmosphäre an einem bestimmten Ort in einem bestimmten Augenblick. Demgegenüber ist unter dem Begriff Ehe der Gesamtcharakter des Witterungsablaufs an einem bestimmten Ort während vieler Jahre zu verstehen. Liebe bedeutet somit den momentanen, Ehe den durchschnittlichen Zustand der Atmosphäre über einem Gebiet.
Liebe bedarf der genitalen Dankbarkeit.
Der Boß hatte goldene Hoden, Aktien und Bodenfläche; wenn jetzt etwas da ist, das um das Haus fickt, dann hat es keine Ähnlichkeit mit dem Boß, es sieht aus wie etwas, das er nicht gewesen ist.
Los, sagte Frau Bjarsch, zeig ihm mal, was sie mit deinen Hosen machen, damit er es glaubt.

Elly hat gelacht, schrill, hat die Hände am Kittel gerieben, ja, nein, das könne sie dem Herrn nicht zeigen, sie hat weiter gerieben oder etwas abgestreift, wie die Frau in der Ortschaft Buch, 1818, sie wurde plötzlich von einer bisher nie gekannten Begierde ergriffen, sich vom alten Adam und seinem Fleisch loszumachen.
Elly hat wiederholt, daß sie es dem Herrn nicht zeigen könne, gern hätte sie es getan, hoch die Röcke, damit er mal die ganze Verwüstung sieht, die man so mit sich herumtragen muß, das Fräulein hat sie gesehen, rechts und links die Schlitze in der Hose.
Frau Bjarsch: Haja, und warum?
Elly: Ja, ihm kann ich es ja nicht zeigen, ihm nicht. Warum? Excüsi, damit er besser reinfahren kann.
Warum rechts und links? Sag es.
Haja, weil er dann abwechseln kann.
Sie waren gnädig und lachten, an schlechten Tagen bestehen sie mit einem bösen Ausdruck im Gesicht darauf, daß man sich genau merkt, was sie sagen, daß man es lernt. Draußen, in der ersten Maisonne, ließen sie uns nach einem langen Winter an die Luft, wir durften ein paar Schritte machen, und die Schwestern sahen wieder mit den gleichen Augen zu wie damals im Oktober, als sie uns hereinwinkten. Kommen Sie, gehen Sie, da, immer weiter. Ich habe Viehsalz gestreut, die Hausherrin ist nicht ausgerutscht, sie hätte ja plötzlich fallen können, an einer besonders glatten Stelle, wo nur ganz dünner Schnee lag, wie hingelegt, über Nacht, ganz feiner Schnee, und plötzlich liegt sie da, noch ein kleiner Ruck in ihrem Mund, das Gebiß schlüpft raus, Ellys Lohn.
Excüsi, ich muß mich ja bücken, wenn ich mich ausziehe und ins Bett gehen will, dann kommen sie und streuen ihr Licht von hinten.
Sie müssen die Jalousie runterlassen.

Das mach ich ja, Madame, aber sie stecken die Lampe in den Schlitz, sie stecken sie einfach durch die Jalousie.
Frau Bjarsch hat Wela beobachtet, Wela hat ihr genau in die Augen gesehen, da hat die Alte gegrinst und hat sich auf die Seite gedreht, bei ihr blenden sie nie mit der Lampe, das überläßt sie Elly.
Excüsi, er will uns ja immer zeigen, wie hoch er seinen Schwanz halten kann, mit beiden Händen, so geht er auf der Terrasse hin und her und denkt, er hat den längsten, aber uns kann er nichts vormachen, vor 50 Jahren waren sie auch nicht kürzer.
Elly hielt wieder beide Hände tief vor die Küchenschürze und packte etwas, sie tappte damit auf der Stelle und ließ es wieder los.
Frau Bjarsch: Jetzt sind Sie doch auch schon drei Jahre hier.
Nein, erst seit letzten Oktober.
Frau Bjarsch hat gestaunt, was? erst seit Oktober? ihr ist es wie Jahre vorgekommen.
Jetzt fängt die schöne Zeit an.
Ja.
Man kann wieder Ausflüge machen.
Ja.
Excüsi, ich war als kleines Mädchen bei den Pfadfindern, 17. Zug Tibet, ich habe die Zettel an die Bäume geklebt, so hieß es: Folgt dieser Straße bis zum Brunnen.
Frau Bjarsch: Da war sie noch jung und hatte keinen Bart.
Auch Elly geht nicht mehr in den Wald, es ist schwierig geworden, seit die Rifze alles tut, um ihr das Leben schwer zu machen, sie denkt, hat Elly plötzlich erklärt, sie ist die Madame, und ich bin die Magd, aber da soll sie sich wundern, so einfach geht das nicht, einen langsam kaputtmachen, immer auf den Knien liegen vor der Fuchtel, all die Jahre, bis man nicht mehr gerade gehen kann. Die andere hat wieder stumm zugehört, wie einem Geräusch, das sie braucht.

Dann hat sie Ellys Schulter getätschelt.
Glaubst du, dich nimmt im Wald einer mit?
Sie weiß es, keiner ist gekommen und hat Elly den Schoß verrissen, ja, wenn er damals beim Zettelkleben im Wald gekommen wäre, 17. Zug Tibet, rücklings auf den Zöpfen und Augen zu, nein, in den Wald will Elly nicht mehr gehen, nie wieder, stell dir vor, sie geht noch mal und richtet sich nach dem Zettel *Folgt dieser Straße bis zum Brunnen*, sie geht und geht, sagen wir Im Traum, und wenn sie an den Brunnen kommt, dann steht da ihre Schwester und sagt: Es ist nicht gut, wenn der Mensch allein ist; sie hängt ihr die Küchenschürze um und den schmierigen Geschirrlappen und steckt ihr die Sicherheitsnadel in den Schoß. An die Arbeit.

Hör mal.
Wela mit dem Ohr an der Tür.
Komm doch weg da.
Hör mal, Elly singt wieder.
Mach
mach alles
maach
allesneu.
Dann wird es still, still wie um die Frau in der Ortschaft Buch, als sie, Typus der Verzückung, wortlos am alten Adam hantierte, um ihn loszuwerden, nur diese kleinen Handgriffe, Konvulsionen, andere Frauen fingen an, sich Gesicht und Hände zu zerkratzen, oder fingen an, ihre Männer mit Messern zu stechen. Es ist immer noch still, seit Elly ausgesungen hat Machallesneu, plötzlich schreit sie: Augenmörder.

In der Nachbarschaft schlagen die Vorgartentüren, wenn der Zeitungsbote kommt, er zieht ein Gestell auf zwei Rädern, im Gestänge hängt die Zeitungstasche, der Mann grüßt mit einer tiefen Kehlstimme und hat einen schwarzen Bartwuchs, er ist täglich rasiert, seine Kinnlade ist aber ständig fremd und dunkel. Wenn er eine Zeitung in den Briefkasten schiebt, steht das Gefährt allein auf dem Gehsteig, dann kommt der Mann zu seinem Zeitungsbeutel zurück, er geht, füttert wieder ein Haus, manchmal bleibt er stehen und hat etwas zu sagen.

Sie haben da einen Jagdhund, nicht wahr, einen Spaniel.

Er läßt das Fahrzeug stehen und kommt ganz nah, wir haben noch nie miteinander gesprochen, er will einen Hund haben, so einen mittelgroßen, etwa kniehoch, weiß mit schwarzen oder braunen Flecken, er könnte ihn begleiten, der Mann trägt schon jahrelang die Zeitung in dieser Gegend aus. Er hatte mal einen kleinen Bastard, Spitz und Terrier zusammen, ein guter Hund, sprang ihm bis ans Kinn, aber bei schlechtem Wetter wollte er nicht aus dem Haus, der Mann sagt nicht, was aus ihm geworden ist, der kleine Bastard ist auf einmal nicht mehr im Gespräch, weil er keinen Regen mochte. Der Mann will einen ganz anderen Hund, einen für jedes Wetter, so sind die Jagdhunde, die kann man täglich mitnehmen, sie sind ausdauernd und immer dankbar.

Kennen Sie Münsterländer?

Er stellt sich vor, wie der Hühnerhund weiß-braun oder

weiß-schwarz neben den Zeitungen hergeht, guterzogen, immer an der Seite, obwohl er ein Hühnerhund ist, aber hier oben weiß er ja nichts davon, keine Fasanen, keine Feldhühner, nur nebenhergehen und ab und zu, wie Hunde so sind, zum Menschen hochsehen, als habe der Mensch ein Stück Fleisch auf dem Kopf, so schön sind Hundeaugen, und er soll im Zimmer liegen und immer da sein, so ein heller Hund.
Sie kennen Münsterländer?
Er sagt nicht, woher er Münsterländer kennt, er hat hier noch keinen gesehen, weiß auch nicht, wo ein Zuchtzwinger steht, der Münsterländer ist hier nicht so bekannt. Ich will weg, da ist es wieder, es hält mich fest, immer im Kreis, Münsterländer, das Zimmer ist nicht so groß, Mansardenzimmer, unten in der Stadt, beim Stadelhoferplatz, alles so eng, aber der Hund wäre ja den ganzen Tag unterwegs, müßte schon morgens um 6 Uhr los und wäre nicht angewiesen auf die Grünanlagen. Aber wo hat man Münsterländer?
Machen Sie doch ein Inserat in der Zeitung.
Er hört nicht richtig zu, er fängt wieder an, vom Nebenhergehen und Aus-der-Hand-fressen zu reden, diese Kehllaute, der enge Mund, der gar nicht richtig aufgeht, wenn er spricht, ich glaube, der Mann will gar keinen Hund kaufen, er hat so einen, wie er ihn gerade beschreibt, so hoch und ausdauernd wie der, der die ganze Zeit wedelt und schon lange die Zeitungen begleitet.
Irgendwo müssen doch Münsterländer sein.
Er wollte sich das Leben nehmen, hat Frau Bjarsch gesagt.
Manchmal ist seine Stimme im Haus, das Fahrzeug steht dann lange vor der Tür, sie sprechen über uns, Wela schließt die Wohnungstür auf und horcht an der zweiten Tür, aber viel ist nicht zu verstehen, da unten, sagen sie, die da unten. Sie hat auch den Satz verstanden: Und da hat er mich gefragt, was ich mit meinem Geld mache.

Er wollte nicht mehr, er hat so müde ausgesehen, bringt immer so gut und so lange schon die Zeitungen, daß man ihm helfen muß, helfen, helfen, irgendwo im Kittel hat sie, trocken raschelnd und voller Fingerabdrücke, Liebe, die hat sie ihm gegeben. Ich traue ihm nicht, das ist einer, der frißt ihnen aus der Hand. Was hat er im Haus zu suchen? Trinkgeld kriegt er nicht, sie sagt zwar immer, wieviel Trinkgeld sie allen gibt, die gut zu ihr sind, das Mineralwasser liefern, im Winter städtisches Viehsalz streuen, im Sommer den Weg kratzen, die Männer im blauen Drillich, die aufpassen, daß alles so bleibt, das ist immer belohnt worden, immer ist das Belohnen schon vorbei. Der Bote hat geweint, wie sie sagt, er hat ihr zugehört und hat sich wieder erholt, er will sich nicht das Leben nehmen, und er soll ruhig kommen, wenn er wieder etwas braucht.

Ab und zu steigen Teerschwaden gegen das Haus, die Männer arbeiten mit nacktem Oberkörper, Frau Bjarsch steht auf der Straße, lacht und ist aufgekratzt, sie hat die großen violetten Blumen an, das dünne Sommerkleid, sie zeigt auf das Haus und hat so eine Art, Teerarbeiter zu belohnen, daß sie die ganze Zeit grinsen müssen. Sie kann das gut, neben so einer Teermaschine wie die Wohltäterin aussehen, winken, Kinder gern haben und Leute, die stehenbleiben, zuhören und immer das große Haus vor Augen haben, die trauen sich nicht, einfach weiterzugehen.

Ich bin ein Spitzel geworden: Wenn ich frage, wie es geht, will ich wissen, wie es den Australiern geht, damit ich mich vorbereiten kann. Wir halten das Ohr an Tür und Wand, wir wollen wissen, wieweit sie uns oben schon verwandelt haben. Von dem Jungen sehe ich nur das rote Hemd hinter der Hecke. Frau Bjarsch spricht mit der Mutter, der Junge hat den Frauen zugehört, plötzlich rennt er bis an die Steintreppe und schreit hinunter: Da ist die Terrasse.

Elly hat Schokolade für den Jungen gebracht, er wurde getätschelt und belohnt, er hatte gut zugehört, vielleicht hat sie ihm auch einen kleinen Stoß gegeben, da vorn, da ist es, die Treppe runter, hast du Angst? Sie hat ihn stark gemacht, damit er es runterschreit, das hat er doch nicht selber erfunden.

Nach einer halben Stunde gehen sie, der Junge war dankbar, er wußte genau, wie man mit der guten alten Fee umgeht, er hat auf dem ganzen letzten Wegstück bis hinauf zum Wald dauernd gerufen.

Huhuhu.

Zum Kotzen, wenn bestochene Kinder huhu rufen.

Frau Bjarsch rief zurück: Huhuhuhu.

Der Junge vom Waldrand: Siiiehst du mich noch?

Neiiineiiinn.

Ich komm wieder.

Frau Bjarsch winkte und winkte.

Sie hat es geschafft. Wela will irgendwo in ihrem eigenen Zimmer sitzen, bevor die Polizei kommt. Ich hatte es wieder vergessen, ja, ja, sie nehmen ihr den guten Job, der Fall landet auf dem Schreibtisch. Was sagt die Familie? Die Familie sagt, was der Staat sagt, der Staat ist die gute Familie und so weiter, man gehört dazu, aus Angst, wenn sie uns erwischen, kassieren sie den Ausländerpaß, dann kannst du die Koffer packen.

Man sieht schon aus größerer Entfernung die besonders hellen Briefe hinter dem Briefkastenfenster, vielleicht noch mal Post von Jesus, letzter Versuch, er wartet auf dich, komm endlich nach Hause Jesus lutschen. Aber diesmal sind es die Leute, die gerade das große Gesundheitsbuch geschrieben haben, 1024 Seiten und 500 Bilder, alles was Sie über Bau und Funktion des menschlichen Körpers wissen sollten, Son-

derkapitel und Extras wie Erste Hilfe, Hausapotheke, Gewichtstabellen, Heilpflanzen, Schönheitspflege und Penisberatung ergänzen das Werk. Das große Gesundheitsbuch gehört in jedes Haus. Lassen Sie sich. Indem Sie. Zur Ansicht kommen. Ja-Marke aufkleben. 10 Tage kostenlos.
Anbei das große Glückslos.
Als sie diesmal ihren Computer befragten, wer am großen Goldenen Wettbewerb teilnehmen sollte, sagte der Computer: Alle, denn wir brauchen viele kranke Leute, die unser gesundes Gesundheitsbuch kaufen, darunter ist auch, und sehen Sie, er sprach fließend Ihren Namen und Ihre Adresse aus, und somit erhalten Sie heute Ihr persönliches Glückslos mit der persönlichen, nicht übertragbaren Glücksnummer, bitte gut aufbewahren: 045168-3. Ines Torelli, die bekannte Glücksfee, freut sich schon, gerade Ihnen allen den diesjährigen Zündschlüssel für den Goldenen Ford Capri übergeben zu können. Kotzen Sie bitte nicht vor Freude in den Briefkasten, gehen Sie ruhig und auf alles gefaßt ins Haus, noch ist nichts verloren, denn sehen Sie, wenn Ines Torelli nicht ganz gesund ist im Kopf und den Schlüssel irrtümlich einem anderen nicht ganz gesunden Teilnehmer übergibt, bleiben Sie unter uns, Sie riskieren nichts, Sie können nur gewinnen, gewinnen oder gewinnen, wir alle verdienen einen Preis.
Auch in Frau Bjarschs Briefkasten war es so hell, auch sie hat eine unübertragbare Glücksnummer bekommen.

Der rechte Teil des Aprikosenspaliers blühte schlecht. Da kommt nichts mehr, habe ich zu ihr gesagt, das können wir absägen. Sie wollte es nicht glauben, konnte dann aber mühelos das trockene Holz abbrechen. Wenn sie kaum etwas sagt, ist das ein schlechtes Zeichen, sie verzeiht einem nicht, wenn sie keinen verklagen kann.

Sie wollte mir die Säge bringen, aber sie kam nicht. Nach ein paar Tagen kommt sie und hat eine kleine Säge mit einem gekrümmten Sägeblatt. Ich bleibe hinter dem Fenstervorhang, früher ging sie nie über den Boden, als er noch steinig und dreckig war, jetzt schlurft sie, jetzt zermanscht sie das schmächtige Gras, drei ausgesäte Pakete, sie weiß es, sie macht es absichtlich, so, zatsch, geht zum Aprikosenholz und sägt die Spitze ab, einen lächerlich kleinen toten Ast, sie hat mich zum Wärter und Diener gemacht, sie bestimmt, wann sie mich braucht. Später sage ich ihr, daß sie über das Gras gelaufen ist: Es ist zu früh dafür, verstehen Sie, später, wenn es kräftig ist, dann ist es gut, für Sie, für Sie. Aber sie ist nicht über das Gras gegangen, sie war das nicht.
Und das da? Hier haben Sie gesägt.
Das gibt sie zu. Wenn ich jetzt sage, sie hat gelogen, mache ich einen Fehler. Ich muß so tun, als könne sie zwei, drei Zentimeter hoch über dem Gras stehen.
Ich kann sehen, wie sie sich über die Mauer beugt und dabei auf die glitschige Wurmerde tritt, eines Tages schlüpft vielleicht die Fußspitze auf der Wurmerde aus, und sie kippt über die Mauer, das sind die Nachteile einer natürlichen Landschaft. Etwas hat sich geändert: Im Winter kamen sie immer zusammen die Innentreppe runter und klopften, jetzt kommt Frau Bjarsch allein um das Haus herum und greift im Freien sofort an: Wo sind die Australier?
Sie haben das Gelände aufgeteilt, Elly schreit an der Hinterfront, die andere hat die Straßenseite übernommen. Sie will jetzt unwiderruflich die Herren kommen lassen.
Ich sage: Sie tun es ja doch nicht.
Was sagen Sie da?
Sie tun es ja doch nicht.
Es geht nicht mehr, wie wir es bisher gemacht haben, die Lippen zusammenkneifen und die Arme ausbreiten: Was können wir für Sie tun? Sie merkt jetzt, daß es nicht mehr

gestimmt hat, das Stillhalten und Jasagen, alles abgenutzt, ein Stoß wie heute, und es fällt zusammen. Jetzt muß sie es mal hören, wo sind sie denn, die Herren, die gar nicht mehr im Amt sein können, mehr tot als lebendig, was tun sie denn, wenn sie in all den Jahren nichts getan haben?

Sie geht auf mich los und will wieder zuschlagen, diesmal ins Gesicht, sie trifft nur den Arm und kratzt wieder so eine Schramme, die nicht blutet, weil die Finger steif sind und abrutschen, sie versucht es wieder, ich halte ihr das Handgelenk fest.

Die Herren sitzen im Staat, hat sie immer gesagt. Auch die andere sagt es. Der Staat ist einer, der kastriert. Lächerlich, was ich geschrien habe, als ich das Handgelenk festhielt.

Machen Sie das da oben, Sie und Ihre Schwester. Wissen Sie was? Eines Tages schlagen Sie sich beide tot. Wissen Sie, was ich dann mache? Dann kaufe ich Ihr Haus. Das habe ich schon abgemacht mit Ihrem Sohn. Dann kaufe ich alles, alles. Haben Sie gehört?

Wir sind ins Haus gegangen und haben ihr die Tür vor der Nase zugemacht, sie schrie und schlug mit der flachen Hand gegen die Türscheibe und den Rahmen.

In drei Tagen sind Sie draußen.

Jetzt erzählt sie dem Sohn, daß du hinter dem Haus her bist. Und wenn er dich fragt? Was sagst du dann?

Ich weiß von nichts, ich habe nie etwas Derartiges gesagt, das hat sie erfunden, er glaubt ihr kein Wort. Gegen Abend kommt Frau Bjarsch noch mal vorbei und will meinen Arm sehen, sie fragt wie von weitem, ob sie den Mann verletzt habe, die Schramme ist aber nicht mehr zu sehen, Frau Bjarsch hat plötzlich einen Augenzeugen. Der Nachbar im Haus gegenüber habe alles gesehen und sie gefragt, warum ich sie schlagen wollte. Er habe gefragt, ob sie Hilfe brauche. Sie lügt, der Mann hat gar nichts gesehen, er ist vorher mit dem Auto abgefahren.

Ich höre das schon, wie Wela von dem Mann spricht, es ist wieder die Angst, irgendwie hat er es doch gehört und gesehen; es wäre besser, wenn der Mann wirklich da unten gestanden hätte, man könnte zu ihm gehen und alles aufklären.

Die Fenster, die Gardinen auf der Gegenseite, die Leute dahinter, die man nicht sieht, sie werden aussagen, der da hat sie tätlich bedroht, sie haben den erhobenen Arm gesehen, sie werden sagen, er hat sie geschlagen oder weggestoßen. Immer öfter Einwände und Ängste, das hätte sie sich früher überlegen sollen, dann säßen wir jetzt nicht hier. Sie hätte die Augen besser aufmachen sollen, als sie sah, wie Elly freudig erregt ins Haus gelaufen ist. Aber selbst wenn die Schwestern erwähnt hätten, wer da sonst noch im Haus ist, wir wären doch eingezogen, wir haben später gesagt: Wir vier gegen die zwei Australier, das erledigen wir gemeinsam. Damals ist die Hausherrin mit der Todesanzeige vom Boß rausgekommen, daß man gedacht hat, mehr als die Miete und das Mitleid verlangt sie nicht. Zum erstenmal ist davon die Rede, daß es ein Versteckspielen ist, das Wort hast du gebraucht, also dann hol dir Zeitungen und such dir ein Zimmer.

Sie erinnert mich an das Gesicht, das ich kurz vor dem Zuschlagen hatte.

Eines Tages schlägst du zu, und sie ist tot. Sie macht einen falschen Schritt, sie fällt plötzlich die Treppe runter und bricht sich den Hals. Elly sagt dann, wir haben sie runtergestoßen.

Vor ein paar Tagen bückte sich Wela plötzlich während eines Spaziergangs, die Finger berührten den Boden, so ging sie ein paar Meter weit, ich weiß nicht warum, viel-

leicht, um sich zu entspannen, gar nicht schlecht, sagte sie da unten, warum sind die Idioten eigentlich aufgestanden? Das hätte so bleiben können.
Sie glaubt nicht an das Gewicht in der linken Schulter, an die verschiedenen Anzeichen für ein Zellensyndrom, sie glaubt, daß es ein Trick ist, um den Auszug vorzubereiten, aus, erledigt, er will nur beweisen, daß es hier nicht geht, hat es versucht und versucht, will er sagen, aber dagegen ist nicht anzukommen, ein Land zum Durchreisen oder Ferienmachen, sonst nichts, wer darauf reinfällt und zu lange bleibt, kommt nie wieder raus, er sitzt im Zürcher Mottenlicht und ist tot, ohne es zu wissen.

Der Mann ist mit der Tram durch die Stadt gefahren, sie hat ihn zuerst nicht erkannt, weil er das Gesicht hinter der Zeitung hatte, sie trug eine Sonnenbrille und saß ihm gegenüber, dann hat der Fahrgast aufgesehen und hatte das Gesicht von Frankenstein, so wie Frösche herumlaufen, die wie Peter Lorre aussehen, oder man sieht Männer, die den Nacken von Erich von Stroheim haben, oder man sieht scheintote alte Passantinnen auf Zürichs Bahnhofstraße, die den ermordeten Wellensittich vor sich hertragen, den Bette Davis einmal auf dem Silbertablett servierte. Auf einmal hat Frankenstein in der Tram angefangen, sich die Lippen zu lecken, es hörte nicht mehr auf, es war für sie, nur für sie allein, sie wollte erst aufstehen, aber dann wäre der Film nicht richtig zu Ende gewesen, einfach aufstehen und weg, wo sie doch selber damit angefangen hatte, den Mann zu beobachten. Sie ist sitzengeblieben und hat ihm auf die Zungenspitze gesehen, auf das Züngeln und Schlecken, was mitten im dichten Verkehr nicht weiter aufgefallen ist, das war so ein Moment, in dem das Kino sagt: Jetzt bleibt mal

alle so, wie ihr seid, und haltet still, ich filme den Lebenszweck.
Dieses einmalige Klassenbild zeigt Ihnen hellwache, aufgeweckte Menschen, die im Schlaf eine Fremdsprache erlernten und: wie weit sie es damit brachten, es könnte etwas ins Rollen bringen, das Ihnen eine neue Welt eröffnet.
Jeder kann.
Ihr Gehirn schläft nie.
Jeder soll.
Jeder wird.
Diese Methode ermöglicht Ihnen bei voller Auswertung der Erkenntnis, daß sich die Gehirnströme von Traumschlaf und Wachzustand nahezu gleichen, das natürliche Aufnehmen des Lernmaterials, weil die Erkenntnisse unaufhaltsam und unverlierbar in Sie eindringen und Sie jedesmal, wenn Sie erwachen, einen Schritt weiter sind.

Dann gibt es da noch ein Foto von einem Mädchen, das immer in den Schallplattenladen ging, eines Tages verließ Sabine L. mit ein paar Strumpfhosen in der Handtasche das Elternhaus, um das Leben kennenzulernen, sie kam niemals an, das lesen wir am Wochenende und betrachten die beiden Pfeile, die auf die Einschüsse in der Schädeldecke zeigen.

Weil sich Staub
aufs Gesicht legt,
waschen sie es täglich,
weil sich Staub
auf den Fußboden legt,

fegen sie ihn täglich,
die einfachen Leute
im Schensi-Kansu-Ningsia-Grenzgebiet.
Man sieht: Der Vorsitzende war da.

Mao kämpfte im Djinggang-Gebirge;
als er später im Flachland saß,
war das Gehirn des Kung
39 Minuten lang ohne Sauerstoff.
Der Vorsitzende sagte
aus großer Entfernung zu Kung:
Ziehe die Brauen zusammen,
und du kommst auf eine Idee.
Kung tat das und erwachte von den Toten.

Alle Blätter des Magnolienbaums sind jetzt ausgewachsen. Wenn ich hier stehe und die Gespräche abhöre, sehen sie mich von oben nicht. Die Streife ist gekommen, sie haben wegen der Hitze die Hemdsärmel aufgekrempelt, Anfänger, die noch nicht hier waren und noch vorschriftsmäßig fragen. Die Schwestern haben wieder den dankbaren Ton, den sie auch uns gegenüber einmal hatten, sie zählen die Beweise auf, beschreiben die Australier und die Zerstörungen.
Warum rufen sie uns nicht? Ich habe immer gesagt, sie soll uns holen, wenn die Polizei vorbeikommt, wir wollen hören, was die Herren sagen, der Staat, was er unternehmen will, wir müssen alle zusammen mal darüber sprechen. Einer sagt, daß sie mal einen scharfen Hund mitbringen.
Der andere fragt: Und der da unten, was für einen Hund hat er? Die Schwestern erklären, daß der Hund klein ist,

einer, der ihnen aus der Hand frißt, genau wie das Kalb, Afra, nur fressen und im Haus sein, das sind nicht die richtigen Hunde.
Die Streife will gegen Abend noch mal vorbeikommen und das Gelände beobachten, und wenn vorher oder später, morgen, in den nächsten Tagen etwas ist, dann sollen die Damen anrufen, Limmat 17, sie kommen sofort, Limmat 17, nicht vergessen, mehr können sie momentan nicht tun, sie haben schon gelernt, wie man ruhig und vernünftig das neue Wort ausspricht: Australier.
Danke, daß Sie gekommen sind. Haben Sie viel zu tun? Einen schönen Tag noch.
Sonst winken sie und rufen noch etwas hinterher, wenn es sich um Leute aus der Umgebung handelt, diesmal gingen sie sofort ins Haus, was günstig war, sie sollten nicht wissen, daß ich auf die Straße runterlief, die Streife sprach mit einer Passantin.
Ja, ich bin das, der Mieter von da oben, was sagen Sie dazu? Ich meine, Sie haben es ja bemerkt: Es ist niemand da.
Ich wollte nur sagen, sie brauchen nicht wiederzukommen, sonst treten sie irgendwann auf das andere, keine Ringe, keine Papiere, sie sollen abfahren, hier ist alles still, alles geordnet.
Die Frau hat Mitleid mit den Schwestern. Das ist eine von denen, die so mild auf sie einreden: Waren sie wieder da, die Australier? Die Leute machen mit, alle.
Haben Sie mal etwas Verdächtiges bemerkt?
Ja und nein, ab und zu holen sie einen Besoffenen aus dem Wald, oder einer schreit auf die Häuser runter, einer ist mal gefaßt worden, der hatte die Hose aufgeknöpft und hatte ihn rausgeholt, so gesehen ist das alles, was man weiß. Sie sieht alles von außen, für die Leute ist das nur ein Fall von Verschleißen und Altwerden, dem man zusehen muß, bis es zu Ende ist.

Die Schwestern haben telefoniert.
Sie fängt wieder damit an, Fräulein, Fräulein, das weiß die ganze Straße, keine eigene Adresse, ein paar Idioten vergessen beim Briefschreiben immer die Lage und schreiben den Mädchennamen.
Das ist wieder so ein Trick von der Alten, sie will uns nur zeigen, daß sie die Polizei holen kann.
Wela glaubt es nicht, will verschwinden, irgendwo in einem kleinen Zimmer liegen, aufhören, jetzt sofort, Tür zu und nicht mehr da sein.
Die Schwestern kommen auf ihre Terrasse zurück.
Hallo, wo sind Sie, sitzen Sie unter dem Baum? Haben Sie einen schönen Sonntag? So gefallen Sie uns da unten.
Heute gefallen Sie uns auch. Aber wissen Sie noch, wie Sie auf mich losgegangen sind?
Ich bin noch nie auf Sie losgegangen.
Sie kann es beweisen: Im letzten Winter haben die Herren sie beraten, die Herren von der Stadt, die Schnee schaufeln und Salz streuen, sie haben gesagt, sie soll etwas machen, damit wieder alles in Ordnung kommt. Sie haben ihr genau erklärt, wie sie das elektrische Kabel unter den Schnee legen soll, am besten abends, damit es über Nacht zuschneit.
Und dann, sagt Frau Bjarsch, wären Sie gekommen und hätten draufgetreten.
Die Männer haben ein Trinkgeld angenommen.
Dann hätten Sie auf dem Kopf gelegen.
Excüsi, das haben die Herren gesagt, aber wir haben es nicht getan.
Frau Bjarsch: Sie hätten auf das Kabel getreten, und hoppla wären Sie nicht mehr auf der Welt gewesen.
Ich könnte sagen: Von wem haben Sie das? Doch nicht von den Herren, nicht von der Straßenreinigung. Merken Sie denn nicht, wie Elly das einfädelt? Sie bringt Sie noch vor den Stadtarzt, dann ziehen Sie aus und kommen nie wieder.

Wenn Sie mich umbringen, sage ich, dann werden Sie abgeholt, dann müssen Sie aus dem Haus.
Aus meinem Haus? Niemals.
Darauf steht die Todesstrafe.
Excüsi, sagt Elly, doch nicht in der Schweiz.
Rufen Sie die Herren an. Glauben Sie mir, die schlagen Ihnen die Rübe ab.
Ich habe keinem was getan.
Und das Kabel? Und das Trinkgeld, das Sie dafür ausgegeben haben?
Excüsi, das war für den Schnee, den die Herren immer wegmachen.

Wela sagt: Du hast wieder geschrien.
Ich habe nicht geschrien.
Du hörst es nur nicht mehr. Wenn die Polizei nicht kommt, dann kommt eines Tages der Sohn und sagt: Ich habe gehört, Sie schreien meine Mutter an. Man hört es bis auf die Straße, Sie haben sie tätlich angegriffen.
Das wird sie ihm nicht sagen.
Und warum nicht?
Sie hat ja auch der Polizei nichts gesagt. Sie haben ja nichts davon, wenn wir nicht mehr da sind.
Habe ich nicht oft genug gesagt, sie soll da wegkommen, nicht das Ohr an Tür oder Wand halten?
Sie sind noch nicht fertig mit uns und wir nicht mit ihnen.
Ich habe dich beobachtet, sagt Wela, du willst es so haben.
Sie spricht davon, wie wir zusammen eingekauft haben, wie sie zu den Brotregalen gegangen ist und plötzlich nicht mehr wußte, was für ein Brot sie rausnehmen sollte, das war in dem Moment, als sie merkte, daß ich näherkam, sie dachte, jetzt mußt du den da fragen, was für ein Brot er haben will,

jetzt stehst du davor, brauchst nur zuzugreifen, aber es geht plötzlich nicht mehr, sie hätte losweinen können, überall dieses Brot, auf das andere zugingen und einfach reingriffen, dauernd Bewegungen rechts und links von ihr, überall Leute, die wissen, was sie wollen, und sie steht da und muß fragen: Willst du das oder das? Was schmeckt dir besser? Er merkt nicht, was in ihr vorgeht, er macht einfach noch einen Schritt auf die Regale zu und sagt, das da, wie immer, bis man sich eines Tages nicht mehr von der Stelle bewegen kann, unbegreiflich, wie das plötzlich alles zusammenbricht.

Ende der sechziger Jahre nahm die Quote der Festlandflüchtigen zu, oft, wie die Zeitungen es nannten, drohte ihnen der Tod, er kam auf die Reisenden zu, als sie in kleinen Booten den Ozean überquerten, mit allen Wassern gewaschen tauchte der Hai auf und schwänzelte, dann verteidigten sich die Reisenden mit dem Paddel, alles kam in die Zeitung: wie das Wasser spritzte, und wie hoch die finanzielle Beteiligung der Firmen war, Länge des Bootes, Gewicht, Proviant, Name des Reisenden, im Schein der Blitzlichter kamen sie an Land zurück und zeigten mit dem Daumen über die Schulter, die Glücklichen. Unterwegs saßen sie angebunden auf ihrem Kurs und massierten ab und zu das lockere Zahnfleisch, spuckten Blut und wurden eine Zeitlang in Schweine verwandelt, die einer Nutte gehörten, die nur Augen für diesen Oteus hatte, oder wie er heißt, ein hergelaufenes Subjekt, tastet sich dauernd an irgendwelchen Inseln vorbei, um auf seine Kosten zu kommen. Auf dem verdammten Festland verdient man sich später kümmerlich seinen Schnaps, indem man vor den Leuten auf allen vieren pinkelt, damit die Leute sehen, wie es in einem freien Leben von Insel zu Insel zugeht.
Überall feiern sie das große Wohltätigkeitsfest in der Stadt, die jede Nacht den Leuten die Wünsche von den Lippen abliest, Superman stemmt die vollbesetzte Flugraupe, schnallt euch an, Kinder, es geht los, unten warten andere Leute auf Anschluß, sie rufen: Das muß Spaß machen, die Kinder sind zu beneiden. Alle sind rasant und froh, daß Superman der

neue Jesus ist, der endlich die Leute mal richtig stemmt und weiß, was ein krankes Nervensystem braucht, man kann den Leuten doch nicht dauernd mit den paar alten Nägeln und einem steifen Draht in der Stirn kommen.
Dr. Zodiak, Erreger, Sterndeuter, Zerstörer im gestirnten Morgenmantel, will gerade ein neues Ding drehen. Die Zodiaker Ordner in Schlägerpullovern trinken auf das Wohl ihres Vereins.
Ein Hoch auf die Unterwelt.
Nieder mit der Polizei.
Es lebe Dr. Zodiak, der gerade mit seiner Freundin zwei Tage Haft abgesessen hat, weil er auf der Kirmes die Leute als Marvello der Gedankenleser betrogen hat, die Freundin von Dr. Zodiak sagt, sie hat die Nase voll von Wohltätigkeitsfesten. Ist das ein Leben? Dr. Zodiak tröstet: Laß nur, Baby, mir wird schon was einfallen, erst mal auf zur nächsten Stadt.
Aber Dr. Zodiak bleibt immer in derselben Stadt, er drückt sich nur anders aus, um seine Feinde zu täuschen, und erweist sich damit als heimlicher Schriftsteller, es ist aber unter seiner Würde, ein Buch zu schreiben, er ist mehr für den direkten Totschlag. Diese überall rumschwirrenden Wohltäter, die dauernd die Menschheit verbessern, gehen Dr. Zodiak auf die Nerven, sie haben ihm seinerzeit das Marvello-Geschäft vermasselt, jetzt will er sie fertigmachen. Die Zodiaker wenden grünes Kryptonit an, das Superman total vergiftet. Ächz, der Schmerz. Alle Kraft verläßt mich. Ich sterbe. Auf zur Siegesfeier. Endlich haben wir Ruhe vor diesen warmen Brüdern, die dauernd Gutes stiften. Batman sitzt in der Gasmaschine und sinkt langsam vornüber, während Robin darauf wartet, daß sie ihm etwas abschneiden, was Robin immer so eine gerade Haltung im Straßenbild gab. Ächz, Sterben hat seine Ordnung, warum alt werden? Aber dann ist plötzlich Ostern, und alle stehen wieder auf,

Krroonnngg, Batman schlägt Dr. Zodiak in sein Klavier. Mach Musik, Zodiak, er hat Gotham City beleidigt, das macht 20 Jahre Zuchthaus, Pah, sagt Zodiak in der grünen Minna und ist in 14 Tagen wieder draußen. Der Mann in der *Bodega* erzählt gerade, wie er den Unfall hatte, wo einer hinter der Windschutzscheibe seines Autos kurz vor dem Zusammenstoß denkt, jetzt, jetzt, und das Steuer losläßt, so wie er jetzt über dem Weinglas das Steuer losläßt und gegen die Stuhllehne sinkt, es ist nicht so, wie man glaubt, wenn man das nie erlebt hat. Es ist plötzlich wie ein Tonband, das sich im richtigen Moment einschaltet, man läßt alles los und ist ganz hellhörig, wenn man nicht mehr aussteigen kann, er sagt es allen am Tisch, wie er mal drüben war, plötzlich hatte er soviel Zeit, Bild auf Bild, wie er zum Beispiel nach Hause kommt, da bin ich, Hände waschen, Abendessen, Messer und Gabel wie alle Tage, das Steuer, das Besteck, alles rutscht vor ihm her, und dann macht man etwas, was nur der Mensch macht, der Mensch schlägt in so einem Moment die Hände vor das Gesicht, das unterscheidet ihn vom Affen, der Affe hält in der Schrecksekunde die Hände hinter den Rücken, die Hände sind ihm wichtiger als der Kopf, sagt der Mann und gibt zu, daß er nach dem Zusammenstoß mit beiden Händen zuerst nach dem Kopf getastet hat, so mit den Fingerspitzen gegen Stirn und Hinterkopf, als könnte er das Schädeldach abheben, dann erst kommt die Angst, da weiß man schon wieder, daß es nur die Scheiße ist, und daß man am Leben bleibt. Wissen Sie, wie die Franzosen es machen, daß einem die Scheiße ins Arschloch fällt, wissen Sie das? Algerien sagt Ihnen sicher nichts mehr, wie man auf französische Art eine Zigarette spendiert und Feuer gibt, man läßt den andern ein paarmal an der Zigarette ziehen, während das Streichholz noch brennt, dann tritt man gegen das Schienbein, so fängt eine passage à tabac an, immer höflich, eine Frage, ein Tritt, eine Frage,

ein Tritt. Sind Sie schon mal verhört worden? Ja, nein? Dann wird es aber Zeit, daß Sie es mal lernen. Der Mann kann das Brot nicht richtig in den Mund stecken, er fummelt an der Brotscheibe und zieht langsam Bissen für Bissen raus, er knetet mit den Fingerspitzen, dann macht er diese Bewegung, immer wieder, er preßt das Brot an die Lippen, er saugt und saugt, dann erst steckt er es in den Mund.
Ah, meine Kristallkugel vibriert. Treten Sie ein. Kommen Sie näher. Hier ist noch ein Fensterplatz. Halten Sie sich fest. Die Reise, Länder, Kontinente, Runzeln in den Gesichtern der Passagiere. Fliegen Sie hoch für einen guten Zweck. Falls fremde Körperteile auf der Straße liegen, lassen Sie sich nicht beirren, es handelt sich nur um das Unvermögen der andern, sauber aus dem Verkehr zu verschwinden, Menschen sind von Natur aus Fundsachen, man kann sie überall liegen sehen, im Namen des Volkes.
Warum ist Sammy Schoenbaum nicht in der Army?
Er sitzt am Tisch und bemüht sich, kurz vor der Polizeistunde zu erklären, warum er sprechen muß. Die Army wollte ihn haben, er ist hingegangen und hat sich ins Vorzimmer gesetzt, und wie er dasitzt und wartet, daß er drankommt, sitzen da zwei auf der Bank und halten sich gegenseitig an den Schultern fest, sie sagen zum Spieß, der einen von ihnen holen will, daß es keinen Zweck hat, weil sie schwul sind, das hilft, die Army will keine Bazillen haben, die Army hat ein Nebenzimmer, die beiden sind aufgestanden und sind ins Nebenzimmer gegangen, die Army hat durch das Loch gesehen. Plötzlich spürt Sammy eine Hand an der Schulter und denkt, es ist Zufall, es ist so eng auf der Bank, seit die zwei hinter der Tür verschwunden sind und gegen das Vaterland anrammeln, da steht das Popcornbanner, und das Vaterland ruht auf einem Haufen Telegramme, die alle denselben Text haben: *We regret to inform you that your son/husband/father was killed in action in*

Vietnam. stop. we will contact you with further informations as soon as possible. stop. United States Army. Sammy hat das Fummeln begriffen und hat angefangen zu weinen, man weiß so wenig darüber, wie Disneyland in den Krieg zieht, der Spieß kam wieder, der andere hat Sammys Hand festgehalten, dann hat die Army wieder durch das Loch gesehen, und weil sie immer sauber sind, ist ihnen für den schwulen Tod das Telegramm zu schade.
Tag und Nacht sieht man in den Straßen der Stadt das Foto der revolutionären Frau, die keinen Mann mehr braucht, sie verwendet in einsamer Fantasie, wie die Liga erklärt, stolz und unaufhaltsam den Zodiaker Vibrationsstab, Länge 17 cm, Durchmesser 3 cm, organische Form, handliche Kerzengröße, geschmeidig und angenehm prikkelnd, während der Traum von Dr. Reich damit anfängt und aufhört, daß es jetzt Zeit wird, auf natürliche Weise die Funktionen des biologischen Kerns wiederzuentdecken, was eine Leistung rationaler Arbeit sein muß, der kämpferischen Wissenschaft und der natürlichen Liebesfunktion, ein Ergebnis echter demokratischer, mutiger und kollektiver Anstrengungen, ihr Ziel ist das irdische materielle und sexuelle Lebensglück der Menschenmassen.

Mitten in der Nacht hat über uns die Jalousie geknarrt, als würde sie einen Spalt breit hochgezogen, aber Stimmen sind nicht zu hören, das muß Elly sein, das ist so eine Nacht, in der sie für Beweise sorgt, leise aufstehen und ins Wohnzimmer gehen, jahrelange Übung, sie läßt die Krümel auf den Salontisch fallen, sie schneidet die Fingernägel über der Tischplatte, jetzt macht sie irgendwo eine neue Schramme, damit die andere morgen früh wieder schreit, alles geht unter, abgeschnittene Fingernägel und Haare überall im Haus, gereckte Penisse, haarige Löcher in der Luft, auf der Ter-

rasse, an der Fensterscheibe. Sehen Sie, da, der Wasserhahn, Frau Bjarsch steht ab und zu vor dem Wasserhahn an der Hausfront, jetzt hat er die Krätze, früher war er so glatt und hell, jetzt ist er geschrotet, sagt Frau Bjarsch, überall geschrotet.
Machen Sie es, wie Sie wollen, hat sie gesagt, als sie uns den Schlüssel für den Wasserhahn gab, die Aprikose und die Palme brauchen das meiste Wasser. Sie hat über die Hecke in die Bäume gezeigt, das Blau da oben in all den Blättern und Ästen, der wolkenlose Himmel, sie konnte nicht genug davon kriegen und sagte, das ist wie Wäsche, wie frisch gewaschen. Und lassen Sie nie den Schlüssel stecken, sonst nimmt die Rifze ihn weg. Das Fräulein trägt heute ein schönes Kleid, sie wollte von der Verletzung an ihrem Kinn ablenken, geronnenes Blut, schlecht verpinseltes Jod, wir haben zufrieden auf ihr geschundenes Kinn gesehen: Haben Sie sich verletzt?
Heute morgen ist sie aufgewacht, da war die Schramme im Gesicht, nein, sie hat sich nicht im Schlaf gekratzt, hat nichts geträumt, sie weiß nicht, woher es kommt.
Elly schreit hinter dem Haus: Er fegt ihr das Loch aus, und sie hat den Sack in den Fingern und im Maul. Geh in den Wald mit der Alten und laß meine Äugen damit zufrieden.
Die Kapuziner wachsen, auf der Mauer steht ein Topf mit Fuchsien, die Leute hören den Rasenmäher, vielleicht werden sie es anerkennen: Wenn ihnen die Fassade gefällt, denunzieren sie uns nicht. Wenn wir nicht da wären, dann wäre doch alles so geblieben, wie es war, jetzt sind die Ecken ausgefegt, die Zweige, die immer ins Gesicht fitzten, sind abgeschnitten. Alles für Sie, das hört sie sich an, das verwirrt sie manchmal, sie vergißt dann, was sie einfädeln wollte.
Elly schreit: Du brauchst deine verdammte Lampe, um das Loch zu finden, haja, nimm dein Gehenk doch ins Maul.

Es klingelt, Frau Bjarsch steht draußen, hinter ihr der Schäferhund, vor ein paar Tagen ist an seinem Hals ein Ekzem aufgeplatzt, ein blutiges, matschiges Loch, sie haben es erst gesehen, als wir es ihnen gezeigt haben, dann haben sie es mit Kamillentee ausgewaschen, aber er zieht mühsam die Pfote an den schwärzlichen dicken Zitzen vorbei und kratzt in dem Loch. Frau Bjarsch streckt mir die Heckenschere entgegen, die ich mir ausgeliehen hatte, vor ein paar Tagen gab ich sie zurück, eine stumpfe, rostige Heckenschere.
Frau Bjarsch wirft sie hin.
Da haben Sie Ihre Schere.
Ich hebe sie auf und will sie ihr ruhig zurückgeben, wie es sich für den Wärter gehört, aber es ist nicht ihre Schere, nie gewesen, ihre Schere, schreit sie, war blank und neu, geben Sie mir meine Schere zurück.
Einmal, vielleicht ein einziges Mal, hilft mir die andere, sie muß es tun, sie hat mir die Schere gegeben, vielleicht wartet sie schon darauf, daß ich komme, sie braucht nur zu sagen: Der Herr hat recht, das ist unsere Schere. Das ist das letzte, was sie ihr eintrichtern muß, dann steht die Alte ganz allein da, dann ist sie erledigt, nie war der Moment so günstig.
Kommen Sie, Elly weiß es.
Frau Bjarsch schreit: Sie sind ein Schwindler, ein Lügner sind Sie.
Ich renne die Treppe hoch, ja, so ist es richtig, wenn ich plötzlich vor der anderen stehe, ganz allein mit ihr, unter vier Augen, dann macht sie mit. Die Haustür ist geöffnet, Elly in der Küche, sie kann so unbeteiligt in eine andere Richtung sehen, sie soll mich ansehen, sie ist nicht rasiert, Frau Bjarsch hat ihr das Nackenhaar lange nicht mehr gestutzt, ein schlechter Tag für alle, das sehe ich schon. Wenn sie an solchen Tagen die Tür öffnen muß, dreht sie einem die Seite zu und fragt schrill durch den Spalt: Was soll es sein? Ich biete mich an wie noch nie, ich halte ihr vertrau-

lich die Heckenschere hin, schnell, wir wollen uns nichts vormachen, schnell, bevor die andere wieder da ist, tu mir den Gefallen, komm ein einziges Mal aus dem Hinterhalt raus.
Elly schreit: Nein, das ist nicht unsere Schere, die habe ich Ihnen nicht gegeben, unsere Schere ist neu.
Frau Bjarsch hat mich eingeholt.
Hören Sie, hören Sie.
Sie wissen genau, daß es nicht stimmt. Das hier ist Ihre Schere, damit habe ich Ihre Hecke geschnitten, für Sie.
Was haben Sie denn getan? Für uns haben Sie noch nichts getan.
Wissen Sie was? Sie haben doch immer die Säue im Haus.
Was für Säue?
Auf der Terrasse, schrei ich, die Australier. Da haben Sie Ihre Schere, schneiden Sie ihm den Schwanz ab und die Eier, dann haben wir Ruhe.
Da sieht man es, er kennt die Australier. Und wo ist die Schere?
Das ist sie.
Das ist sie nicht.
Sie sollen sagen, was sie wollen, ich höre nichts mehr, dann gehe ich hinaus, habe noch immer die Schere in der Hand, ich hätte sie ja hinlegen können, aber es ging nicht, es ist tatsächlich meine Schere; so, wie sie mir jetzt in der Hand liegt, schwer und nutzlos als Beweisstück, kann ich sie ruhig behalten.
Der Zeitungsbote ist gekommen und will nicht weitergehen, vielleicht hören sie auf den, wir hatten doch seinerzeit ein vertrauliches Gespräch wegen der Münsterländer Hühnerhunde, er wird mir helfen, er wartet nur darauf, daß man ihn bittet.
Sie kommen gerade richtig, sehen Sie sich das an. Was ist das?

Ja, ja, das sehe ich schon.
Sagen Sie es ihnen. Was sehen Sie?
Ja, ich bin gerade erst gekommen. Was ist denn passiert?
Bitte, was sehen Sie hier? Ist das nicht Rost, jahrealter Rost?
Sagen Sie es ihnen.
Er hat doch gehört, was sie mir anhängen wollen, erinnert er sich nicht mehr an das Gespräch? Ich habe doch zugestimmt, daß ein Zeitungsbote einen Jagdhund braucht, ich hatte doch nichts dagegen. Warum läßt er sich soviel Zeit, wenn er mir helfen soll?
Sagen Sie doch etwas.
Sie sind ein Schwindler, schreit Frau Bjarsch.
Er kann sich nicht entschließen, schlimmer, er gehört zum Haus, sie retten ihm ab und zu das Leben.
Verstehen Sie, was soll ich denn mit der alten Heckenschere? Ich brauche sie nicht.
Vielleicht hat er damals gemerkt, daß ich ihn loswerden wollte und nicht eingesehen habe, warum ein Zeitungsbote einen Jagdhund haben will. Hier muß man vorsichtig sein, in so einem Land muß man sich jede Antwort gut überlegen, sonst denken sie, der sagt nicht, was er denkt, wie ist er überhaupt reingekommen in unser Land?
Ja, sagt er, Rost ist das schon, aber die Schere kenne ich nicht.
Sie hören, daß er keinen Fehler macht, bei schlechtem Wetter darf er ins Haus, sie tischen ihm einen Kaffee auf, das ganze Jahr ist er treu und demütig.
Ich lege die Schere auf die oberste Treppenstufe, ich werde jetzt alles ihrem Sohn berichten, er kennt die Schere. Ich sehe noch, wie Elly sich bückt, wie der Zeitungsbote sich bückt, aber sie ist schneller, sie hebt die Schere auf.
Jetzt müssen sie raus, schreit Frau Bjarsch laut genug für die Straße, alles verderben sie. Abfahren, abfahren.
Die Treppe runter, an der Mauerkante vorbei, die im Frühjahr der Suchtrupp ankreuzte, die Ölkreide hat sich gehal-

ten, da schlägt hinter mir, von der Treppe in die Hecke springend, die Schere ein.
Sie konnten sich das leisten, sie waren zu dritt, hätten sie einen Moment früher geschmissen, sie hätten mich ins Kreuz getroffen. Was dann? Einstimmige Aussage, ein bedauerlicher Unfall: Er hatte sich gerade die Heckenschere geliehen und ging die Treppe runter, er ist ausgerutscht und hat sich im Fallen so gedreht, daß er rücklings auf die Scherenspitze fiel, von oben haben sie alles genau gesehen, er schwebte einen Moment auf der Scherenspitze, dann ist er auf die Seite gekippt, dann haben sie die Polizei angerufen.
Da liegt er. Ist er tot?
Er ist tot.
Elly spritzt heißes Wasser über die Treppe, dann ist wieder alles wie früher, keiner kann ihnen das Gegenteil beweisen, die Nachbarn sagen nur aus, daß es ab und zu dieses Geschrei am Fenster gab, Beschimpfungen, Schmähungen und so weiter, darum habe man sich nicht gekümmert, das gehe sie nichts an, was die da oben für einen Zeitvertreib hätten, man habe ihnen ab und zu ein gutes Wort gesagt.
Sie warten stumm darauf, daß ich zurückkomme. Während ich Elly die Schere vor die Füße lege, spüre ich den Buckel des Wärters.
Elly: Unsere Schere ist das nicht.
Haben Sie das gesehen?
Er krümmt keinen Finger, er hat einen Platz im Haus, den er nicht verlieren will.
Abfahren, Gottlobundseidank, jetzt müssen sie abfahren, jetzt laß ich die Herren kommen.
Sie wissen, daß ich die Polizei nicht anrufe, ich kenne die Regeln im Haus, man spricht hier nicht von einem versuchten Totschlag, man sagt hier, es hat sich so ergeben.
Alle sind so anhänglich, einer wie der andere, verschlagene Milchmänner, Briefträger, Zeitungsboten, alles billig be-

zahlte Spitzel, zu spät, ich habe die Gelegenheit verpaßt, sie rechtzeitig auf meine Seite zu ziehen. Nie wieder vertraulich sein, einen Tritt geben, dann parieren sie besser.
Ich warne Sie.
Was habe ich Ihnen getan?
Nichts, gar nichts, aber ich warne Sie, Sie haben nichts gesehen, es ist alles in Ordnung.
Sie hat Sie ja nicht getroffen.
Er zeigt nach draußen.
Sie hätte ja auch in diese Richtung werfen können.
Hören Sie nicht auf den da, schreit Frau Bjarsch, das ist ein Betrüger, er hat unsere Schere.
Haben Sie mir die Schere nachgeworfen, ja oder nein?
Elly antwortet nicht.
Ich habe einen Beweis, die Schere ist mit dem rechten Griff aufgeschlagen, das Holz hat eine Kerbe, Jakob weiß, daß sie keine Kerbe hatte. Und wenn sie behaupten, daß ich sie gemacht habe, Kerbe, Kerbe? sie schmeißen mir die Schere nach, und ich bringe ihnen eine Kerbe, also habe ich die Kerbe gemacht. Heute ist ihr großer Tag.
Haben Sie schon mal gehört, was sie schreien? frage ich den Mann. Sie kommen doch jeden Tag vorbei, da müssen Sie doch Bescheid wissen.
Wie meinen Sie das?
Schon gut, Sie sind richtig. Sie gehen hier ein und aus, und da wollen Sie nichts wissen?
Frau Bjarsch: Was soll er denn wissen?
Haben Sie nie gehört, daß sie den Hund aufhetzen? Beiß ihm das Gehenk ab, Afra. Die Australier sind hier. Wissen Sie das nicht?
Hören Sie nicht auf den da.
Sehen Sie, da oben fliegt Serge. Kennen Sie Serge nicht? Tun Sie nicht so.
Weitergehen, Platz da, ja, was ich sagen wollte, der Pilot

ist genau überm Haus. Hören Sie das feine Gurren seiner Maschine?
Ja, die Schere gehört mir, die mit der Kerbe im rechten Griff, das Geschoß war für mich bestimmt, alles gehört mir. Wela hebt den Kopf, wenn sie aus der Haustür kommt, sie ist darauf gefaßt, daß sie andere schwere Gegenstände aus dem Fenster werfen, es kann ihnen ja nichts passieren, die Täter sind die andern.
An der Hauskante bin ich stehengeblieben und habe zugehört, wie sie mit dem Boten über die Vorgänge gesprochen haben, auf einmal konnte er laut und untertänig sprechen: Ja, ich habe schon gemerkt, daß da unten etwas nicht in Ordnung ist.
Elly: Er hat die Schere zum Hollenstein gebracht.
Ich kenne den Hollenstein, hat der Bote gesagt, das ist doch der Gärtner an der Seilbahnstation, ich kann ihn mal fragen.
Sie haben ihm beigebracht, daß der da unten die Schere an den Gärtner verkauft hat, er hat Geld und die alte Schere dafür bekommen, jetzt will er ihnen die alte andrehen. Er hat eine, Frau, Fräulein, sie kann nichts dafür, sie arbeitet gut, will Ärztin werden, aber er ist immer zu Hause, wie die faulen Hunde, er hat ja selber gesagt, daß er den Gärtner kennt, sie haben die Blumen und den Grassamen beim Hollenstein gekauft, das Fräulein grüßt ja freundlich, aber er ist so einer, immer auf dem Sprung und sich schnell vorbeidrücken. Was er alles tun will, hat er gesagt, dasein, wenn man ihn braucht. Aber die Maden sitzen auf der Scheiße, und Elly muß heißes Wasser über die Trödel schütten, früher gab es keine Maden auf der Terrasse.
Ja, da unten ist etwas nicht in Ordnung.
Wela versucht es nachmittags, als Frau Bjarsch das Gelände kontrolliert, mit einem Trick, sie will retten, was zu retten ist: Im Vertrauen, kann es nicht sein, daß Elly, vorsichtig

gefragt, das eine oder andere verändert, wie soll man sagen? Elly steht nachts auf. Was macht sie dann? Frau Bjarsch soll wissen, daß wir es nur auf die andere abgesehen haben, wir drei gegen die Häßliche, eines Tages wird sie dann erledigt sein und ein Geständnis ablegen. Hören Sie nicht, wie sie nachts aufsteht? Und was ist mit den Augen? Gehen Sie mal mit ihr zum Augenarzt. Wir fahren Sie mit Elly hin, wenn Sie wollen, wir wollen Ihnen doch helfen.
Wela sagt: Sie hat ihm die Schere nachgeschmissen. Das würden Sie doch nicht tun, Sie wissen doch, daß so was gefährlich ist. Elly ist vielleicht krank.
Frau Bjarsch: Sie hat ihm die Schere nicht nachgeschmissen. Er war schon weg.
Wir merken zu spät, daß es ein Fehler war. So schnell läßt sie sich das alte Dienstmädchen nicht nehmen, jetzt weiß sie, daß wir einen Fehler gemacht haben: Das sei schlecht, wenn man dem alten Mädchen so etwas nachsage, wo sie doch so allein dastehe und hilflos. Sie stellt sich schützend vor Elly, so gnädig, so barmherzig, auch das verdankt sie der andern.
Es ist nicht richtig, über das alte Mädchen herzufallen, sie kann sich nicht wehren, aber Sie sind jung. Wie alt sind Sie?
Das hat sie schon oft gefragt, in letzter Zeit antworte ich jedesmal anders, ich mache uns jünger, denn sie möchte, daß wir alt sind, in den Gesichtern sucht sie nach Anzeichen dafür, immer diese Frage, diese Wiederholungen, die alt machen sollen.
Ach, sagt sie, da sind Sie jung, ja, noch so jung.
Man sieht, wie enttäuscht sie ist, ich weiß genau, ich kann sie damit quälen, sie verfällt plötzlich, das Gesicht, die Figur, alles, stell ich mir in so einem Moment vor, rutscht nach unten, muß sich ausstrecken, flach, ein Ruck, da liegt sie, dann bin ich zufrieden. Einmal spürte sie einen kalten

Luftzug und hat gefröstelt, wir haben in so einem günstigen Moment zugestoßen: Wissen Sie, das hat man ab und zu, man sagt dann, es ist einer übers Grab gelaufen.

Ist es dringend? fragt Jakobs Dienstmädchen am See, der Herr ist im Garten.

Ja, es ist dringend.

Er versteht mich wie immer, seine Stimme ist am Apparat noch genauso weit weg wie am ersten Tag. Er will das wieder in Ordnung bringen: Ich komme in den nächsten Tagen vorbei und bringe eine neue Heckenschere mit, ich kaufe eine, und Sie geben ihnen die Schere, und alles ist wieder gut.

Der Zeitungsbote hat sich eingemischt.

Jakob kennt das: Sie haben ein paar Leute an der Hand, in der Nachbarschaft ist ein pensionierter Geologe, er hat ihnen vor ein paar Tagen ein neues Kettenschloß angebracht. Mit solchen Leuten verstehen sie sich, die haben die richtige Art, mit ihnen umzugehen. Er ist zu höflich, um zu sagen, daß ich auch so etwas aus mir machen soll. Ich könnte ja durch die Leitung schreien: Aber ich bin doch alles zusammen, Tag für Tag, ich war von Anfang an der Wärter. Aber sie treten ihren Wärter, nicht ein einziges Mal haben sie ihn belohnt.

Er sagt, daß sie in der letzten Zeit äußerlich verfallen, er sieht es bei seinen wöchentlichen Besuchen, sie essen immer weniger, Zwieback, Kaffee, gekochte Eier. Vor ein paar Tagen ist er mit ihr in die Stadt gefahren, er hat ein Essen bestellt, aber als es kam, hat sie es nicht angerührt. Er hat sie etwa 10 Minuten durch die Stadt gefahren, um ihr ein wenig die Stadt zu zeigen, aber sie kannte sich in den Straßen nicht mehr aus, und die 10 Minuten sind ihr wie Stun-

den vorgekommen. Dann hat sie gesagt, er soll sie wieder nach Hause fahren, sie könne Elly nicht so lange allein lassen mit den Australiern.
Ich könnte ihm sagen, wie sie es machen, sich vorbereiten, absprechen, dann erst kommen sie und sind nicht aufzuhalten, sie machen nie einen Fehler, immer in Hochform, sie holen uns auch nicht, wenn die Streife da ist, sie bestimmen, was gesagt werden darf. Aber Jakob kann sich das nicht vorstellen, er ist nur ein Besucher.
Danke, vielen Dank, und entschuldigen Sie die Störung.
Keine Ursache, ich war nur im Garten. Ich bringe nächste Woche die Schere vorbei.
Was für eine Schere?
Schweigen am anderen Ende, dann: Hallo, sind Sie noch da?
Ja, ich bin noch da.
Ich sagte doch, daß ich eine neue Schere kaufen will.
Ach ja, richtig, ja.
Ende.

Es gibt Mittel, den Rasen innerhalb von 24 Stunden zu verätzen, wenn sie uns plötzlich vor die Tür setzen, wir schenken ihnen nichts, wir werden das alte Aussehen wieder einführen, alles, was da gewachsen ist, ausreißen, säen und ernten. Etwas hat sich bewegt, kommt näher, jetzt ist es über dem Nacken, die Art, wie sie sich bückt, halt still, ich bin da, Gesicht, Wärme, Mund, alles im Nacken, immer auf dieselbe Stelle im falschen Moment. Genau an dieser Stelle krepiert dann der Hals und spritzt in ihr Gesicht, dann ist es wieder vorbei, sie richtet sich auf und geht aus dem Zimmer.
Eines Morgens fuhren wir den Amazonas runter, im Boot

saßen Wela, Vater und ich, Welas Vater erzählte gerade, wie sie Salvatore exhumiert haben, um ihn ins Familiengrab zu überführen. Das Bemerkenswerte an Salvatores Kopf waren die Zähne, sie standen immer noch fest und lückenlos im Schädel, Vater ließ einen Moment lang die Flinte los, die er über den Knien festhielt, und zeigte, wie er Salvatores Schädel gehalten hatte, Vater weinte auf den Schädel, warf ihn dann ans Ufer, er faßte wieder seine Flinte, dann wurde der Amazonas schneller, keiner weiß, warum gerade wir drei diese Reise machten, Vater war nie ein Freund von Orchideen, Schmetterlingen, Indianern oder anderen jagdbaren Tieren, trotzdem wunderte sich keiner über die Flinte auf seinen Knien. Es ist möglich, daß er die Reise unternahm, um Salvatores Schädel in Ruhe zu beschreiben, zu Hause war Mutter, die hätte ihn anders beschrieben. Täglich fielen Schüsse aus Vaters Flinte, er saß im Boot und erklärte sie nicht. Wela sah Steine, Riffe, Schaum, als wir aus der Kurve kamen, das Boot kippte, Vater ging unter, wie er gesessen hatte, mit der Flinte auf den Knien, während ich senkrecht im Wasser auf- und abstieg, dann lag Vater am Ufer und hatte keine Flinte mehr, obwohl doch alles für die Weiterreise sprach, gebratene Vogeleier und die kleinen prallen Schweine über dem Feuer, allmählich entdeckte Wela das Reiseziel und gewöhnte sich daran, es war das vertrauliche Wimmeln der Schlangenköpfe im Wasser. Sie ist zufrieden erwacht.

Laub vom letzten Jahr liegt vor den vier Lüftungsscheiben an der Hausfront. Es ist ein niedriges Fundament unter dem Parkettboden, ein Knöchel liegt da unten, ich kenne die genaue Lage noch nicht, einmal ist er unten, einmal nicht, das hängt ganz davon ab, wie der Tag beginnt. Manchmal liegt etwas still auf der Bildfläche, etwas, das ich aufheben und ins Licht halten kann. Ich muß erst den Hund wegschieben, weil er an der Ritze schnüffelt, dann stemme ich die Platte im Korridor mit dem Schraubenzieher hoch. Der Spaniel läßt das Loch nicht aus den Augen, während ich die brennende Kerze in das Fundament halte, gekälkte Ziegelwände, Gänge, durch die man nur kriechen kann, das Fundament ist mit Seesteinen ausgelegt. Gut, daß mich keiner sieht, ich werde ihr nichts davon sagen, wie ich hier liege und mich ausruhe, wie ich den Knöchel suche und jetzt anfange, Steine durch das Fundament zu werfen, ich höre, wie der Spaniel anfängt zu murren und zu singen, weil ihm die Steine davonlaufen, ich vergesse, während ich in dem fahlen Loch hänge, bin schmerzfrei, wie geheilt, kopfüber, mehr kann ich nicht für meine Ortskenntnisse tun.

Sie hat es zuerst gesehen.
Das Knäuel liegt unter der Lüftungsscheibe neben der Haustür, der Wind hat es in die Vertiefung gerollt, Frau Bjarschs gefärbte Haare. Ich will sie aufheben und über die Mauer werfen.
Wela: Laß sie liegen, oder ich kotze.
Sie geht die Hausfront entlang und findet ähnlich verfilzte Knäuel. Ich hole sie aus den Ritzen und werfe sie über die Mauer. Eines Tages, wenn sie wieder ihren vergoldeten Knochen aus dem Fenster streckt und ausgekämmte Haare auf uns wirft, fällt so ein Knäuel ins Gesicht, du siehst gerade noch, wie sie die Hand zurückzieht, aber beweise ihr mal, daß es ihre Haare sind, wenn sie sagt, daß es die Haare der Australier sind.
Wasch dir die Hände.
Ich habe mich aber zuerst auf die Türschwelle gesetzt und habe die Finger an der Stufe gerieben, was ich gar nicht wollte, sie fingen von selber damit an, hin und her, bis die Finger nach Zunder rochen, dann bin ich ins Badezimmer gegangen und habe mir die Hände abgeseift, so wie immer, wenn man denkt, man müßte sich mal wieder die Hände waschen.
Elly hat angefangen, ein neues Wort zu verwenden, sie schreit es so, als wäre es ihr plötzlich wieder eingefallen, anfangs hatte sie Mühe, das lange Wort zu gebrauchen, jetzt schreit sie es glatt in die Luft: Du Homosexueller.
Sie ist immer dabeigewesen, sie kann alles beweisen, es ist keiner mehr da, der sie zurückhält.

Letzte Nachricht aus dem Labor: Vorbereitungen für die Aufzucht einer neuen Fliege, Gefrierversuch. Arbeitsweise: Die männlichen Fliegen werden vereist und zerstampft, der Chef entnimmt das Sexpeptid, sie injizieren das Eiweiß den weiblichen Fliegen, es wird erwartet, daß die Nachkommen derart präparierter Fliegen monogam sind, so daß, wenn die Fliege die richtige Auskunft gibt, eines Tages auch menschliche Treue produziert werden kann.
Sie haben die Yellowfliege entwickelt, sie hat gelbe Flügel oder auch ein gelbes Genital oder einen gelben Thorax, sie weicht lebensgefährlich vom bräunlichen Wildtyp oder Plustyp ab, der graue Flügel hat und eine dunkelbraune bis schwarze Genitalregion beim Männchen, der Plustyp ist dem Fruchtfleisch gut angepaßt, die Überlebenschance der Yellowfliege in der freien Natur wäre gering, Vögel könnten sie besser erkennen als den Plustyp. Wela spricht mit dem Chef, sie will ein paar Yellows in die freie Landschaft versetzen, in der Hoffnung, daß sie durchkommen, sich vermehren und über die ganze Stadt fliegen, das wäre doch schön, überall Yellows, die Leute staunen und zeigen sich gegenseitig die neuen Yellows, ohne gleich dreinzuschlagen. Sie meint, es käme der Landschaft doch irgendwie zugute.
Der Chef sagt: Es geht nicht.
Warum nicht?
Der Chef sagt: Es ist Faunaverfälschung.

Wir hatten es gut in der Sonne, der Hund schwamm eine Zeitlang im Karpfenwasser. Einmal fragte ein Bürger im Kino: Junge, wie heißt dein Hund? Da kratzte sich Jeremy an der Hüfte, der Bürger kam aus dem Takt, Junge, schieß doch nicht gleich, wenn man vorbeikommt, ich wollte dich

ja nicht beleidigen. Der Finger hörte auf, an der Hüfte zu kratzen. Junge, sagte der Bürger, willste mir nicht an so einem schönen Tag im Namen deiner unschuldigen Mutter verraten, wie dein guter Hund heißt? Ich gebe auch einen aus.
Er heißt Hund, sagte Jeremy.
Willste mich foppen? sagte der Bürger.
Jeremy kratzte an der anderen Hüfte.
Der Bürger kam wieder aus dem Takt und wollte einen ausgeben.
Der Hund sah über die Hauptstraße, und sie blieben in der Sonne.
Schon gut, sagte der Bürger, wenn du meinst. Ich trinke einen auf deine Gesundheit.
Im Sommer wirft sich der Hund singend und rücklings auf den Stein, den ich geworfen habe, um den langen Blick und das Träumen unten am Schuh loszuwerden. Seine Zähne sind mit den Jahren stumpf geworden, aber weil er träumen will, braucht er allmählich die Steine mehr als die Zähne.
Zürich lag noch immer im Tal. Dann kam dieselbe Frau, die ich im vergangenen September beim Pilzsammeln beobachtet habe, sie steckte den Hallimasch in die Einkaufstasche, ging von Baumstumpf zu Baumstumpf, wo er wächst, aber auch auf lebenden Bäumen, braungelber Hut, geschweifter Stiel mit einem flockigen Ring, riecht und schmeckt süßlich, jetzt haben wir August, der Hallimasch ist noch nicht so weit, aber die Frau ist schon da, es geht auf den zweiten Herbst zu, ich habe geglaubt, daß die Stadt da unten Zürich ist.
Hallo, Sie, warten Sie mal.
Die Frau schwitzte im Gesicht und war erschöpft.
Wo sind wir hier?
Was für ein Ort ist das da unten?
Was für ein Ort?

Ja.
Ich dachte, sie meinte den Stadtkreis, vielleicht fiel ihr das Wort Stadtkreis nicht ein, und sie sagte Ort.
Wo bin ich hier?
Sie machte eine Handbewegung wie beim Pilzsammeln, pflücken oder einstecken.
Ja, das da, wie heißt der Ort?
Sie meinen alles, ja? das da, alles, das ist Zürich.
Sie glaubte es nicht, ich habe noch mal genau hingesehen, manchmal am frühen Morgen hat man einen Brotgeruch in der Nase, dann fressen alle das riesige Brot auf, das einen Moment lang über der Stadt zu sehen ist. Was meinen Sie, wo wir sind? Ich bin nicht sicher. Was für ein Datum haben wir heute? wie heißt der Tag? wie heißt die Luft über den Fingerspitzen? es ist schön heute, jemand hat all die hölzernen Wegweiser umgedreht, würden Sie bitte mal so freundlich sein und auf der anderen Seite nachsehen, wo wir uns genau befinden, es ist ganz einfach, ein Glück, daß wir uns begegnet sind, biegen Sie das wieder zurecht, nein, lassen Sie es so.
Ja, danke, ja.
Es war nicht Zürich, das war ein Grund, dem Hund zu pfeifen, es war nicht notwendig, so dicht neben der Frau zu pfeifen, der Hund saß auf dem Weg, ich habe aber so getan, als hätte ich das nicht gesehen, es war nicht Zürich, ganz in der Nähe pfiff einer seinem Hund.

Es gefällt Frau Bjarsch, wie wir unter dem Magnolienbaum sitzen, wie gute, anständige Leute, die im Schatten ausruhen und etwas trinken, wenn die Schwestern kommen und das Gelände kontrollieren. Sie begießen die Zwergpalme, Frau Bjarsch sieht zu, wie Elly es macht, sie zertreten den Rasen.

Gut, das ist gut, Frau Bjarsch geht in den roten Pantoffeln genießerisch hin und her, die Steinplatten sind ihr zu hart, sie geht jetzt gern im weichen Gras.
Ich halte ihnen die offene Flasche hin, sie schnüffeln.
Nein, nein, wir trinken das nicht.
Wela holt die Gläser, dann nippen sie, schmatzen den Whisky, der Boß hat auch Whisky getrunken, der Herr war gern auf Reisen, man fand ihn am Briefkasten, ach, das wissen Sie, er hat nicht mehr gesprochen.
Jetzt kommen zwei kleine Mädchen, die Tornister auf dem Rücken haben, sie machen etwas, das sie nirgendwo gelernt haben können, sie gehen übertrieben schnell, ihre Gangart, wie soll ich sagen, drückt Lachen aus, später kommen sie aus dem Tritt, man wird ihnen die Puppen verbrennen.
Frau Bjarsch trinkt: Sehen Sie mal, die kleinen Mädchen da unten. Wie einer so laufen kann, und plötzlich ist er weg von der Welt.
Wela will ein Tonband kaufen, um später vorzuführen, wie sich alles anhörte, was man abspielen kann vor den Gästen, abends, wenn mal alles anders ist, so ein Band, das man bei der Ausreise mit über die Grenze nimmt, für alle, die einmal aus der Entfernung gefragt haben: Wie ist die Lage? Was machen die Australier? Aber wir kommen nicht in die Stadt, einmal hagelt es, ein andermal sind alle Parkplätze besetzt, es ist zwecklos, wir vier bleiben zu Hause, wir bleiben unter uns.
Oben schreien sie.
Wo ist der Zettel mit der Nummer?
Elly: Ich weiß es nicht.
Hast du den Zettel verrissen?
Ich verreiße nie einen Zettel.
Und was ist mit dem Kleid?
Was für ein Kleid?
Die Löcher, alles verrissen. Wer macht die Löcher?

Ich mach das nicht, ich nicht.
Hier hat der Zettel gelegen. Wie soll ich die Polizei holen, wenn die Nummer nicht da ist?
Solange der Alte da unten ist, haben wir die Rifze im Haus.
Hast du das Kleid verrissen?
Ins Loch soll er sie vögeln.
Da, alles voller Haare.
Haja.
Der ganze Teppich voll. Sind die Haare von der Henne?
Die sind nicht von dem Kasper.
Du mußt das Kalb wieder baden.
Ahwah, ich habe den Kasper Freitag gebadet.
Der Alte ist nicht da, wenn man ihn braucht.
Haja, der weiß schon warum.
Häng das Kleid weg, ich kann es nicht mehr sehen.
Komm raus, du Augenmörder, Hergottimhimmel, dann kriegst du, was du verdienst für deine Sittlichkeit, du Homosexueller.
Der Schotte auf der Flasche hat drei Federn am Barett, wir haben den Schwestern an verschiedenen Tagen eingeschenkt, sie haben geschluckt und ihm das Gefieder zerkaut, sie haben ihm den Stehkragen zerschmatzt, bis kein Tropfen mehr in der Flasche war. Die Streife fährt vorbei, aber die Schwestern sehen es nicht. Ich beweise ihnen, wie gut ich aufpasse und weiß, daß die Streife um das Haus fährt, wir sind in ständiger Verbindung, mir können Sie trauen, will ich sagen, ich bin auf der richtigen Seite.
Haben Sie gesehen? Die Polizei ist vorbeigefahren. Vielleicht kommen sie mit dem scharfen Hund.
Ja, das haben die Herren gesagt.
Excüsi, woher wissen Sie das? Sie waren doch nicht dabei, als wir mit den Herren gesprochen haben.
Aber darauf antworte ich nicht.
Haben Sie gesehen? Er saß auf dem Rücksitz. Haben Sie

den Kopf und die spitzen Ohren gesehen? Sie hatten einen scharfen Hund im Wagen.
Wo? Ach, im Wagen, das ist gut.
Es hat aber kein Hund auf dem Rücksitz gesessen.
Frau Bjarsch nimmt noch einen Schluck.
Ja, die Herren passen auf. Aber ich brauch die Polizei nicht. Wozu brauch ich sie?
Ja, da haben Sie recht.
Excüsi, das Schwein hat die ganze Nacht mit der Lampe gefackelt. Elly hat kein Auge zugemacht. Sie weiß, wann sie eingreifen muß, damit wir nicht von der Richtung abkommen, die Hände, heute morgen, sie haben gezittert, so und so, konnten kaum etwas festhalten, eine Tasse hat sie fallen gelassen.
Frau Bjarsch: Du bist heute so grau.
Ja, natürlich, immer ist die Rifze hinter mir her und streut Glas in mein Zimmer.
In der Hand ist wieder ein Schnitt.
Sie soll Elly mal zum Friseur schicken, das Haar ist ja noch dicht und stark, Wela will, daß die Alte heraushört, wie sie im Spiegel aussieht, die fahle Schwarte, wo noch Haare für ein paar abgekämmte, zusammengerollte Haarmäuse stehen.
Elly will nicht zum Coiffeur, sagt die andere, verstehen Sie das, sie will nicht aus dem Haus, nach draußen, wo es so hergeht, aber bald kommen sie ins Haus und machen ihr die Haare, eine ganz neue Frisur, an einem schönen, schönen Tag.
Excüsi, früher waren sie bis zum Steiß, sie sind nie ausgefallen, sie sind nur abgeschnitten.
Ich war schwanger, sagt die andere, da hat es bei mir angefangen. Machen Sie lieber keine Kinder, dann behalten Sie auch die Haare.
Die Streife fährt noch einmal in umgekehrter Richtung vorbei.

Haben Sie ihn jetzt gesehen?
Was?
Er saß auf dem Rücksitz, der scharfe Hund.
Ja, ja, ich habe ihn gesehen. Der Staat kennt mich.
Trinken Sie noch einen?
Nein danke, danke, wir müssen noch arbeiten.
Was müssen Sie denn noch tun?
Laken zählen.
Was tun Sie?
Wir zählen die Laken, ja, denken Sie, man muß doch wissen, ob noch alles da ist.

Du siehst, wie ich mit dem Finger das Schulterblatt abtaste und die richtige Stelle suche, wo der Schmerz beim ersten Druck losflitzt, ich weiß, wie sie mich ansieht: Hast du wieder Symptome? Ist es wieder da, das Ziehen im Rücken, was willst du, abreisen? Geh zum Arzt, hau ab, laß dich untersuchen. Das hat nichts, gar nichts mit uns zu tun, schrei ich, das sind die da oben, alles könnte anders sein, du bist ihnen auf den Leim gegangen, du bist schon immer irgendwelchen Leuten auf den Leim gegangen.
Das ist vorbei, ich arbeite, ich bin jetzt mit Leuten zusammen, die sich was vorgenommen haben, das hat mir immer gefehlt, ich profitiere jetzt endlich von den Leuten.
Sie ist ins Badezimmer gegangen.
Sie hat geschrien: Damit du es weißt, ich bürste mir jetzt wieder mit deiner Zahnbürste die Augenbrauen.
Ich habe sie einmal dabei erwischt, sie tat so, als habe sie die Zahnbürsten verwechselt, sie hatte sich aber mit der eigenen Zahnbürste vorher schon die Zähne geputzt, das konnte ich beweisen.
Na und, hat sie geschrien, deine war eben noch trocken.

Dann ist der Ton plötzlich weg, alles friedlich, kampflos, ich weiß, ich brauche sowieso eine neue Zahnbürste, eine, wie ich sie Anfang des Jahres hatte. Warum haben wir keine Kerzen mehr? Früher war der gedeckte Tisch beleuchtet. Ich kaufe mir wieder so eine, die das Zahnfleisch massiert, eine mit schwarzen Eberborsten. Die Spinnen in der Badewanne erledige ich mit einem heißen Wasserstrahl, sie ziehen sofort die Beine an und reisen in das Loch. Du kannst kommen, rufe ich dann, die Spinne ist weg.
Je nachdem, wie sie mit dem Gesicht im Kopfkissen liegt, hat sie beim Aufwachen diese Wirbel in den Augenbrauen.
Sie ist kein Kind mehr.
Sie schreit trotzdem.
Sie hat früher die Puppe mit dem Kopf gegen die Wand geschlagen. Das gefällt mir.
Das heißt, ich kann sie im richtigen Moment daran erinnern.
Sie erklärt dann schreiend, daß ich alles, aber auch alles gegen sie verwende, was sie mir einmal im Vertrauen gesagt hat, sie will sich in Zukunft in acht nehmen.
Das siehst du falsch, sage ich dann.
Oder ich sage: Ich will dich nur darauf aufmerksam machen, wie du bist.
Sie behauptet, daß sie das weiß.
Dann mach verdammt noch mal endlich die Schranktür zu.
Dann will sie wieder ihr eigenes Zimmer haben.
Was für ein Zimmer?
Ein Zimmer, in dem nichts an seinem Platz ist, endlich ein Zimmer, in dem sie machen kann, was sie will.

Ich habe bisher Glück gehabt, ich habe bisher nicht zugeschlagen. Auf dem Waldboden demonstriert der Täter an einer lebensgroßen Puppe, wie er sich verhalten hat. Ich war es nicht, ich lese, daß mir ein anderer zuvorgekommen ist.

Das nenne ich Glück. Meine Flüge sind meistens ruhige Flüge über geschlossene Wolkenfelder, ich lasse mir eine Zeitung geben. Wenn ich lese, habe ich das Gefühl, daß ich mich während des Fluges vernünftig eingerichtet habe. Ein Flugzeug ist von Natur aus kein Vogel, es erhebt sich und widersetzt sich unter Einsatz aller Kräfte dem Absturz, nichts ist daher so notwendig, wie Wörter an Bord zu haben. Das ist der Witz an der Sache.

Ich kotze nie in die Maschine, ich brauche das fliegende Personal nicht. Wenn die Krabbenspinne den Faden abbeißt, an dem sie hängt, wird sie fortgetragen, mit dem Abbeißen des Fadens beginnt die Reise in den Altweibersommer, große Steine soll man wegen des harmonischen Lebens darunter nicht umdrehen. Allgemeine Beschwerden sind Durst, Getriebenheit, Angriffsbegehren, Globusgefühl, Verflechtung seelischer und körperlicher Befindensstörungen im Rahmen des psychovegetativen Syndroms. Die Waffe war ein schwerer stumpfer Gegenstand, vielleicht ein Stein oder ein Hammer.

Nach der Tat stellt sich bei manchem Täter ein Hungergefühl ein, es werden Täter gefaßt, die vor sich hin kauen, es werden Täter gefaßt, die die Leiche gestreichelt haben. Das Mädchen ist ca. 26 Jahre alt, unbekleidet, liegt auf dem Rücken, die Finger haben Kratzspuren im Boden hinterlassen. In einer Entfernung von ca. 10 Metern ist ein Futtergerät für Singvögel angebracht, daneben liegt der rechte Schuh der Toten. Der Wald ist unser Erholungsraum. Man kennt auch Täter, die einen Gegenstand in der Hand betrachten, wenn sie sich ein paar Meter vom Tatort entfernt haben, anders kann ich mir die Lage des Schuhs neben dem Futtergerät nicht erklären. Über den Schneckenschleim auf dem Körper der Toten ist zu sagen: Der Schneckenschleim dient nach wie vor dazu, die Unebenheiten des Bodens ohne große Reibung zu überwinden.

Auf den ersten tausend Metern liegen die Finger schlaff beieinander, wenn die Maschine steigt, ich lache manchmal, wenn ich bemerke, daß die Finger vor Angst schwitzen. Ich benutze ein neues Beruhigungsmittel, im angegebenen Dosierungsbereich sind kaum Nebenerscheinungen zu erwarten, es besitzt einen raschen Wirkungseintritt und so weiter. Beim Sprechen im Schlaf handelt es sich um Verrat, ich behandle auch diese Störung mit dem neuen Mittel. Mit einem kleinen Stoß vor die Brust ist es nicht getan, geh und komm nicht wieder, getötet werden in der Hauptsache die Unbelehrbaren, getötet werden in der Hauptsache diejenigen, die sich das plötzliche Fallen des eigenen Körpers nicht rechtzeitig vorstellen können, getötet werden vor allem solche, die sich auf ein letztes Gespräch einlassen, und andere, die zu fest den Mund schließen und damit sagen, daß sie wehrlos sind, getötet werden auch einige, weil sie im falschen Moment im Zimmer sind, so lange, bis sich die Hand fester um den stumpfen Gegenstand in der Tasche schließt. Der Täter geht davon aus, daß der plötzliche Schlag sofort eine andere Lage schafft. Da wäre also der Körper, kalt, unpassend, nackt, sie hat schmutzige Brüste, aber die Leute täuschen sich, keiner hat sie durch den Dreck gezogen, die Leute werden durch das mäßige Licht an dieser Stelle des Waldes zu falschen Aussagen verleitet, die Leute benutzen das Verlassen der öffentlichen Wege, um über die Stränge zu schlagen, sie erfinden etwas, um einen guten Eindruck zu machen. Sie hat also schmutzige Brüste vom Wegschleifen, warum nicht, das paßt in die Landschaft. Ich bin erstaunt, wie gut sie die Stelle kennt, wo sie jetzt steht, möglicherweise hat sie den Platz früher mit ausgesucht. Möglicherweise war es so, daß er sich eines Tages untersuchen ließ, alles, Herz, Lunge, Verdauungsapparat, wie einer, der angefangen hat, an seinen Tod zu glauben. Früher passierte ihm das nicht. Und wer ist schuld daran? Sie weiß es nicht, aber wer glaubt ihr das schon. Es handelt sich auch um Sehstörungen, die nach längerem Gebrauch einer Person entstehen, das muß dann weg, und zwar auf Nimmerwiedersehen. So kann jeder jung bleiben, beachten Sie die goldenen Regeln der Gesundheit, wenn Sie Ihrer Konstitution nach nur über geringe Widerstandskräfte verfügen.

1. Täglich in der Stille der eigenen vier Wände 10 bis 20 Minuten den Körper entspannen.
2. Morgens und abends am geöffneten Fenster die verbrauchte Luft in der Lunge erneuern.
3. Anregende, aber nicht aufregende Gespräche mit Freunden suchen.
4. Anstrengende Sportarten meiden, statt dessen dem Alter entsprechende Wanderwege zusammenstellen.

Es gibt keine Vorsichtsmaßnahmen gegen einen plötzlichen Schlag, rund 1500 Gramm Gehirn schwappen über, fertig, einmalig, das kriegst du so schnell nicht mehr aus der Landschaft raus, in den Kleidern bleibt es für immer. Gefragt, was er über die letzte Zeit des Zusammenlebens sagen könne, erbittet der Täter Bedenkzeit. Er gebraucht später den Ausdruck Anonyme Vorbereitung. Das Gericht zieht sich zur Beratung zurück.
Sie benutzt eine Zahnpasta mit Fluor, denn Fluor härtet den Zahnschmelz, sie benutzt eine Zahnpasta mit Meersalz, denn Meersalz festigt das Zahnfleisch, sie schreibt unleserlich, sie verlegt die Papierschere, sie liebt ebenes Gelände, sie hat unbrauchbare Freunde, sie läßt ihre Schuhe am falschen Platz stehen, sie wird, wenn sie auf der anderen Seite des Tisches sitzt, manchmal unsichtbar, sie fragt, wie es uns geht, ich verstehe die Frage nicht, ich sehe, wie sie aus meinem Glas trinkt, ich hole ein zweites Glas, dann schenke ich langsam ein und trinke deutlich aus dem zweiten Glas. Ich

mag vertrauliches Gelände nicht, weil es sich meistens um Ausflugsgebiete und volle Abfallkörbe handelt, ich füttere keine Enten auf irgendwelchen Teichen im Hinterland, ich lasse mich nicht von nahen Verwandten auf irgendwelchen Bahnhöfen abholen, ich schreibe keine Ansichtskarten auf der Durchreise, ich nicke den Dorfbewohnern nicht zu, ich muß nicht bis zum Horizont sehen können, um mich wohl zu fühlen, ich habe mit Anteilnahme Chaplins *Goldrausch* gesehen, ich verstehe die Jäger, ich verstehe die Beute, ich verstehe die Siegesfeier, ich halte mich nicht in Naturschutzgebieten auf, aber ich wünsche den Leuten, die solche Anlagen besuchen, daß sie einige der Tiere sehen, die sie zu sehen wünschen, ich habe nie das Bedürfnis, mir meine Heimat zu zeigen, ich bin dafür, die alten Misthaufen in Ruhe zu lassen, ich lasse mir nicht aus der Hand lesen, ich beteilige mich nicht an einem Marsch gegen Todesarten, ich verstehe und erwarte sie, ich habe genug Feinde hinter der nächsten Ecke, ich nehme an, mit mir kann man leben, aber nicht sterben, ich mache gern einen Scherz, aber ich nehme mich in acht.

Ab und zu kommt uns eine wohlwollende Geschichte in die Quere, dann bemerke ich, daß ihre Wörter schon lange tot sind: In die Nähe der Stadt Bevagna gekommen, erblickt der fromme Vater einen großen Haufen Tauben und Krähen, da eilt er vermöge seiner Liebe auch zu den unvernünftigen Kreaturen auf dieselben zu, seine Gefährten zurücklassend. Die Vögel bleiben stille sitzen, er begrüßt sie und fängt an zu sprechen: Liebe Brüder Vögel, ihr müßt immerfort euren Schöpfer loben und ihn lieben, der euch Flaumfedern gegeben hat zur Bekleidung und Schwungfedern zum Fliegen. Er hat euch ausgezeichnet vor allen Kreaturen, indem er euch in euren heiteren Luftraum versetzt hat. Und so weiter. Da fingen die Vöglein an, ihren Hals zu strecken, die Flügel auszubreiten, den Schnabel zu öffnen und ihn anzusehen. Darauf ging er hin und her unter ihnen, mit seinem Mantel sie berührend. Meine Schwestern Schwalben, seid doch stille, sagte Franz, bis ich euch das Wort des Herrn verkündigt habe. Die Schwalben schwiegen dann, er gab allen den Segen und erlaubte ihnen, sich zu entfernen, dann verbrachte er den Rest des Tages damit, den Namen *Jesus* mit schmatzenden Lippen auszusprechen, da ihm dieser wirklich die Zunge versüßte.

Laut Polizeibericht wurden mehrere Schläge mit dem stumpfen Gegenstand ausgeführt, das linke Auge der Toten ist eingedrückt bzw. geschlossen. Auf dem rechten offenen Auge wurde laut Aussage eines Waldbesuchers ein nicht identifiziertes Insekt bemerkt, das sich nach den Worten des Zeugen wie bei einer Mahlzeit verhielt, obwohl bisher angenommen wurde, daß das menschliche Auge für die Insektenwelt ungenießbar sei. Die Entstellungen im Gesicht der Toten sind auf die besondere Wucht der Schläge zurückzuführen. Die Leiche ist zwar unbekleidet, aber feststeht, daß der Täter keinen GV ausgeübt hat. Da auch Raubbegehren als Tatmotiv ausscheidet, lassen sich vorläufig nur aus der Schlagkraft oder Brutalität Rückschlüsse auf das Tatmotiv ziehen, das heißt, der Täter hat auf eine Art und Weise getötet, wie man sich eines Schädlings entledigt. Unter Liebe ist eine Ausrichtung auf das Objekt mit dem Endziel der innigsten Einverleibung zu verstehen. Eine Einheit, die angeblich in grauer Vorzeit zerrissen wurde und nun Wiedervereinigung anstrebt, hat wahrscheinlich nicht bestanden, jedenfalls ist aus der Geschichte der lebenden Substanz nichts Entsprechendes bekannt. Es war schon immer so.

Sie findet Gefallen an Haustieren, sie klebt alte Fotos nicht ein, sie hat überfüllte Schubladen und stumpfe Bleistifte, sie knetet am Kerzenwachs, sie läßt Stecknadeln auf den Teppich fallen, die liegenbleiben, obwohl die bunten Nadelköpfchen gut zu sehen sind, sie sagt, man spuckt nicht in

Papierkörbe, auch wenn sie bis zum Rand voll Papier sind und die Spucke im Papier trocknet, sie weiß in öffentlichen Lokalen nicht, welchen Platz sie einnehmen soll, sie hat eine Narbe auf dem Knie, sie gibt Anlaß, die Augen zusammenzukneifen, sie gibt Anlaß, mit den Fingern zu knacken, sie gibt Anlaß, laut und unflätig zu singen, sie kommt nicht dahinter, daß plötzliche leichte Schläge mit der Faust oder der flachen Hand Vorübungen sind, sie gibt sich keine Mühe beim Ausweichen, sie bleibt die Gelenkigkeit schuldig, die dem Gegner Spaß machen könnte, sie interessiert sich nicht für die Gefahr, sie führt ein ungenaues Leben. Ich kenne sie nicht näher, das ist nur ein Foto von ihr oder einer anderen, die ihr ähnlich ist. Ich gehöre nicht zu denen, die sich berufsmäßig über einen leblosen Körper bücken und das Gras am Tatort niedertreten, ich mische mich da nicht ein, meine Entfernung zum Tatort ist genügend groß, ich erwarte keine schnelle Aufklärung, ich nehme die polizeilichen Mitteilungen und die Zeugenaussagen nicht wörtlich.

Im Tod ist die menschliche Pupille erweitert, ein fremder Gegenstand, ein Kleidungsstück oder sonst eine Unregelmäßigkeit im Gelände bringen uns manchmal aus dem Tritt, und man kann gerade noch denken, Abfälle gehören nicht in den Wald, aber einen Schritt später weiß man, daß Veränderungen, sofern sie von leblosen Körpern oder Fremdkörpern oder sonst einem Schrecken verursacht werden, meldepflichtig sind, und fügt hinzu, man habe nur noch das Taschentuch auf so ein übel zugerichtetes Gesicht legen können.

Der Leichnam wurde von mir heute sorgfältig untersucht. An ihm wurden sichere Zeichen des Todes von mir wahrgenommen. Diese sowie die obigen anderen Angaben auf Grund des von mir gewonnenen Urteils nach bestem Wissen gemacht zu haben, bezeuge ich durch eigenhändige Unterschrift.

Sagte ich, ich hätte bisher Glück gehabt? Wie kommt dann der schwere stumpfe Gegenstand auf meinen Tisch? Sie macht jetzt eine nie gesehene Handbewegung, etwas wie Hände schützend vor das Gesicht halten oder Finger spreizen oder auch Abwinken angesichts des plötzlich erhobenen stumpfen Gegenstands. Wie lange leben wir schon zusammen?

Im Labor ist Feierabend, aber sie ziehen die weißen Kittel noch nicht aus, es fehlt noch etwas, der Chef telefoniert, er kommt etwas später nach Hause, es ist Krieg, sie rücken vor und haben die Spritzflaschen in der Hand, wie letztes Mal, leise, vorsichtig, einer drückt auf die Türklinke und schaltet das Licht in der Küche ein.
So was hast du noch nicht gesehen.
Beim erstenmal hat sie fast gekotzt. Es gibt jedesmal eine Panik unter ihnen, wenn das Licht so plötzlich angeht, sie haben aber viel gelernt, die Schaben, die sich hier verschanzt haben, seit eine Assistentin ein Glas fallen ließ. Sie vermehren sich, obwohl oft das Licht angeht, der Stoßtrupp hereindrängt und siebzigprozentigen Alkohol über sie spritzt, im Schwindel tanzen sie unter die nächste Schuhsohle, das Krachen der Körper, die immer festlich für die nächste Nacht mit überlangen Flügeln bekleidet sind, geht nicht mehr aus dem Ohr, ihr Kostüm drückt einen festen Glauben an ihr Dasein in der Küche aus, vor Staunen, daß es plötzlich nicht so ist, ächzen sie und versuchen, ihr Äußeres zu retten, man sieht es ihnen an, daß sie Blattarien heißen, eine Rasse, die es in der nächsten Nacht wieder versucht, zu den Töpfen und Pfannen kriecht, lasset uns essen und trinken, denn morgen sind wir tot, flache Körper mit langen Fühlern, kauenden Mundwerkzeugen, wie man sagt, und häufig zurückgebildeten Flügeln. Augenzeugen behaupten aber, in höchster Gefahr flögen sie davon, scheue, meist behende Nachttiere, eingeschleppt von fremden Truppen oder Rei-

senden, in jeder Himmelsrichtung anders benannt, im Westen Franzosen, im Osten Russen, im Süden Preußen, im Norden Schwaben. Es kommt dem Stoßtrupp nicht darauf an, alle auf einmal zu töten, sie wissen, daß der Alkohol nicht alle erledigt, es ist ja mehr ein Krieg für die Augen. Der Chef will alle Männchen fangen und mit Röntgenstrahlen sterilisieren, aber das wird ihm nicht gelingen, sie brauchen die Schaben am meisten, wenn sie drauftreten, die Beinchen durch die Luft wirbeln und der Brei aus den Körpern spritzt. Hebt man eine Schabe hoch, so stinkt ihr Saft nach dem Fett in allen Töpfen und Pfannen. Dann ist Feierabend, Gruß an die Frauen, die abends so alt auf der anderen Tischseite sitzen und leer ausgehen.
Ich bin froh, sagt sie, daß ich einen Beruf habe. Ich kann mir meine Lage aussuchen, wenn ich will.
Wir werden verdienen, eigene Wohnungen haben, einen lesbischen Haarschnitt, kurz, praktisch, endlich voll aufdrehen, die richtige Musik und keinen Mann im Bett, endlich mal alles richtig unter Dach und Fach, nur so kann man den Mann kastrieren. Ich wollte manchmal, ich hätte vorn dasselbe gehabt, alles ist einfacher mit einem Schwanz. Manchmal wollte sie es rausschneiden, auskratzen lassen, manchmal, wenn sie sich sagte, es wird ja doch nicht gebraucht. Sie hat mal eine Katze gesehen, die einen vollgestopften Abfalleimer filzte, dann sprang die Katze aufs Pflaster, sah alle Passanten vertraulich an, seht, ich fange Mäuse, da sahen die Leute, daß es gar keine richtige Maus war, es war so ein Stöpsel, der seinen Mauseschwanz hängenließ, da zischten die Leute, die Mieze lief davon, das ist kein Märchen, eben das ist es, was ich meine, so was kann euch nicht passieren, ich laß es wegmachen, eines Tages, auskratzen, dann kann ich wenigstens wie ein normaler Mensch an einem Abfalleimer vorbeigehen.
Und da wir gerade dabei sind aufzuräumen: Ich weiß nicht,

wie der Fötus in den Karton gekommen ist. Ich war damals sieben oder acht, da stehen eines Tages alle um den Schuhkarton herum, meine Cousine hebt den Deckel, da liegt er still auf dem Rücken im Seidenpapier, die Augen zu, drei Monate zu früh. Ich habe wirklich geglaubt, sie zeigt ein Paar neue Schuhe, es kam so plötzlich, ich habe noch gedacht, wo ist denn der zweite Schuh? das war ungefähr Schuhgröße 37, wie er dalag, er hatte die Knie angezogen und lag überhaupt so verschämt im Papier. Ich habe seine Finger angesehen und kam beim Zählen auf elf, der elfte hatte aber keinen Nagel und lag ganz für sich in der Mitte, und das war es, was ich nicht verstanden habe, wie einer so im Schuhkarton liegen kann und einen Finger macht wie beim Murmelschieben, aber er zielte über die Dinger, mit dem hätte ich ums Verrecken nicht zusammen gespielt. Sie war nicht verheiratet, und wo ihr der Fötus rausgerutscht ist, im Spital oder auf dem Klo, weiß ich bis heute nicht, wahrscheinlich auf dem Klo, im Spital hätten die Schwestern ihn schon verputzt. Das ging damals durch die ganze Familie, gerufen hat mich keiner, ich habe gemerkt, die stehen alle um den Tisch herum und sagen nichts, das Seidenpapier hat geraschelt, auf einmal stand ich dazwischen, da war es zu spät, mich aus dem Zimmer zu bringen, da hatte ich schon raus, daß es keine neuen Schuhe waren. Ich nehme an, meine Cousine hat allen den Termin für die Besichtigung bekanntgegeben, denn so viele kamen sonst nur Weihnachten oder an einem Geburtstag zusammen. Er war zart wie Filet, blaues Filet, und irgendwie war es ihm gelungen, sich vorher noch schnell die Fingernägel zu schneiden, wirklich, die netten kleinen Krallen waren das Schönste an ihm. Das Schlimmste für mich war, er war nackt, so was Nacktes habe ich nie wieder gesehen, damals habe ich nicht verstanden, warum sie ihm nicht was Nettes angezogen haben, eine Strampelhose oder wenigstens eine Windel für den faulen

Zauber unterm Bauch. Ich war einfach dagegen, instinktiv, daß sie einen Versuch machten, ihn mit Haut und Haar in die Familie aufzunehmen, ich meine, mit ihm christlich fertig zu werden, es war die Art von Barmherzigkeit, bei der sich alle zusammen so bedauern, das war Glück für die Cousine, wenn man einmal davon absieht, was später über sie gesagt wurde. Ich hatte überhaupt kein Erbarmen, ich mochte diesen glatten, aufmerksamen Schweiger im Karton nicht, ich mochte die ganze Art nicht, wie er sich bestaunen ließ, ich mochte nicht, wie er vor Anstrengung die Lippen zusammenkniff, wie einer, der noch viel vorhat und mit jedem anbändeln will. Also wozu? frag ich dich. Warum der ganze Quatsch da unten? Mitte dreißig färbe ich mir die Haare. Und wenn man mich fragt, warum haben Sie keine Kinder? dann sage ich jedem, ich färbe mir lieber die Haare.

Dr. Gandrian, der Psychiater, erscheint hinter der Gardine und schließt das Erkerfenster, Feierabend, morgen kommen sie wieder, die Kinder, die heutzutage in den Eisschrank steigen und so früh die Tür hinter sich zumachen. Und wenn du mit deinem verpfuschten Leben, deiner zerbrochenen Ehe, deinem schwermütigen, unreinen Herzen zu Ihm kommst, Vater, Mutter, Einer ist da, der wird dich nicht zurückstoßen, es ist wahr, daß Er bald wiederkommen wird, denn die wunderbare, zunehmende Fruchtbarkeit der israelischen Wüste paßt merkwürdig genau zu den diesbezüglichen Verheißungen der Bibel, daß die Wüste blühen wird, wie ja auch die Eroberung Jerusalems durch Israel am 7. Juni 1967 im Gefolge des blitzartigen Sechstagekriegs den untrüglichen Zusagen des Herrn in Seinem Wort entspricht. Erlöse uns von dem Übel.

Ich nehme die Seilbahn, wenn ich Rechnungen auf der Post bezahle und mit einem Pfund Schweineherz für den Hund zurückkomme, die Bahn befördert meistens wohlfrisierte ältere Frauen, gepudert nach einem längst verjährten Plan, motivlos geschminkt fahren sie auf und ab in ächzenden Kabinen, der Schaffner sieht über die Schulter auf seine Fracht, immer derselbe Blick, als mache es ihm Spaß, sie immer an derselben Stelle abzuladen, auf dem Wirbel trägt er falsches Haar, ein flaches Büschel. Wenn der Schaffner während der Fahrt in sein Brot beißt und kaut, sieht man, wie alle Fahrgäste der Seilbahn vertrauen. Im allgemeinen knipst er die Billette vor der Abfahrt; wenn aber nach einem schrillen Läuten der andere Wagen vielleicht schon auf ihn zufährt, beeilt er sich und gebraucht die Lochzange erst beim Aussteigen, betrügen kann ihn keiner, die Stationen sind eng, er steht zwischen den aussteigenden Fahrgästen und kennt die Gesichter. Einmal hat Frau Bjarsch mich zur Seilbahn geschickt, der Fleischer, hat sie gesagt, hat eine Autopanne, er kann nicht wie sonst das Fleisch vorbeibringen, er schickt es diesmal mit der Seilbahn, zwei Filets und Geschnetzeltes für den Hund. Manchmal hat der Fleischer das telefonisch Bestellte auch wegen Arbeitsüberlastung mit der Seilbahn geschickt, abgeholt hat es dann der Kramarz, der Geologe, ein guter Mensch, weil er ja seine alte Mutter immer in die Sonne bringt und füttert. Ob ich den Kramarz nicht dieses Mal vertreten könnte? Es war im Winter, wir hatten ein Schneetreiben, aber ich bin gegangen, um ihr zu beweisen, daß ich den Kramarz vertreten kann, einmal muß sie es doch einsehen, habe ich gedacht, daß wir uns Schonung verdient haben, einmal muß es doch gut sein nach meinen verschiedenen Hausmeisterdiensten, die kurz nach dem Einzug anfingen, Einschrauben von Glühbirnen, Festnageln einer lockeren Wandleiste, Einsetzen der Vorfenster im Frühjahr, Einkauf einer Sprühdose mit Fichtennadelduft, weil sie sagten, es sei ein Gestank im Haus von dem Pack, das scheißt und vögelt, wo es gerade steht. Also habe ich den Kramarz vertreten, der Schaffner mit dem falschen Haar war gerade oben, aber keiner hatte das Fleisch bei ihm abgegeben, ich habe eine halbe Stunde in der kalten Station gewartet, aber das Sonntagsfleisch ist nicht gekommen. Sie hat wie hilflos an der Haustür gestanden, als ich mit ihr darüber sprach, dann ist unten der Wagen des Fleischers vorgefahren, ein Geselle hat das Fleisch hochgebracht, Frau Bjarsch hat sich sehr gefreut: So sei der Fleischer, er wisse, was er seinen besten Kunden schuldig sei. Sie hat das Papier aufgeschlagen und die Fleischlappen triumphierend hochgehalten: das beste Fleisch in der ganzen Gegend. Seitdem werde ich von dem Schaffner mit einem vertraulichen Ausdruck an der Endstation abgeladen. Jetzt kommt noch kurz vor dem Abfahren eine Frau gelaufen: Kann ich noch hoch, kann ich noch hoch? Er ruft, als strecke er mitten in voller Fahrt eine starke Hand aus: Kommen Sie nur, es ist nicht gefährlich. Am Goldauerweg steigt sie aus, und obwohl er weiß, wo wir halten, fragt er beim Knipsen der Fahrkarte: Bis Goldauerweg? Manchmal parkt er einen blauen Simca am Waldrand, er geht mit älteren Frauen spazieren, er ist es, vielleicht auch nicht, vielleicht ein Doppelgänger, beide tragen das falsche Haar, so oder so, der richtige Mann in der richtigen Gegend, wir sind ganz unter uns.

Die Schaben sind in andere Räume eingedrungen, wo sie manchmal auch tagsüber auftreten, den Irrtum aber sofort bemerken, sie kennen den Ruck, der einem Fußtritt vorausgeht, dann blinken sie auf und flitzen, um Stuhl oder Tisch zu erreichen, sie fürchten aufs äußerste das verheerende Krachen im Rücken. Die Arbeit bringt es mit sich, daß Wela es übernimmt, *Toxical* auf den Hund zu sprühen, um die Flöhe niederzuhalten. Einmal hat sie in meine Richtung gespritzt, der Zündschlüssel war weg, lag am Ende in ihrem aufgeschlagenen Bett, also, dein Bett, deine offenen Schranktüren, deine Nadeln im Teppich und so weiter, wann hört das auf in diesem Haus? Da drückte ihr Finger zu, und afri-

kanisches Pyrethrum flog mir ins Gesicht, aus einer Entfernung, wie sie nicht mal beim Desinfizieren von Großvieh üblich ist, sie hat wortlos geschossen, dann hat sie ein Sprichwort aus diesen Tagen gebraucht, ich habe mich gleich erinnert, wie wir mit dem Morris vor der Ampel warteten, und vor uns stand der miese, zerschrammte Citroën, das Mädchen am Steuer sah dauernd nach rechts und links: Wie komm ich weiter, wie muß ich jetzt? mit so einem Nervensystem kommst du nicht weit, vielleicht hatte sie deshalb hinten an der Fensterscheibe den herzförmigen roten Aufkleber: Ich liebe meinen Nächsten, auch wenn du es bist.
Die Schaben profitieren von den Fliegen, die Laborräume dürfen nicht mit Gift besprüht werden, weil die verschiedenen Versuchstiere dann gefährdet sind, vor allem die Fliegen, der Chef erhält manchmal eine Sendung aus Übersee, kalifornische Drosophila, ihr Tod wäre ein empfindlicher Verlust.
Sie stellt das Glas auf den Küchentisch, zwei Schaben liegen rücklings im Spiritus, sie sind unbeschädigt, sie hat sie während der letzten Aktion rechtzeitig eingesammelt, bevor einer den Fuß draufsetzen konnte. Schöne Tiere, auch die Größe ist richtig, beinahe riesig in dem kleinen Glas. Wir brauchen sie lebendig, ein bis zwei Pärchen, die sofort ihre Plätze einnehmen. Eines Tages wird der Köter da oben eine Bewegung am Boden sehen, die es vorher nicht gab.

Sie kommen.
Ohr an die Wand.
Was sagen sie?
Der Geologe ist im Haus, sie bringen ihn die Treppe runter. Wenn die Helfershelfer kommen, haben die Schwestern immer den dankbaren Ton. Sie drängen den Kramarz run-

ter, lassen ihn kaum zu Wort kommen, sie sagen ihm, daß alles voll ist mit den fremden Fingerabdrücken, dann fängt er an, ihre Sprache zu sprechen, tätschelt die Tür rund um das Schlüsselloch: Hier machen wir noch einen Riegel hin, da und da. Bis keiner mehr rein kann und keiner mehr raus.
Elly: Das Fräulein lebt mit dem da unten.
Man weiß nicht, was er arbeitet.
Er hat es einmal gesagt.
Was hat er gesagt? Sehen Sie, da muß ein Riegel hin.
Kramarz streichelt alle Türen.
Ja, das machen wir, hier und da.
Ob ich gehört habe, was da auf uns zukommt? Ob ich mir klar darüber bin, will sie jetzt wissen, daß dieser Kramarz in allen Punkten Bescheid weiß, daß sie uns ausliefern an den Zeitungsboten, an Briefträger, Leute wie Kramarz, Spaziergänger und so weiter, damit alle sagen können: Da unten ist etwas nicht in Ordnung. Tu was dagegen, sag ihnen, was sie für die Kuppelei kriegen, wenn sie nicht die Schnauze halten.
Sie lachen mich aus. Sie können jederzeit behaupten, daß sie es nicht gewußt haben. Sie können sagen, wir haben sie belogen.
Am Abend mache ich einen Besuch. Frau Bjarsch sitzt vor dem Fernsehgerät, sie sagt, die Ansagerin habe ihr soeben einen guten Abend gewünscht, das Fernsehen sei gut, es wünsche immer einen guten Abend, und dann kämen die Herren, sie könne nicht alle Namen behalten. Aber da vorn sind sie alle, man kann sie greifen, jeden Abend, man ist nie allein. Aber einmal wollte einer so einen kleinen Jungen in der Garage anfassen, man sieht es diesen Sauaugen ja sofort an, aber da ist sie dazwischengegangen und hat an die Scheibe geklopft, da hat er den Jungen laufengelassen. Ich erinnere mich, ich habe damals die Miete gezahlt, Frau Bjarsch ist aufgestanden und auf Vadim Glowna zugegangen, der das Morgenrot verpaßt hatte und vor den Augen

des kleinen, reichen Knaben, der gerade davongelaufen war, alles kurz und klein schlug. Man hat solche Schweine, sagte sie, die den Kindern in die Hose fassen, und danach stechen sie es ab und lassen es liegen, aber wenn ich klopfe, dann überlegen sie es sich, sehen Sie, wie der da.
Nehmen Sie nur Platz.
Wie immer, wenn es etwas zu besprechen gibt, setze ich mich auf das Sofa, in diese Mulde, die einen nach hinten wirft, gegen die Kissen und die Nadeln an den Schonbezügen.
Passen Sie auf, excüsi, die Nadeln, sagt Elly wieder.
Dann gebe ich mir wieder diesen Ruck, ich wollte mich noch nie anlehnen, ich habe immer aufrecht dagesessen, damit sie auch sahen, daß ich nicht lange bleiben wollte, aber dann blieb ich doch länger, damit sie gut auf mich zu sprechen waren. Ich weiß, daß Elly sich ungern hinsetzt, weil sie im Gehen oder Stehen eine bessere Übersicht hat.
Setzen Sie sich, wir müssen etwas besprechen.
Sie merken, daß ich mir etwas vorgenommen habe, lächeln, weil sie wissen, daß sie im Vorteil sind, heute war der Kramarz im Haus, es war gut, ihn zu rufen, man sieht es ja, der da auf dem Sofa kommt immer gelaufen und will alles abstreiten.
Also was haben Sie?
Sie hatten heute Besuch.
Was für einen Besuch?
Sie waren mit dem Mann unten an der Tür.
Excüsi, der Herr meint den Kramarz.
Man hört alles, erkläre ich, Sie haben laut genug an der Tür gesprochen, der Mann weiß zuviel.
Was soll er wissen? Nichts haben sie ihm gesagt, sie haben über die Zeitung gesprochen, verschwunden ist sie, gestohlen, was sagen Sie dazu? Sie wollten sich wie immer zusammensetzen, all die Jahre ist das so gewesen, Elly liest aus der Zeitung vor, während die andere häkelt, aber dann kommt

die Sau und blendet mit der Lampe, bis einem das Wasser in den Augen zusammenläuft. Das und sonst gar nichts haben sie dem Kramarz gesagt.
Ja, denken Sie, wir hätten das in all den Jahren so hingenommen? Sänger hat er geheißen und hat 60 Franken für die Nacht genommen, er ist um das Haus gegangen, es war sein Beruf, ein ausgebildeter Mann, noch jung, das war sein Fehler, er hatte auch so eine Lampe, um ins Gebüsch zu leuchten und in die Ecken, aber dann kam er ins Haus, anstatt sich draußen zu postieren, und ging in den oberen Räumen herum, aber auch das hat er nicht lange gemacht, dann wurde es still. Was hat er getan? Einmal sind sie ihm leise nachgegangen, da lag er oben im Bett und hatte die Finger in der Hose, kam so schnell nicht los vom Schwanz, haja, wie sie plötzlich im Zimmer standen, es war sein Fehler, seine letzte Nacht, seitdem haben sie auf Detektive verzichtet.
Ich weiß, was ich gehört habe, dem Kramarz haben Sie wörtlich gesagt: Das Fräulein lebt mit dem da unten.
Elly schreit: Ja was, an der Tür stehn sie und horchen, ja was.
Sehen Sie, damit geben Sie zu, daß Sie es gesagt haben. Wollen Sie, daß die Polizei kommt und uns alle hochnimmt?
Ich steh gut mit der Streife, sagt Frau Bjarsch. Das war immer so, ich Anna-Roberta, daß die Leute gesagt haben, gut ist sie, zu gut ist sie, deshalb ist alles so gekommen, wo ist der Dank? Sie steht auf und geht in das hintere Zimmer.
Elly hört mir zu.
Ich habe es Ihnen schon mal gesagt, aber Sie hören ja nicht auf mich. Wenn die Leute eine Anzeige machen, hängen Sie mit drin.
Ich merke nicht, wie Frau Bjarsch zurückkommt, ich höre nur, wie sie von der Seite schreit: Da, was glauben Sie, in die Fresse schmeiß ich ihm das. Ist das ein Leben, ein Dank? In die Fresse, da, sehen Sie es jetzt, oder sind Sie blind? Was

sind Sie für einer, wenn Sie das nicht sehen? Das war ein wunderbares Kleid.
Alle Stoffe und Farben hat sie mir in all den Monaten zum Beschnüffeln hingehalten, ich war gehorsam, ich habe die Fetzen betrauert, ich habe sie ihr wieder in die Hand gedrückt und versichert, daß die Täter gefaßt werden müssen. Plötzlich habe ich das Kleid im Gesicht, dieses Flattern über Mund und Augen, diesen Geruch, den sie an sich haben, weil sie das Bein nicht mehr über die Wanne kriegen, in Schüsseln plätschern, das Kleid rutscht mir aus dem Gesicht in die Hände, ich hebe es hoch, spanne es auf, damit sie es noch einmal gut sehen.
Was kann ich dafür? sage ich wie hilfsbereit, das geht doch schon jahrelang so. Was soll ich denn machen?
Sie schreit: Jahrelang – Sie lügen, das ist neu.
Seit wann werden die Kleider zerrissen? frage ich Elly. Haben Sie mir nicht immer gesagt, daß es schon jahrelang so ist?
Elly schreit: Das haben wir nicht gesagt. Zwei Tage ist das her.
Der Kleidersaum hängt mir über den Knien, ich halte den Fummel noch immer hoch, unter den Achseln sind die Nähte gerissen, in der Brust Risse, Freßstellen, Löcher, wo die Finger kneifen und tätscheln, Arbeit, wie sie es nennen, Öffnen und Schließen von Schubladen. Ja, jetzt, es geht leicht mit beiden Händen, das Gewebe reißt bis auf die Schnalle, noch einmal hoch mit den Schultern, auseinander, schön im Gegenlicht ausgespannt, noch einmal bis unten zerreißen.
Frau Bjarsch schreit, Elly streckt den Hals, das Kinn, das ist ein Moment, auf den ich schon lange gewartet habe: Sie lacht und lacht über den Fetzen hinaus, gegen die Zimmerdecke, fällt mit dem Kopf auf die Sessellehne, wo sie weiterlacht.
Das war ich nicht, sage ich ruhig zu Frau Bjarsch. Das waren die Australier.

Elly ruft es gegen die Zimmerdecke: Excüsi, der Herr – wie der Herr das macht.
Frau Bjarsch: Mein Kleid – du Idiot, da sitzt sie und lacht, morgen hat sie wieder Scherben in der Hand. Paß lieber auf, daß die rüdige Sau nicht ins Haus kommt.
Excüsi, das ist wahr, sie zieht die Kleider von Madame an, dann macht sie die Löcher rein, so wie Sie es gemacht haben, damit er sie durchs Kleid vögeln kann.
Ja, denken Sie, meine Kleider sind doch nicht da, damit er sein Gehenk reinstecken kann.
Ich reiße das Kleid langsam bis zum Saum auseinander, sorgfältig beobachten sie mich, keine fällt mir in den Arm, im Gegenteil, sie warten darauf, daß die Finger noch einmal zupacken, an den Schultern, Ärmeln, das ist es, was sie mir beigebracht haben, das wollen sie sehen, das Geräusch hören, mit dem das Gewebe zerreißt, das ist schön, gut so, nicht müde werden, ich brauch sie nur anzusehen, dann weiß ich, wie gut ich zum Haus gehöre.
Los, auf die Knie und die Lappen zwischen die Zähne, zeig es ihnen, grunze und krieche auf Händen und Füßen, sie werden in die Hände klatschen, sie werden gut zu dir sein, dich streicheln und tätscheln, am Ende werden sie sagen: Ja, so ist es richtig, stehen Sie auf, Jakob hat ja immer gesagt, seid gut zu ihm, einen Besseren könnt ihr nicht haben.
Er hat Gras gesät.
Er soll die Eisentür ölen.
Hat er getan.
Er hält das Areal sauber.
Jetzt habt ihr mehr Sicherheit.
Er soll die Hortensienstöcke schneiden.
Hat er getan.
Gebt ihm alles, was er braucht.
Haus und Garten.

Laßt ihm Zeit, sich einzuarbeiten.
Ihr werdet sehen.
Frau Bjarsch nimmt mir die Fetzen aus der Hand und bringt sie in die Schublade zurück, es muß so sein, ich sitze hier, ich sage: Ja, wenn er sie durchs Kleid gevögelt hat, dann hat es überall Löcher.
Haja, Ellys Kopf fällt noch mal auf die Sessellehne. So ist es richtig. Der Herr sagt es. Anfangs war er so stumm, jetzt sind wir drei. Auch Frau Bjarsch weiß, daß ich an diesem Abend alles für sie getan habe. Dann fangen sie an, mich wieder auf die Beine zu stellen.
Ich meine, Sie sind mager geworden.
Ja, Sie haben abgenommen. Wie geht es der Frau?
Bestellen Sie ihr einen schönen Gruß. Aber Sie sehen alt aus, ja, haben Sie etwas an der Leber? Den Herren habe ich immer gesagt, wir hatten ja immer Gäste und Kartenspiele im Haus, den Herren habe ich gesagt, aufpassen, so alt wie die Leber ist, so alt sieht man aus.
Sie bringen mich wie einen, der nicht mehr richtig gehen kann, langsam in das andere Zimmer, vorbei an dem gestreiften Bettlaken, auf dem der Köter liegt; ohne den Kopf zu heben, schlägt er den Schwanz ein paarmal gegen den Boden, wenn man aufsteht und sich zwischen den Sesseln herauswindet. Anfangs stießen die Armlehnen gegen mein Bein, weil die Schwestern mir die Säuglingsfotos dicht vor die Augen hielten, erst Jakob, nackt und füllig, dann seine Söhne, nackt und füllig, alle auf dem Bauch, jeder stemmt, nachdem der Fotograf ihnen die Arme gestreckt hat, seinen Rumpf. Wenn ich sie lange genug ansah, knickten ihnen die Arme weg, sie brachen wieder zusammen, der Kopf schlug ins Tierfell, und sie schrien in die Haare, Lamm oder Bär, sie schnappten nach Luft, bis man sie schnell auf den Rücken wälzte, die Reihe wird fortgesetzt.
Auf dem Tisch im Nebenzimmer liegt immer dieselbe be-

stickte Decke, ich weiß, wenn Frau Bjarsch mich wieder hinbringt und sagt, das Gestickte sei ihre Arbeit, dann streichel ich mit Fingerspitzen über die Kante, damit meine Hand nicht plötzlich eine falsche Bewegung macht. Wörter, jetzt, wieder ein Ruck zwischen den zwei schlaffen Halsfalten: In diesem Zimmer sind die Leute gewesen, sie haben im Sessel und am Tisch gesessen, während Frau Bjarsch vor dem Fernsehapparat saß. Sie hatten Blumen in der Hand und waren festlich angezogen. Da vorn hat das Hochzeitspaar gestanden, den Namen hat sie gewußt, Elly soll ihn sagen, aber sie sagt nicht ja und nicht nein, sie wartet, was für ein Besuch? Frau Bjarsch richtet das Bild ein, für mich, damit ich vergesse, warum ich vor einer halben Stunde, oder wie lange ist das her? zu ihnen raufgekommen bin. Warum? Der Kramarz war im Haus. Und dann? Ich habe mich hingesetzt. Und wie ging es dann weiter? Warum habe ich gesagt: Der Mann weiß zuviel? In welchem Zusammenhang habe ich gesagt, in welchem, was? Der Aufpasser lag im Bett, sie haben ihn entlassen, alles entlassen, ab und zu kommt das Schöne, vor ein paar Tagen war eine weiße Hochzeit im Haus.

Das Fenster war geöffnet.

Ich habe sie nicht reingelassen, sagt Elly.

Frau Bjarsch: Warum lacht sie?

Elly: Dann müßten wir ja eine Hochzeitskarte haben.

Es ist auch eine da, sagt Frau Bjarsch, wenn die dreckigen Säue sie nicht gestohlen haben.

Vom Sessel aus hat sie durch das offene Fenster gesehen, da war die Straße, ganz lang ist sie gewesen, unsere Straße, obwohl sie vom Sessel aus die Straße nicht sehen kann, denn hinter dem Fenster hört das Areal auf, da beginnt ein anderes Grundstück, Buchen und Tannen versperren die Sicht, Frau Bjarsch aber hat an diesem Tag bis zur Seilbahn gesehen. Elly lacht stumm und will nicht eingreifen, sie steht

daneben, als würde sie zu sich sagen: Laß sie, es kann ja nicht schaden, er kann nichts dagegen machen.
Dann sind alle aufgestanden, zuerst ist das Hochzeitspaar aus dem Fenster gegangen und durch die Bäume, die weiße Braut und der Mann Arm in Arm bis ans Ende der Straße. Frau Bjarsch hat alles genau gesehen, die Finger in der Kitteltasche halten etwas fest, zerren und pflücken, der Name der Leute ist weg, morgen kommt er vielleicht wieder, ja, man muß aufpassen, aber wenn ich sie schnappe, dann mach ich sie kaputt, sehen Sie nur, was sie mir auf den Tisch legen. Sie zieht die Hand aus der Kitteltasche, aus den Fingern taumelt so eine ausgetrocknete Haarmaus auf den Tisch, die gleiche Sorte, die vor dem Haus liegt. Ich erinnere mich, wie die Finger immer gezupft haben, aber da wußte ich noch nicht, daß so ein Büschel dick und filzig in der Kitteltasche lag, sie hat im Gehen die abgekämmten Haarmäuse gestreichelt; wenn sie nicht in der Tasche sind, dann springen sie aus dem Fenster.
Kann sein, daß ich mit halboffenem Mund vor der Haustür gelegen habe, im Gras, in der Sonne, abgekämpft, kann sein, und Wela hat gesagt, eines Tages schmeißt sie dir so ein Knäuel in den Hals, wenn du weiter so daliegst. Ich bin nicht aufgestanden, um mich an einen sicheren Platz zu legen, ich habe aber so eine Haarmaus plötzlich in der Luft gesehen, wie sie aus dem Fenster sprang, Frau Bjarschs Hand verschwand über dem Fenstersims, ich bin liegengeblieben, weil ich annahm, daß es nicht sofort, nicht an diesem Tag passierte, ich habe aber die Lippen zusammengekniffen.
Ich habe telefoniert und versucht, es Jakob zu erklären: Sie fallen uns in den Rücken, sie ziehen jetzt andere Leute mit in die Sache hinein. Er weiß, daß wir keinen Stempel haben, sie wird es ihm gesagt haben, er hat nichts dagegen unternommen, wir haben ein paarmal Mann und Frau vor ihm gespielt. Solange er so tun kann, als wüßte er nichts anderes,

sind wir vor ihm sicher. Also können wir mit ihm nicht offen darüber sprechen, ich muß es so hinstellen, daß er heraushört: Wir wollen nicht die Australier sein, wir sind es aber, wie Sie vorausgesagt haben, in der letzten Zeit geworden. Nachdem wir es soweit gebracht haben, sollen wir den Leuten vorgeworfen werden, wo Sie und wir doch wissen, daß wir richtig sind, nein, falsch, ich meine, die falschen Australier, verstehen Sie? So muß ich ihm das vorstammeln. Wela steht daneben und wartet, ich sehe es ihr an, ich meine die Art, wie sie eine Wohnung sucht, sie sucht keine, hat es aufgegeben, sie gebraucht nur noch Wörter für Wohnungssuche und Wörter für das Aussehen einer Wohnung, in der man, wie sie sagt, richtig atmen kann.
Mein Sohn.
Jakob mein Sohn.
Er wird einmal alles bekommen.
Das Haus und die anderen Häuser.
Guten Tag, wie geht es Ihnen? Er ist bereit, er ist immer erstklassig angezogen für einen plötzlichen Todesfall.
Ich sage: Man darf es nicht so weit kommen lassen, daß andere sich einmischen. Kennen Sie einen Kramarz?
Sie hat ihm gesagt, daß er Professor im Ruhestand ist, er hilft, das ist alles, Jakob hat ihn noch nie gesehen, er meint, die Leute, die helfen, können nicht schaden, es hört sich an, als wären sie ohne besonderen Auftrag auch seine Helfer. Man muß alles so lassen, wie es ist, die Leute passen auf, schon damals waren es ja Passanten, die halfen, den Boß ins Haus zu tragen.
Eins verstehe ich nicht, sie greifen niemals die anderen an.
Ja, das glaube ich schon.
Warum ist es nur mit uns so?
Der Kramarz und die anderen existieren länger als Sie. Sie sind im Haus. Die anderen sind draußen. Wer draußen ist, verstehen Sie mich nicht falsch, ist besser.

Sie hat die Polizei angerufen, sie sind hier gewesen.
Waren es alte oder junge Polizisten?
Zwei junge Polizisten.
Das ist schlecht. Wissen Sie, wenn es alte Polizisten sind, die machen keinen Rapport mehr. Die wissen, wie es ist, und sagen ab und zu guten Tag. Aber wenn es neue Polizisten sind, die es zum erstenmal hören, die machen einen Rapport. Es ist für alle besser, wenn es immer dieselbe alte Streife ist. Sonst kann es passieren, daß der Stadtarzt die Sache in die Hand nimmt. Aber machen Sie sich keine Sorgen. Es bleibt ja alles im Haus. Und solange das so ist, unternimmt der Stadtarzt nichts dagegen. Es ist ja heute so: Sie haben einfach keinen Platz, die Anstalten sind überfüllt.
Bei seinem letzten Besuch hat er mit ihnen über die Heckenschere gesprochen, sie bleiben dabei, daß ich sie verscheuert habe, Elly hat erklärt, sie habe mir die Schere nicht nachgeworfen, sie habe sie nur in die Hecke geschmissen, er hat ihnen angeboten, eine neue zu kaufen, aber Frau Bjarsch hat gesagt: Wozu? Wir brauchen keine.
Jakob sagt, wie man es sehen muß: Man kann nichts machen, man hätte frühzeitig Spritzen und Pillen geben müssen.
Warum hat er es nicht getan?
Machen Sie sich, sagt er in guter Laune, unsichtbar, so gut es geht, was anderes kann ich Ihnen nicht raten. Wenn Sie nicht da sind, sind Sie nicht da. Sie klopft und geht wieder. Es kann Ihnen aber passieren, daß sie Ihnen schreibt. Sie selber hat ja nicht mehr die Hand dafür, aber da ist der Kramarz, und da sind ein paar andere, es kann Ihnen passieren, daß einer für sie die Kündigung schreibt. Aber ich glaube nicht, daß sie das macht.
Warum glauben Sie das nicht?
Es war schon immer so, sagt Jakob und bleibt in guter Laune, sie kann sich schlecht von etwas trennen. Die Leute

werden sich wundern, wenn einmal Liquidation im Haus ist. Man denkt doch, wenn man so ein Haus von draußen sieht: Es ist voll mit altem Stil. Aber da ist nichts zu holen. Sie ist natürlich anderer Meinung.
Bleiben Sie gesund.
Danke.
Wenn Sie mich brauchen, Sie wissen ja.
Was sagen Sie?
Kann ich sonst noch was für Sie tun?
Verstanden.
Ende.

Die Waldluft, Pilgerweg, Schießplatz, Sagentobel, Alt Klösterli, die Gegend um den Zoologischen Garten: Es glückte im abgelaufenen Geschäftsjahr erstmals die Aufzucht der flugunfähigen Dampfschiffente von den Falklandinseln. Geschenke: Swissair, 5 alte Flugzeugreifen; privat, 1 hohler Nußbaumstamm. Trotz des regenreichen Sommers hatte der Zoo ein gutes Jahr. Bester Tag des Jahres der Ostermontag mit 10 382 Eintritten, schwächster Tag des Jahres der 13. Dezember mit 19 Eintritten. In Spitzenzeiten wurde gelegentlich Fräulein O. Trunz, Wärterin, zu Büroarbeiten herangezogen. Die Bewachung in der Nacht wurde weiterhin durch die Securitas AG besorgt. Demonstrationen und Vorträge: Beobachtete Geburt eines Seehunds, Die Behandlung von kranken Elefantenfüßen, Das Köderverhalten der Alligator-Schnappschildkröte. Leider sind unsere beiden Vikunja-Zuchthengste fast gleichzeitig beinahe erblindet und zeigen schwere Alterserscheinungen, so daß wir versuchen, auf diplomatischem Wege frisches Blut aus den Andengebirgen zu bekommen. Als Hauptereignis im Berichtsjahr darf die am 24. Juni erfolgte Ankunft von zwei

Elefanten als Geschenk Seiner Majestät des Königs von Bhutan, Jigmie Dorji Wangchuck, bezeichnet werden. In einem Propellerflugzeug wären die Elefanten den Turbulenzen der niederen Luftzonen ausgesetzt gewesen, die Frachträume in Jetmaschinen werden zwar beheizt, aber in der Stratosphäre kann das bei Außentemperaturen von minus 50° C für Elefanten zu lebensgefährlicher Unterkühlung führen. Eine speziell entwickelte CL 44 der Transmediterranean Airways brachte Druk und Chhukha, deren außerordentlicher Streß in der Luft mit Beruhigungsmitteln gedämpft wurde, gesund nach Hause. Es glückte ferner erstmals die Aufzucht des Paradies- oder Stanley-Kranichs.
Sonderbehandlung: Die Anwendung ausgedienter Inkubationsapparate für menschliche Frühgeburten hat sich zum Ausbrüten verschiedener Reptilieneier ausgezeichnet bewährt.
Einbußen: Den vielen erfreulichen Zuchterfolgen stehen naturgemäß auch Todesfälle gegenüber. Den bedauerlichsten Verlust erlitten wir durch den Tod von drei Schabrakken-Tapiren, die innerhalb einer Woche an denselben Symptomen starben, nachdem sie sich bei uns in den letzten Monaten glänzend entwickelt hatten und bei bester Gesundheit waren. Unter solchen Umständen wird man den Verdacht einer Vergiftung nicht völlig von der Hand weisen dürfen. Alle in Frage kommenden Instanzen wie Tierspital, Polizei und deren wissenschaftlicher Dienst, Gerichtsmedizinisches Institut und so weiter haben sich in dankenswerter Weise um die Aufklärung dieses bedauerlichen Vorkommnisses bemüht, leider ohne zu eindeutigen Ergebnissen zu kommen.

Am Sonntagmorgen stehen die Scharfschützen im Nebel, es wird aber in wenigen Minuten ein guter Tag sein, da ist der rote Wimpel, da ist das Warnschild von 1919, da sind die Maisfelder, sonntags steigt an der Endstation Zoologi-

scher Garten immer derselbe Familienvater aus der Tram Linie 5 und hat die Hand am Karabinergurt. Das Schußfeld macht einen natürlichen Eindruck, Wiesen, Zäune, Landleben. Vereinzelte Probeschüsse im Nebel, später Dauerfeuer in der Sonne, während die Tiere im Zoo singen. Erstmals machten uns die Timberwölfe die Freude, sich in der umgebauten Anlage in einer selbstgegrabenen Naturhöhle fortzupflanzen. Schüsse, Ansichtskarten, Tierfotos, heiße Würstchen, die Friedfertigen, die das Erdreich besitzen, wie man sagt, grinsen in ausbruchssicheren Zwingern, sie keifen melodisch, andere knattern mit den Zähnen. Setz dich an die Schreibmaschine, sagte der Fotograf, als er die Aufnahmen für den Kiosk machte, spann das Blatt ein, und der schlaue Idiot setzt sich an die Maschine, dann biegen sie ihm den Zeigefinger zurecht, damit er auf die Taste drückt, und warten, bis er das rechte Auge zukneift und die Oberlippe einzieht, aber bei genauem Hinsehen stellt man fest, er hat sie reingelegt, er schreibt nicht, der Friedfertige, sein Schreibfinger schwebt tiefgerunzelt über der Taste, er will so schnell wie möglich in den aufgehängten alten Autoreifen zurück, damit er noch lange schaukeln kann, das Affenfoto geht in alle Welt.
Die Sonne kommt, jetzt fängt der Tag erst richtig an. Hörst du das?
Sie heulen.
Die Maisfelder, zwischen denen wir auf und ab gehen, sind noch leer, ich meine, später kommt eine Katze, setzt sich mitten hinein und hat haarige Gedanken. Man kennt jetzt den gleichmäßigen Abstand zwischen den Schüssen, im Gartenlokal sind die Tischdecken aufgelegt, plötzlich fängt das Rudel an zu heulen, man weiß nie, warum gerade in dem Moment, wo alles so schön an seinem Platz ist, man weiß nur, wie man früher Hund und Fahrgäste aus dem Schlitten warf, um zu retten, was zu retten war, es war

immer ein schöner Augenblick beim Lesen. Hinter dem Maisfeld und hinter dem Hügel recken sie plötzlich die Hälse und jaulen, man weiß aber sofort, es ist der falsche Ort, ich habe einen Eimer Viehsalz im Haus, die Winter beißen nicht mehr, die Wölfe sitzen in der Grube, Kleinkinder auf den Armen der Väter winken in das heulende Loch. Der Spaniel macht immer seine beste Figur im Feld, wenn die Wölfe heulen, dann steht er still und sieht in ihre Richtung, das Rudel schreit, winselt, keift und singt, ganz heillose aber lachen und wissen am besten Bescheid, bis alle sich auf ein Gemurmel einigen, das den Hund erlöst, er wendet sich einem Stein zu und scharrt.
Es war in dieser Ecke schon immer so ein Stallgeruch, Strohhalme liegen vor der Toreinfahrt, getrocknete Kuhfladen, die Jahreszahl 1908 am Brunnenbecken, irgendwann, wenn sie sich die Haare färbt und das Gesparte ausreicht, will sie ein Bauernhaus und ein Stück Land kaufen, auf dem verschiedene Tiersorten nebeneinanderleben und nicht gefressen werden, sie sagt, wir schlachten nie. Ich habe gesagt, daß wir in der Stadt bleiben, ich bin so einer, dann fahren wir ab und zu nach draußen, wir besuchen dein ländliches Gespenst und trinken Himbeergeist. Der Bauer steht mit dem Rücken zur Kuh; während der Stier hinter der angeseilten Kuh immer den gleichen Halbkreis trampelt, sieht der Bauer in eine ganz andere Richtung.
Durch den Wald läuft die katholische Jugend der Pfarrei Bruder Klaus und heftet Zettel an die Bäume. Bei Posten 3 lautet die heutige Aufgabe: Stelle fest, woher das Wasser des Tobelbaches kommt. Mache eine Zeichnung davon und erkläre, wie ein Bach entsteht. Zeichne eine Bachstufe und erkläre, wozu sie dient.
Posten 5: An sieben Gerechte durfte nach ihrem Tod kein Wurm heran. Nenne ihre Namen (Manche meinen auch: David. Es heißt von ihm: Mein Fleisch wird Ruhe haben).

Posten 8: Welche gefährliche Bedeutung hatten früher die Roßbreiten für die Segelschiffe? Und warum lauten sie so?
Posten 9: Was heißt Amen?
Posten 11: Wer wurde von Gott eigenhändig begraben, damit keiner sein Grab fand?
Posten 12: Singt ein Lied.

Es war ein Blau, es war tief unter dem Wasserspiegel, die Molche saßen auf dem Boden, blauer Saft lief ihnen aus den Mundwinkeln, es waren so viele, daß sie übereinandersaßen, es war ihnen nicht anzusehen, ob sie sich verstanden, sie hatten irgendwie begriffen, daß es so sein mußte, die Zungen schlüpften gleichmäßig vor und zurück, in diesem Traum war kein Platz für ein gesunkenes Schiff, es gab keinen einzigen Hinweis auf menschliches Leben, überall der glatte Sand, etwas wie feiner wolkiger Schlamm zwischen den Sandkörnern, der aufstieg, wenn die Schwänze gegen den Boden schlugen, sie hielten wie ein einziger Körper zusammen, der Schlamm sank wieder auf die Rücken und fiel über Köpfe und Beine, sie erneuerten ständig diese Wohltat, sie definierten ihr Glück mit der Zungenspitze und dem Schwanzende, dazwischen waren sie wahrscheinlich verwundbar und sogar sterblich, es war nicht möglich, sich ihnen zu nähern, sie hätte sich gern zu ihnen gelegt, sagt sie, um das und sonst nichts um sich zu haben, damit hörte der Traum auf.

Eine Lebensversicherungsgesellschaft hat neben dem Schießplatz eine Rennstrecke mit 20 Übungselementen angelegt, jeder darf hier kostenlos rennen, alle lachen im Lau-

fen, tatsächlich hört man auf einmal die Schüsse nicht mehr, eine gesichtslose Geisterfigur auf blauen Schildern turnt vor, das letzte Hindernis heißt: Sprung in die Grube. Mit angezogenem Knie fliegt der Geisterspringer voraus.
Weiter.
Feldwege.
August.
Was war gestern?
Einmal hin und zurück.
Es war Weihnachten. Der Junge auf den braunen Fotos ist mein Vater, er hat eine Schlägermütze auf dem Kopf und wird bald sterben für den fingerlangen Hitler in meiner Hand, sie schenkten mir am Jahresende Tonsoldaten, Weihnachten gab es immer Deutschland unterm Tannenbaum. Länger dauert die Rückreise nie.
Wenn sie an der Wand horcht und wissen will, was sie da oben aushecken, wenn sie sich dann umdreht und anfängt, in meine Richtung zu schnüffeln, weiß ich, wo ich bin: Was ist das für ein Geruch in der Wohnung? ich kenne dich, wir sind lange genug zusammen, du trägst deine Baumwollhemden zu lange, ich will sie dir waschen, wir leben zusammen, ja, waschen, waschen, ich bin da, und gib mir deine Hemden früh genug, sonst werden die Kragen nicht mehr sauber. Ja, ich höre, wir leben zusammen, sie lassen uns zusammenleben, wir haben Glück gehabt. Sie ist so eine, rennt jeden freien Moment unter die Dusche, das hat hier angefangen, das Abseifen, aber den Hausgeruch wirst du nicht los.
Wenn sie morgens das Haus verlassen hat, lege ich dem Spaniel das Halsband wieder an, das ich ihm abends abnehme. Manchmal liegt er mit eingefahrenem Schädel im Laub, dauernd ist er weg und ist silbrig rund um die Augen, jedesmal glaubt er, wenn er wegen eines erbärmlichen Blutstropfens irgendwo in der Gegend herumrennt,

es klappt heute, er weiß nichts von seinen stumpfen Zähnen, er glaubt, er kann sich in die Hundeanzüge verbeißen, zur Stoßzeit läuft er in offene Rachen, ich kann ihm das nicht erklären, ich merke manchmal, wie ich ihm ein schlimmes Ende wünsche, wenn er nicht da ist. Manchmal sehe ich ihn auch ausgestopft vor mir, sieh mal, er bellt im nächsten Moment, hörst du? er rutscht auf dem Hintern, weil er nicht sprechen kann, er ist treu, sieh mal, es ist ganz wie früher.

Ich gehe den Weg nicht runter, wenn Elly vor der Tür fegt, ich will nicht, daß Afra mit den dicken schwarzen Zitzen wackelt, ich will die Krümel und Schuppen, die sich von den Ekzemen gelöst haben, nicht auf dem Hunderücken sehen, ich will nicht guten Tag sagen, wenn ich es nicht kann. Ich werde warten, bis sie wieder ins Haus gegangen sind.

Eine Passantin.

Die war auch schon mal im Haus.

Eine kleine, untersetzte Person, spricht laut und lacht viel, um die Schwestern zu unterhalten, dafür gibt es Kaffee und Sachertorte. Sie grüßt, geht den Weg runter, aber in der Kurve bleibt sie stehen, da unten ist das Besengeräusch, die Eisentür, Ellys schlampiger Kittel hinter den Sträuchern, die Frau schaut darauf hinunter und kommt zurück.

Sie sagt: Da geh ich nicht vorbei.

Und Sie? Kommen Sie denn mit ihnen aus?

Ich bin vorsichtig: Das ist verschieden, ich glaube, es hat etwas mit dem Wetter zu tun, in dem Alter, der Föhn.

Es ist nicht das Wetter, sagt sie. Jetzt traut sie mir nicht mehr, sie denkt, wie kann er das sagen, wenn er doch mittendrin sitzt und weiß, daß es nicht das Wetter ist, er ist falsch.

Ich sage: Sind Sie schon lange hier? Wie war es eigentlich früher? Haben Sie den Mann gekannt?

Früher, ja, das war ja sein Haus. Was ich so weiß, also, sie

hat sich ja da reingesetzt. Er war schon mal verheiratet. Sie ist gekommen, als er noch verheiratet war. Die erste Frau war noch im Haus, aber eines Tages hat man sie nicht mehr gesehen. Ich war ja ein paarmal unten, aber alles sagen sie einem nicht.
Wie war er?
Ich habe ihn nicht gekannt.
Ich meine, wenn Elly unten so schreit, hatte sie vielleicht etwas gegen den Mann?
Das weiß ich nicht.
Sei vorsichtig, sie macht dir was vor, will dich zum Sprechen bringen und dann unten alles weitersagen, dann schreien sie an der Tür: Wir haben schon immer gewußt, was für einer Sie sind, jetzt müssen Sie abfahren.
Sie sagt: Ich sollte ja vor Jahren schon kommen und ihnen den Haushalt machen, aber dann habe ich gehört, wie sie sind. Da habe ich mir gesagt, da gehe ich nicht hin, es wird gestohlen, und all das andere, die Schnittwunden in den Händen. Kennen Sie das? Also ich sage Ihnen, ich habe was gelernt da unten, entschuldigen Sie, Schwanzabschluzzen und so, da geh ich nicht hin, in meiner Stellung, da muß man aufpassen.
Vielleicht ist das eine Falle.
Sie arbeitet für die beiden.
Sie kriegt Kaffee und Sachertorte dafür.
Sie haben zu dritt vor dem Fernsehapparat gesessen, Elly wurde müde, da hat die Besucherin gesagt, sie soll doch ins Bett gehen, aber Elly hat erklärt, das gehe nicht, sie könnte nicht schlafen, es lägen Glasscherben im Bett, und er würde ihr die Augen blenden, der Augenmörder.
Die Frau sagt: Die andere hat Elly so gemacht.
Aber sie halten zusammen, sage ich, ich habe alles versucht, ich wollte ihnen ja helfen. Aber das lassen sie sich nicht nehmen, alles, was sie noch haben, sind die Australier.

Sie ist reich, sie hat alles. Die Australier, sagt die Frau, warum brauchen sie Australier? Haben Sie Australier? Oder ich? Wissen Sie, ich möchte sagen: Wo Geld ist, da sind auch Australier.
Mit dem Mann hat doch etwas nicht gestimmt. Woran ist er gestorben?
Gehirnschlag, soviel ich weiß.
Und die Flaschen im Keller?
Was für Flaschen?
So weit ist sie nicht gekommen, sie weiß nur, er hat unten auf den Steinen gelegen, wo Elly jetzt fegt.
Was soll ich sagen? Sie schreien es ihm hinterher, daß er nicht gehalten hat, was er versprach? Zervögelte Kleider, Schwänze, haarige Löcher, er ist schuld, er hat alles den Australiern überlassen, das Vögeln und den gefletschten Schwanz am Fenster; eines Tages ging der Boß in die Stadt und bat darum, ihn zu erlösen, sie nahmen seinen traurigen Schwanz in die Finger, weil er dafür bezahlte, vom Aktienhügel, wie er im Volksmund heißt, der reiche, greise Zürichberg, schreien sie es ihm bis heute hinterher: Du homosexuelles Schwein.
Ja, sagt die Frau, jetzt ist sie reich, aber die Kleider hängen ihnen am Leib. Der Sohn könnte sie mal neu einkleiden. Letzten Winter war ich einmal unten, sie sagt ja immer, er kümmert sich um alles, aber davon habe ich nichts gemerkt, es war so kalt, daß ich gedacht habe, er will sie einfrieren. In dem Alter hat man doch schnell eine Lungenentzündung oder so was, sie nehmen ja dauernd Vitaminkapseln, aber wenn es mal richtig über sie kommt im Winter, bei dieser Kälte im Haus, dann sind sie aber husch über Adams Hügel.

Über die Steinplatten im Garten sind die Brombeeren gewachsen, ab und zu steige ich hinauf, um mir das Gelände anzusehen, manchmal vergesse ich alles, wenn ich auf die Stadt runtersehe oder mich erinnere, daß wir früher einmal den Boden bearbeiten wollten, um einmal zu probieren, wie es wächst, das einfache Leben, gleich hinter dem Haus, wenn man als Hergelaufener plötzlich ein Stück Land hat und die Hausherrin sagt: Ja, das gehört Ihnen, damit können Sie machen, was Sie wollen. – Der Mensch denkt auf einmal an Zwiebeln, ja.

Unten geht die Küchentür auf, ich höre die Stimmen, Sträucher und Ahorn stehen zwischen uns, Elly schreit zuerst, dann schreien sie zusammen, sie erkennen mich, sie stehen in dem Loch da unten, drängen am Türspalt und jubeln, daß wirklich einer auf dem Platz der Australier steht, da, da oben, da ist er.

Frau Bjarsch schreit: Mach nur so weiter, dann bist du bald am Ende der Welt.

Elly schreit: Augenmörder, wart nur, bis der Staat kommt und dich kastriert.

Wenn jetzt Passanten vorbeikommen, sehen sie, daß im Garten einer steht, der ihnen den Rücken zudreht, deshalb erkennen sie nicht sofort, was er macht, sie gehen ein paar Schritte weiter, um von der Seite besser hinzusehen, und jetzt sehen sie, daß er seinen Hosenschlitz aufmacht und seinen Schwanz rausholt, er pinkelt, während von unten geschrien wird, er pinkelt mit hohlem Kreuz bergab, eine friedliche Haltung, wenn das Geschrei nicht wäre, ich weiß aber, daß keiner vorbeikommt, ich weiß, daß keiner Anzeige erstattet. Keiner bringt mich zur Strecke, schreit nur, da bin ich, lila, das ganze Zimmer, so war es doch immer, lilalila, ganz nah, der Scheinwerfer, er wedelt, die Australier sind da.

Im Café Schober backen die Engel, alles ist zierlich, süß und heilsam, im Café Schober wird heute oder morgen niemals jemand erschossen. Wenn man hier sitzt und Kaffee trinkt, glaubt man, daß man noch nicht an der Reihe ist. Wenn es gerade auf dem Weg liegt, trinken wir einen Kaffee. Jetzt bleibt sie stehen, geht keinen Schritt weiter, aus, etwas stimmt doch nicht mit uns, siehst du, wenn der eine zwei Meter vorausgeht, weil der andere im Gehen die Zeitung liest, dann denkt man, dem ist alles egal, dem ist egal, wie man durch die Stadt läuft. Wenn man jetzt einfach weitergeht und hinter der nächsten Ecke verschwindet, dann sieht er das nicht, er geht und geht, man sagt: Wollen wir etwas unternehmen? Er antwortet: Was denn? Dann läßt man es bleiben. Oder man sagt: Wollen wir einen Kaffee trinken? Ja, sagt er. Aber wie sich das anhört, ja, geh nur schon voraus, ich komme irgendwie nach. Die Abstände werden größer. Man müßte stärker sein, bessere Nerven haben, dann könnte man eines Tages hinter der nächsten Ecke verschwinden, aber so bleibt man plötzlich stehen, und die Leute rennen einen fast um, die Leute machen eine Fresse, die sehen nicht, daß man halbtot stehenbleibt, komm doch, komm, siehst du das nicht, wie ich aussehe, wenn du mich so durch die Stadt laufen läßt?
Wir stehen vor dem Café, aber wir gehen nicht hinein.
Nein, sagt sie, jetzt nicht mehr.
Dann fährt sie los und hat dieses Gesicht, alles egal, wie sie dasitzt und das Auto laufen läßt, mit dem sie jeden Moment alles erledigen kann, wenn sie will. Wie hast du es lieber? Ein Ruck nach rechts oder links? Die Finger, das Gesicht, das Steuerrad, sich alles einprägen, damit man es später gegen sie gebrauchen kann, nein, jetzt, sofort.
Kurve.
Jetzt. Schreien: Gefällt dir das, ja? Fahr weiter so, gut, fahr die Leute doch kaputt, los, drauf, der da, der ist richtig, der

hat noch nicht kapiert, daß es schwer ist, ihn nicht umzulegen. Mach doch, fahr sie kaputt, drüber, los, einfach drüberhoppeln, dafür sind sie ja da.

Der Chef sieht das Foto seiner Söhne an, das auf dem Arbeitstisch steht. Er weiß nicht, was mit ihnen los ist. Sie vernichten alles. An einem einzigen Wochenende zerstören diese Kinder, was ihnen vor die Finger kommt, sie sind ja nicht dumm, nicht wahr, es ist nicht wie früher, wir machten auch etwas kaputt, aber was jetzt passiert, kommt fachmännisch aus den Köpfen, sie denken auf Schritt und Tritt, das ist der Unterschied zu früher, sie spielen nicht mehr, sie arbeiten, sie bringen sich in Form, sie proben etwas, aber was? Haben Sie das Interview mit dem jungen Amerikaner gesehen, der gerade aus dem Kampfgebiet gekommen war und gefragt wurde, wie das ist, wenn man eine MPi hat? Er sagte, das sei ganz einfach: Wenn das Leben gefährlich ist, und man hat eine MPi, dann ist man auch gefährlich. Das verlernt er nicht mehr. Warum haben sie alle, kaum daß sie gerade stehen können, den Finger am Abzug? Als der Chef so alt war wie seine Söhne, da hatte er ein bemaltes hölzernes Stopfgewehr. Wenn er abdrückte, flog ein Korken raus, er traf aber nie etwas, denn der Korken hing an einer Schnur, die den Korken nach einem Meter Schußbahn wieder aus der Luft riß. Der Chef sieht den Unterschied: Früher verkaufte man nur den Knall, heute lernen sie, daß sie schneller ziehen müssen als der andere. Er sagt: Alle drei Söhne haben den gleichen Federal Agent Trommelrevolver aus Aluminium, sie wissen genau, worauf es ankommt: Auf ein präzises Schußloch in der Stirn.
Richtung Orelliweg, Kürbisse, Schrebergärten, plötzlich ein Hinweis an der Kiste, sie steht am Waldrand und ist voll

Splitt für den nächsten Winter, ein einzelnes hektographiertes Blatt, Namen, Kolonnen, an alle Spaziergänger: Ist das fremde, das ausländische Wachstum im Lande noch national vertretbar? fragt das Blatt, gezeichnet: Niemand.

Achtung: Die Schweiz – Brutanstalt Europas?

Geburtenziffer der Stadt Zürich im Oktober 1969	
Totalgeburten	36
Ausländergeburten	21
Ausländeranteil	58,3 %

In Zürich wurden geboren:

Canzoneri, Filippo Gerardo
Castagna, Pasquale
Cucuzza, Vincenzo
Gambella, Sonia
Montano, Ersilia
Morciano, Domenico Antonio
Paiano, Claudia
Pineda, Alexandra
Santoro, Tina
Sciacca, Nunzia
Simma, Claudia Caroline
Suppa, Filomena
Tommasi, Antonietta
Valdella, Patrizia

Und so weiter. All die Nachkommen der Hilfsarbeiter, Schneider, Elektriker, Maroniverkäufer, Gigolos, Müllmänner, Kellner, Tankwarte, Köche aus dem Süden, das ganze Pack, das zeugt und wirft und zwischendurch die Karnickelköpfe leersuckelt, das gibt Sperma, und eines Tages stehen unsere Töchter im Tagblatt und sind die Mütter dieser Bastarde.
Wir wollen saubere Geburtsanzeigen.
Wir fragen: Wie soll das enden?
Die guten Faschisten haben immer recht, wenn Vater und Mutter so handeln, daß sie Bastarde vom Vaterland fernhalten. Der Chef sieht das Foto seiner Söhne an. Er sagt: Sie wissen genau, daß wir es sind, die alles bezahlen, was sie zerstören.
Dann setzen sie ihre Arbeit fort.
Dann machen sie eine neue Fliege.
Dann gehen sie nach Hause.
Der Chef hat auch das Foto seiner Frau auf dem Arbeitstisch.
Sie sind täglich eine Familie.
Das ist brauchbar in einem anständigen Beruf.

Wenn sie sieht, wie andere den Goof schieben, weiß sie, was sie verhindern will: Ich kann das Geschrei nicht hören, sie sind abstoßend. Wie sie behaupten, Kinder zu sein. Was heißt das? Sie sind brutal, von Anfang an, sie fressen und scheißen, dann hauen sie ab, es gibt überhaupt keine Kinder.
Was macht die Arbeit?
Die Cheflaborantin sagt, das Fliegenfutter ist zu dick, der Koch sagt, Mais und Hefe waren immer so, aber sie verlangt anderes Futter, der Koch sagt, leck mich am Arsch, die

hat keinen im Bett, das Futter war immer so, die Leute sind krank, das merkst du nicht, weil alles gleichmäßig abläuft, bis plötzlich so ein Moment kommt, die Laborantin fängt an, Wasser in das Fliegenfutter zu schütten, sie läßt sich nicht davon abbringen, sie würde eher schreien und heulen, so fängt es an. *Das Programm, glücklich zu werden, ist nicht zu erfüllen. Die Welt läßt uns darben.* Die Männer sind am Ende die Verlierer in dem Geschäft, der Mann ist ein faschistischer Affe.

Ich seh mich an, sagt sie, dann weiß ich Bescheid. Wir sind alle wahnsinnig beschäftigt, aber das macht nichts, solange es was zu tun gibt.

In der Laborküche trifft sie eine Schabe, sie bückt sich vorsichtig, stülpt das Glas über die Schabe und schiebt Briefpapier drunter. Dann fängt sie noch vier Schaben, das Ergebnis der Untersuchung ist günstig: 3 Männchen, 2 Weibchen, die Weibchen haben unter dem Bauch eine Bruttasche, die ein Eipaket von ca. 40 Eiern aufnehmen kann. Wir können uns auf sie verlassen, eine Zeitlang werden sie das Paket herumtragen, dann, kurz vor dem Schlüpfen der Larven, legen sie nach alter Schabenart die Last in die Nähe menschlichen Proviants. Ihr Leben ist in zwei große Abschnitte eingeteilt, in Fressen und Saubersein. Es gelingt ihnen, stundenlang die Beine und Fühler durch den Mund zu ziehen und den anhaftenden Schmutz zu entfernen. Sie sind bekannt für ihren glänzenden Körper und den unbeteiligten Gesichtsausdruck, denn bei rund 3500 verschiedenen Arten können sie ihrer Sache sicher sein.

Sie hebt das Glas, damit wir sie bewundern.

Gefallen sie dir? Sie gehen nie wieder weg.

Sie sitzen still hinter Glas und kennen die Regel, daß jede Bewegung, die über die Waagerechte hinausgeht, nutzlos ist. Sie warten auf ihren Einsatz, sie versprechen gute Arbeit, sie reiben die Fühler am Glas, um zu zeigen, daß sie

bereit sind. Pro Jahr ca. 300 Nachkommen, fünfmal häutet sich der Nachwuchs, dann füllen sich die Bruttaschen und so weiter, Lebenserwartung etwa 3 Jahre.
Die Küchentür an der Rückfront des Hauses ist geschlossen, wenn Elly nicht schreit. Hier geht es nicht. Wir müssen durch die Haustür. Ich werde das Glas in der Rocktasche haben, wenn wir die Miete zahlen. Man wird uns nicht nachweisen können, daß wir etwas verändert haben, wir haben keine Bewegung am Boden gesehen, wenn Jakob fragt, ob wir vielleicht wissen, aus welcher Richtung sie kommen, wann das anfing, ob wir auch die Tiere in der Wohnung haben? Nein, bei uns sind sie nicht, sie müssen von draußen gekommen sein, auf die gewöhnliche Schabenart, durch Wandern, mehr können wir ihm nicht sagen.
Und wenn sie sich ausbreiten? Wenn sie eines Tages runterkommen und in deiner Küche rumflitzen, was dann?
Willst du kneifen?
Ich meine nur, erklär das mal einem, warum wir Schaben auf sie loslassen.
Sie hat die beiden Schaben, die im Spiritus lagen, einmal mit nach Hause genommen und den Eltern gezeigt. Nimm sie weg, hat Mama gesagt und hat sich abgewandt, nimm sie weg. Sie hat so hilflos gelacht, als hätte sie alles, alles falsch gemacht, da, nach all den Jahren setzt man ihr plötzlich Schaben auf den Tisch. Sei nicht grausam, nimm sie weg, hat sie gesagt, während Wela diesen Ausdruck im Gesicht hatte wie früher, diese Freude, na was ist, mußt du kotzen oder weinen? dieses Lachen über eine gelungene Strafe für Mama, wie früher, wenn Wela an der Wand stand, gegen die sie gerade den Puppenkopf geschlagen hatte, schreiend, weinend, vergeßt es nicht: Wer seid ihr? Wo seid ihr? Ihr seid nicht da, auch wenn ihr im Zimmer seid, ihr existiert nicht, da, das ist für den Fleiß, die Geschäftigkeit und ja ja ja die Geborgenheit. Nach so einem

Anfall hat sie dem Puppenleib wieder die alten Verbände angelegt, hat ihm die Schmerzen ausgeredet und hat ihn irgendwann wieder an die Wand geschmettert.
Es ist ganz einfach. Wir zahlen die Miete, dabei laufen uns ein paar Schaben aus der Tasche. Du mußt sie nur ablenken, du sprichst mit ihnen, frag nach den Australiern. Dann zeigen sie dir, was wieder alles kaputt ist. Das Glas muß offen sein, wenn wir reinkommen, dann brauch ich sie nur in die Küche zu säen. Sie stürzen auf ihre Plätze, in die Verstecke, Ritzen, dann feiern sie das Leben, indem sie den Saft aus der Drüse pressen, Ausscheidungen, sagen die Jäger, widerlicher Geruch, sagen sie, aber die stinkende Drüse auf dem Rücken ist kostbar. Sobald sie festen Boden unter den Beinen haben, rollen sie die Fahne aus, sie kehren immer wieder zu ihr zurück, auch in völliger Dunkelheit, eine Schabe verfehlt nie die Fahne, so daß ein Haus, daß derart besiedelt ist, praktisch nie wieder schabenfrei gemacht werden kann, Gegenmaßnahmen haben nur einen vorübergehenden Erfolg, die Fahne bleibt, die Schabe wandert, ein derart beflaggtes Haus wird die Wanderer immer anziehen.

Guten Tag.
Schönen guten Tag.
Elly hinter dem Türspalt: Was soll es sein?
Die Miete für Madame.
Sie ist in ihrem Schlafzimmer im ersten Stock, Elly geht die Treppe hinauf. Wenn ich Frau Bjarsch die Quittung über die Miete zum Unterschreiben vorlege, setzt sie die Lesebrille auf, sie gebraucht nie den Ausdruck Augenmörder, wohin? fragt sie, dann zeige ich auf den Strich, etwas höher, ja, so ist es gut, sie tut so, als sehe sie den Strich nicht, auf den sie die Unterschrift setzen soll, sie hat es gern, wenn ich

um den Salontisch herumkomme und ihr den Wisch vorlege, mit so einer Handbewegung vom Diener.
Jetzt kann ich ungehindert in die Küche gehen.
Wela bleibt an der Küchentür stehen.
Unter den Schrank, sagt sie, worauf wartest du noch?
Damals haben mich die Herren verhört, dann haben sie mich gnädig ins Land gelassen. Dem Inspektor bin ich noch etwas schuldig für den Blick, mit dem er mich entlassen hat: Ich kriege Sie schon, eines Tages, ein Blick in die Pässe. Dann könnte er sagen: Ich habe gleich gesagt, nicht ins Land lassen, man hat es ihm angesehen, keine sauberen Gründe, nur private, steht ja auch in den Briefen, er hat gedacht, wir fallen auf den Schmus rein, aber es hat ja keiner auf mich gehört, gezeichnet: Weidmann.
Zürich
Aufenthaltsbewilligung
Widerruflich
Zweck der Einreise
Name
Vorname
Beruf
Gültig bis
Gesinnung
Stichwaffen?
Feuerwaffen?
Hiebwaffen?
Gebühren
Total 45 Franken
Der fehlbare Ausländer wird entfernt.
Viel Glück
Treten Sie näher.
Namens der Vereine und der Zunft Oberstrass laden wir Sie zum Besuch der Bundesfeier am 1. August freundlich ein. Bei jedem Wetter. Erster allgemeiner Gesang, der Musik-

verein Harmonie spielt eine Strophe: *Wo Berge sich erheben am hohen Himmelszelt, da ist ein freies Leben, da ist die Alpenwelt. Es grauet da kein Morgen, es dämmert keine Nacht, dem Auge unverborgen das Licht des Himmels lacht, das Licht des Himmels lacht.*
Singt alle.
Ja, die fromme Seele ahnt
Gott im hehren Vaterland.
Schlußmarsch.
Anschließend Abbrennen des Bundesfeuers auf der Wiese. Gute Nacht.
Die Aufenthaltsbewilligung kann widerrufen werden, wenn der Ausländer sie durch falsche Angaben oder durch Verschweigen wesentlicher Tatsachen erwirkt hat.
Am Küchenschrank lasse ich zwei Schaben los, Seite an Seite rennen sie unter den Schrank, die anderen drei verschwinden unter dem Spülstein.
Elly hat immer abwehrbereit in der Ecke gestanden, als fürchtete sie, man könnte ihr etwas wegnehmen. Da ist die Gardine an der Küchentür, die trübe Fensterscheibe, da sind die Lappen, die Ellys Augen vor dem Lichtstrahl schützen sollen, dahinter der Garten, die schräge, verfilzte Wand, wo der Augenmörder steht.
Im Keller habe ich eine alte Sichel gefunden, ich habe den Garten teilweise niedergemäht, er sah danach so kahl und gesäubert aus. Auch Ellys Geschrei war anders.
Wela sagte: Ich meine, es ist lauter geworden, seit der Garten so kahl ist.
Dann fragte sie: Hat es dir gut getan?
Die Herren im blauen Drillich, die jetzt die Blätter zusammenfegen, haben sich gewundert, wie Frau Bjarsch sagt, sie haben gefragt, warum der Garten plötzlich so schlecht aussehe.
Ich stand unter dem Magnolienbaum und war von oben

nicht zu sehen. Auf der Terrasse sprachen die Schwestern über das Gartengerät. Elly sagte: Ich habe ihm alles gegeben, und was macht er damit? Es steht da unten in der Ecke und rostet, der Spaten, die Harke, der Fuchsschwanz, der Alte gibt es nicht zurück.
Aber jetzt ist es mein Garten, das wissen sie noch nicht. Was jetzt hochaufgeschossen dasteht, ist nur so gewachsen, weil ich es vorher abgeschlagen habe, so stand es noch nie, ich brauche das Gartengerät nicht mehr. Der Hund steigt gern die steile Treppe hoch und knackt Weinbergschnecken, manchmal, wenn er mir zeigen will, wie gut er sich eingelebt hat, wedelt er beim Kauen.

Das ist der Herbst, der Andenkenstein, Büchner, *Ein unvollendet Lied* und so weiter *sinkt er ins Grab* und so weiter, alles vorn im Gebüsch, neben der Bedürfnisanstalt, *Der Verse schönsten nimmt er mit hinab* und so weiter, die Leute in Darmstadt schicken wieder, Schleife und weiße Nelken, einen Kranz an das eiserne Fußende, sie treffen immer den richtigen Fleck da vorn im Gelände.
Wo bleibt Jakob? Es ist kalt in der Wohnung. Warum kommt er nicht rechtzeitig und stellt die Heizung auf Winter um? Er läßt uns alle in der Kälte sitzen, bis sie telefonieren: Du mußt kommen, es wird Winter.
Erinnerst du dich?
Es war am Anfang, aber wir wollten ihre Beweise nicht haben: Jakob hatte einen anonymen Anruf bekommen. Eine weibliche Stimme. Die Frau hat ihn angegriffen, sie hat ihn beschimpft, beleidigt, sie hat über das Haus gesprochen und das Geschrei. Natürlich, hat Frau Bjarsch gesagt, Elly muß sich ja wehren, sie hilft sich, wie sie kann, manchmal schreit sie, das darf sie, wenn man es mit diesem Pack zu tun hat.

Sie meinen die Australier?
Das Wort hatten wir gerade gelernt und sprachen es bald geläufig aus.
Wir sagten: Vielleicht ist sie es gewesen, die Rifze, sie hat Ihren Sohn angerufen, weil sie vor die Tür gesetzt wurde. Frau Bjarsch hat es gefallen, wie wir auf ihrer Seite standen.
Was hat die Frau gesagt?
Das wußte sie nicht genau, Jakob hat aber gefragt, ob der Anruf vielleicht von unten kommen könnte, von den neuen Leuten im Haus. Ja, nun sehen Sie mal, Ihre Frau ist ganz blaß geworden. Sie hat Wela getätschelt, als müßten vor allem die Finger genießen, daß wir jetzt täglich im Haus waren, für den besonderen Zweck. Sie brauchen nicht zu erschrecken, hat sie gesagt, Sie sind jetzt bei mir. Ich habe meinem Sohn gesagt, daß er das nicht sagen darf. Was denkt er sich? Ich nehme nur anständige Leute. Aber es ist angerufen worden, gerade jetzt, wo Sie eingezogen sind, das ist es ja.
Sie hat es ihm gesagt, daß wir eine Wohnung suchten, um so zu leben, einfach so. Dann hat er wahrscheinlich gesagt: Du nimmst immer die falschen Leute auf. Deshalb ist es ja auch so, wie es ist, in deinem Haus.
Als ich vor ihren Augen das Sommerkleid zerrissen habe, waren sie mit mir zufrieden, Frau Bjarsch hat gesagt: Das ist wahr, Sie sind der erste, der mir ein Kleid zerreißt, kommen Sie, sehen Sie mal in den Spiegel.
Sie haben mich in die Diele gebracht und vor den riesigen Spiegel gestellt, zwischen den goldenen Lorbeerblättern des Gipsrahmens stand einer, dem die Lappen aus der Hand hingen. Die Schwestern haben gelacht, aber nur Frau Bjarsch hat Goldzähne.
Excüsi, sagte Elly, der Herr ist so groß heute.
Frau Bjarsch: Sehen Sie, zwei Köpfe sind Sie größer.

Elly: Bei uns sagt man, die Kleinen macht der Herr, die andern müssen selber wachsen.
Sie haben es Schritt für Schritt gemacht, aber Jakob hat uns schon damals mit einem Ruck in die Sache hineingezogen. Als wir einmal im Haus waren, konnte er nur noch sagen: Die Sorte kenn ich. Wenn etwas passiert, denkt er sofort an die Wohnung unten, das ist die Arbeit langer Jahre, von da unten ist es immer gekommen. Er war uns eine Antwort schuldig. Frau Bjarsch war in unserer Wohnung, als ich ihn anrief. Ja, fragen Sie ihn nur, er soll mir nicht vorwerfen, daß das Weib ihn angerufen hat, er ist ein Mann, er soll damit fertig werden, sprechen Sie mit ihm, er soll wissen, daß wir uns hier oben verstehen und gut zueinander sind.
Ich habe ihm gesagt: Meine Frau war das nicht. Wie soll sie es gewesen sein? Sie sind doch im Büro angerufen worden, sagt Ihre Mutter.
Ja, es war im Büro.
Sehen Sie, wir kennen die Nummer Ihres Büros ja nicht.
Er hat erklärt, daß er einen derartigen Verdacht nicht ausgesprochen habe, er habe uns ja noch nicht einmal gesehen, er habe im Laufe des Telefongesprächs mit seiner Mutter nur ein paar Fragen zur Person gestellt, wie man eben nach neuen Leuten im Haus frage.
Was ist mit diesen Australiern? Wer ist das?
Es gibt sie, aber das muß ich Ihnen erklären, wenn ich im Haus bin. Die Frau, die mich angerufen hat, kannte die Familienverhältnisse genau.
Ich habe ihm versichert: Wir wissen nichts über Ihre Familie. Ihre Mutter hat uns darüber nichts gesagt, wir lassen es auch nicht dazu kommen, da können Sie sicher sein. Wir räumen hier etwas auf, im Garten, hier und da, wir beschäftigen sie schon. Wenn sie sehen, daß alles besser aussieht, kommen sie auf andere Gedanken. Wir machen das schon. Was hat die Frau gesagt?

Sie hatte sich alles zurechtgelegt, er hat ruhig zugehört, wie sich die bodenlosen Behauptungen überstürzten, ein Witz, sagte er, eine lächerliche Anklage nach der anderen.
Heute denke ich, es war vielleicht die kleine laute Doppelagentin, die uns hinter der Hand mit Nachrichten versorgt, wieder hineingeht und uns bei Kaffee und Sachertorte ans Messer liefert, die Hausangestellte, die nicht an Ellys Besen vorbeigehen wollte. Ich habe sie in der Seilbahn beobachtet, sie hat, wenn man länger hinsieht, hinterhältige Handbewegungen, wenn sie während der Fahrt mit dem Schaffner spricht.
Jakob wollte uns loswerden, aber Frau Bjarsch hatte andere Pläne, sie hat, wie soll ich sagen, die Hand schützend über uns gehalten. Später haben wir ihn weichgemacht, den haben wir in den vergangenen Monaten aufgebaut, er bleibt lieber draußen und macht sich die Finger nicht dreckig, er denkt, uns geht es um die Geborgenheit.
Haben Sie schon einmal einen solchen Anruf bekommen?
Noch nie.
Später hat er dann von den Leuten gesprochen, die alles für sie tun, Kramarz und die anderen. Ich kenne sie alle nicht, hat er gesagt, aber ich weiß, daß sie da sind. Es ist wie eine Verschwörung.
Wogegen?
Gegen die anderen.
Vielleicht gibt es gar keine anderen.
Da könnten Sie recht haben, hat Jakob gesagt. Aber das ist Ihre Sache.

Frau Bjarsch hat damals neben dem Telefon gestanden und hat angefangen, vor Wut zu weinen: Er soll es nicht sagen, er soll es nicht, Fäuste hat sie dem Telefon gezeigt, aus dem nur seine Stimme kommt, das ist mein Haus, ich sage hier, wer da ist und wer nicht. Sie hat mir den Hörer abgenommen und hat reingeschrien: Hörst du, es sind meine Leute, ich laß mir das nicht nehmen, von keinem, auch nicht von dir.

Ich habe mich angemeldet, ich bin unterwegs zur Sprechstunde. Sehen sie mir das nicht an? die Leute in der Seilbahn und der Schaffner unter seinem falschen Haar. Es ließ sich nicht mehr aufschieben, sagt man, die Berge so nah, Föhn? der Abend kommt näher, an dem der Sprecher der Tagesschau den Satz vom vergangenen Jahr wiederholt: Über weite Teile des Landes brach heute der Winter herein. Schulkinder, wie man sieht, fahren gern Seilbahn, ich bin alt, ich habe keinen Tornister mit Fohlenfell auf dem Rükken. Wenn die Assistentin fragt, ob ich versichert bin, sage ich: Nein, ich zahle privat, was sich so anhört, als wäre ich auf der Durchreise. Hören Sie, ich muß hier raus, wie soll ich sagen, in der linken Schulter ein Druck, ein Gewicht, es geht nicht mehr weg. Die kriegen mich nicht, da oben. Sie sagt, du hast nichts, hier steht es, daß du nichts hast, so ein Mensch hat einen schmalen, langen Thorax mit spitzem, epigastrischem Winkel, die Röntgenuntersuchung zeigt nicht selten die längliche Form des Herzens, ein medial gelagertes, tiefstehendes, tropfenförmiges Herz, die Herztöne sind gewöhnlich laut und rein, sie folgen einander in raschem, gleichmäßigem Tempo, man spricht auch vom Kaninchenherz. Da hat sie schrill gelacht und ganz vergessen, daß sie keine eigene Adresse hat, daß das hier eine Absteige ist, daß wir die Art des Hauses angenommen haben, und daß wir kein Abreisedatum kennen. Er soll mir eine Diagnose machen, an der man sich so oder so festhalten kann, ich will ihn nicht lange belästigen, sonst kommt man am Ende noch auf die Idee, daß andere Zeiten angefangen haben, auf einmal ist man in der Kartei und kommt nicht mehr raus. Guten Tag, noch immer dieselbe vernichtende Gehilfin, da hinein, Wartezimmer, dann kommt sie wieder und bringt das Pißglas, es handelt sich um, sage ich, da hinein, sagt sie, ich muß alles machen, Urin, Blut, alles, ich verstehe: So einfach kommen Sie nicht davon. Ich will dankbar sein, für alles, das ist der richtige Platz, das Bett, das Gummituch, man sucht unter den falschen Landschaften an der Wand eine aus, die besonders weit entfernt ist, man tritt ein in das Bild und geht langsam auf den Punkt zu, an dem man erwartet wird. Die primäre Änderung des Bewußtseins, wie man sagt, ruft zum Teil eine Anzahl autosuggestiv entstandener subjektiver Empfindungen in der Herzgegend hervor. Das Mädchen hantiert, so ist es richtig, daliegen und mit Kabeln zugedeckt werden, darunter bist du vorläufig sicher, hier vermuten sie dich nicht, es war ein plötzlicher Entschluß, vielleicht kommt sie gerade die Steintreppe runter, Elly steht oben und wartet, wie es weitergeht, da ist Frau Bjarschs weißer Kittel auf der Treppe, der Hals, der Kopf, die Haarreste, im Abstand von knapp zwei Metern steigt sie an mir vorbei, aber zwischen uns sind die Hortensiensträucher. Das war so ein Tag, da hat sie gedacht, die sitzen vor dem Haus in der Sonne und tun so, als sei alles in Ordnung, ich werde ihnen eine Spritze geben. Wir haben ein Gehör dafür bekommen, wie oben die Haustür aufgeht, und wie es dann auf uns zukommt, wir lassen die Stühle stehen und schließen lautlos unsere Tür, dann beobachten wir, wie sie die Treppe runterkommen, komm doch, komm und brich dir den Hals, sie hat um die Ecke gespäht und nur die leeren Stühle gesehen, sie hat sich wie geprellt herumgedreht. Sie war so sicher, daß es funktionierte, ein Ruck, das Aufhören eines Gesprächs, diese plötzliche Leere, in die sie schlurft, während sie weiter auf die Pantoffelspitzen hinuntersieht, aber schon etwas ausruft, dann das Räuspern, Verschlucken von Rotz und Schleim auf der Zunge, dann steht sie vor uns. Diesmal wurde sie es nicht los. Hast du gesehen, wie sie es runterwürgte? Das vergißt sie nicht, daß wir nicht da sind, wenn sie uns braucht, sie hat Elly böse zugerufen: Kein Mensch da. Alles zu.

Einatmen, ausatmen, am Kopfende kritzelt das EKG, ich helfe ihm, ich verspreche gute Angaben, damit es gute Angaben macht, ich verlasse mich ganz auf den Apparat neben mir, das Mädchen ist weit weg, am Fenster, da steht ein zweiseitiges Holzgestell, eine Treppe, die auf beiden Seiten zum Gipfel führt, ich bin in den besten Händen, geben Sie nur die Kommandos, das ist das Schöne, jetzt rafft sie die Kabel weg, aufstehen, über die Holztreppe, sechzigmal, rauf, runter, hin und zurück, ich zähle stumm, sie zählt laut, die ersten dreißig Stufen sind leicht, dann wird die Zunge filzig, filzige Mundwinkel, umdrehen, jedesmal ist der Kittel wieder da. Ausziehen, ja, wo soll man das hinlegen? über den Stuhl, oder haben Sie Bügel, Bügel, einen Bügel? oder Stuhl, ja, wo? hier oder da, und unten der Verkehr, in dem jetzt all die Leute herumgehen, die nicht angemeldet sind, morgen, ja, morgen sind sie dran, wenn ich wieder draußen bin, ich besauf mich, wenn ich noch nicht kaputt bin, warten, dastehen, die Wörter, die man sieht, draußen, Drogerie, Schule, Post, jetzt von rechts nach links, ein plötzlicher Entschluß, wie gesagt, aber ich bin gut vorbereitet, ich seh mir das genau an, weil ich weiß, daß ich an der Reihe bin, eins nach dem andern, ich begreife rechtzeitig das Wort Arm, mein Arm, ich strecke den Arm aus, ich sage mir: Was sie gerade braucht, das soll sie haben, ich behalte nur das Wort Arm, Arm, wenn sie in die Vene sticht, gute Vene, dick, blau, keine Rollvene, das Mädchen sticht gut, klebt das Pflaster auf, läßt meinen Arm los, danke, was braucht sie noch?

So schnell wie möglich, hat sie gesagt.
Ich habe verstanden: Los, immer dieselben dämlichen Gesichter, wenn sie vor der Treppe stehen und nicht wissen, wie sie über die paar Stufen hinweg sollen, zum Kotzen, los, hau ab.
Was noch?
An die Wand.
Körpergröße
Gewicht
Überall blinkt etwas.
Hier ist die Auskunft.
Halt dich fest.
Geborgenheit
Nadel
Pißglas
Waage
Glasröhrchen
Sieh mal.
Da liegt dein dickes Blut auf der Fensterbank und stirbt.
Der Doktor schaltet das Licht ein, die Farbe der Geisterbahn, früher rollte der Fahrgast an Schädeln und Blutsaugern vorbei, lachte geblendet und war für ein paar Groschen wieder draußen und gerettet. Im grünen Licht stieß immer derselbe Knochen zu und verfehlte die Karre nur um Zentimeter, Seufzen, Stöhnen, im Orkus sollen sie angeblich schnattern, nie kamen die Gespenster von der Wand los, man konnte immer noch eine Runde riskieren, das Gerippe anspucken, sie zogen über die Märkte, im Jahr darauf kamen sie zurück, man stieg wieder in die Karre, das eigene Aufblitzen war das Schöne in der Bude. Der Beleuchter hinter der Bleiplatte ist inzwischen ein reicher Mann geworden, alles ist echt, er sieht sogar, wie tief dir die Scheiße im Arsch sitzt, die Hoffnung, er hat dir damals nichts getan, er wird dir auch heute nichts tun, irgendwie ist das doch abgemacht

zwischen uns beiden, nicht wahr? Halten Sie den Atem an, atmen Sie wieder. Dann sitze ich auf dem Stuhl neben seinem Schreibtisch, keiner bringt mir das Hemd, warten, daß sich in dem hellen Sprechzimmer etwas bewegt, der unsagbar helle Arzt an der Schreibmaschine, der mir den Rücken zudreht. Was hast du? Warum bist du hier? Es geht dir gut, es ist einfach, ohne Hemd dazusitzen, landschaftlich gesehen, ich bin jetzt angekommen, eine vernünftige Gegend, momentan besteht keine unmittelbare Lebensgefahr. Der Mann hat einen staublosen Acker, das Extrazimmer, noch kann ich aussteigen und darauf verzichten, was er mir sagen will, ich will es nicht wissen, es geht mir gut, sagen Sie selbst, daß wir nur geprobt haben, ich gehe jetzt, ich gehe um die nächste Ecke, wo es Pizza gibt. Aber es geht nicht, die Assistentin bewacht mein Kostüm da draußen, rührt in der Pisse, spielt mit dem Blut, lassen Sie mich laufen, ich bezahle gern die Unkosten, das schöne grüne Licht, schicken Sie mir die Rechnung.
Er dreht sich herum.
Wer sind Sie?
Frühere Krankheiten
Stellen Sie keine Fragen.
Sehen Sie über die Schulter.
Was sehen Sie?
Ja, so ist es schön.
Weiter
Krankheiten der Mutter
Metastasen
Krankheiten des Vaters
Deutsch, gefallen.
Machen Sie weiter.
Ich antworte zweimal, einmal für ihn, einmal für mich.
Seit wann haben Sie?
Das erste Mal?

Diese?
Leben Sie hier?
Haben Sie eine Erklärung für diese?
Das ist es, ich bin nicht auf der Durchreise, wie es vielleicht aussieht, ich meine, der Platz, wissen Sie, das Land, der Platz. Das gehört nicht in sein Zimmer, ich weiß, er soll nur feststellen, ich meine, was daran organisch ist, kann das sein? Er legt die Liste auf die Seite und ruht sich aus, er denkt vielleicht, daß er jetzt was Gutes für mich tun muß, vielleicht versuchen sollte, aus seinem Lichtkreis rauszukommen, aber er ist von heute, keine falsche Kameraderie.
Auf die Fleischrampe, das Mädchen bringt das EKG herein, sie halten den Wisch an beiden Enden fest und lesen, aus großer Entfernung lese ich mit, die Spitzen, die Täler, das sind die guten Angaben, das bin ich, es ist zum Lachen, zum Kotzen, ich winke dankbar aus großer Entfernung, die Füße in der Luft, ich kann noch mal aussteigen, du hast es gehört, ein gutes Herz, weiter nichts. Aber sie trauen dir nicht, sie setzen dich auf den Tisch, da ist es wieder: So leicht kommen Sie nicht davon. Jeder will kurz vor der Wahrheit noch abspringen. Sonstige Symptome? Wachen Sie morgens schon mit dem Glauben an die zunehmende Gefahr in den Eingeweiden auf? Ich kann dich sehen, während ich auf dem Tisch sitze, du kommst mir entgegen und hast diesen irren Haufen Wäsche auf dem Arm, den man zu zweit verbraucht, du schleppst ihn hin und zurück, dazwischen rotiert die Wäschetrommel. Erinnerst du dich? Eines Tages hast du im Supermarkt vor den Brotregalen gestanden, und das Scheißleben hat plötzlich ausgesetzt, das konntest du nicht mehr, das Brot rausziehen und wieder weggehen wie immer, abschleppen, was man dann frißt, es ist ja nicht das Scheißbrot allein, tatsächlich, reinkommen und alles kurz und klein schlagen, das wäre die einzige Methode, wieder Zeit zu gewinnen, wieder freie Hand zu haben.

Sie legt den Haufen Wäsche hin und will nicht mehr.
Riechen Sie das nicht, Doktor? Dieser typische Geruch im Haus, ganz abgesehen davon, daß sie ihren Führerschein nicht finden kann, ich meine, die Zeit, die allein dabei draufgeht, wenn man den Führerschein nicht findet, das ist nie eine Wohnung, aber wohin mit dem Krempel?
Das ist so ein Tag, an dem sie nicht antreten will wie sonst und nicht mehr machen will, was Mama gemacht hat, waschen und bügeln, damit der Mann im Weiß seines Lebens schnarchen kann. Jetzt sind sie alt, und was haben sie gehabt? das Weiß ihres Lebens, Scheiße, sagt sie, sitzt neben dem Haufen Wäsche und kann nicht mehr.
Ich bin ja auch dafür, schrei ich, leg dich in die ungebügelte Wäsche, schmeiß das Eisen doch in den Mülleimer.
Aber sie kann es nicht.
Mama steht noch hinter ihr.
Sie sagt: Man fühlt sich wohler in gebügelter Wäsche.
Das wäre noch eine Lösung, einfach auf dem Tisch sitzenbleiben, ich meine, ich könnte draußen ja mal probeweise sagen: Ich bin nicht mehr derselbe, es steht noch nicht fest, ob man es jemals wieder reparieren kann. Mal sehen, was sie dann für Augen macht, man kann ja jederzeit widerrufen und sagen: Jetzt habe ich es dir mal gegeben. Das war für den Irrsinn in diesem Haus und für die Polizei, die bei uns im Bett liegt, so ist das hier, ich bin nicht verrückt, ich war beim Spezialisten, es war ein vernünftiger Tag heute.
Das machen wir manchmal zusammen, sie an dem einen, ich an dem anderen Ende des Lakens, glattziehen, falten, weglegen, fertig.
Du hast recht, sagt sie, der Arsch verknittert sowieso alles über Nacht.
Draußen warten ein paar Leute vom letzten Sommer, der Doktor will etwas finden, woran man gar nicht gedacht hat. Er arbeitet an der Leber, einer, der sich ganz auf seine Fin-

gerspitzen verläßt und dafür sorgt, daß der andere so landschaftlich daliegt, dann greift er nach unten und kneift die Eier, drückt links, rechts, schweigt weiter, er holt sich seine Auskünfte nicht wie früher, das ist nicht der, der mit der Ledertasche ins Haus kam und mit roten Gummischläuchen wedelte, er gibt sich auch nicht mit dem schönen alten Hammerschlag gegen das Knie zu erkennen, er geht an seinen Schreibtisch zurück, Winken ist zwecklos, ich komme schon irgendwie von dem Tisch runter und hole ihn wieder ein, der Schwanz ist noch dran, ich habe gedacht, es ist weg, alles weg, als er plötzlich zugriff, ich hatte ja vollstes Vertrauen, daß er es wiederfindet. Hören Sie mich, ja? In dem Haus liegt die Polizei im Bett, sie haben eine eigene Methode, sie kastrieren langsam. Aber wer konnte das ahnen? Die Sache fing gut an. Früher fragte man sich, auf welche Weise Hexen die Geschlechtsteile wegzuzaubern pflegen. Erinnerst du dich an den Mann aus Ravensburg, der plötzlich nichts mehr zwischen den Beinen hatte? Er sah und fühlte nichts mehr an der Stelle, wo es gesessen hatte. Die Ravensburgerin, die ihm angeblich das Glied wegnahm, hängte es ihm wieder an, erinnerst du dich? Er erwürgte sie fast, da hat sie ihm schnell die Hand zwischen die Beine gesteckt und hat gesagt: Da hast du zurück, was du verlangst. In der Akte steht, er habe während der Berührung durch die Hexe deutlich gespürt, wie ihm sein Eigentum wieder anwuchs und bis aufs Gramm wieder an ihm hing, noch bevor er sich durch Augenschein und Tasten davon überzeugte, daß sie ihm seine Gesundheit wiedergegeben hatte.
Ich habe es geschafft, ich sitze auf dem Tisch, der für Leute vom letzten Sommer dasteht. Was soll man machen? Einmal in den dreißiger Jahren, früher oder später, muß man ja doch auf die Klingel drücken, dann geht man ins Wartezimmer und sieht wie die andern aus, die dasitzen und an der Reihe sind.

Vor ein paar Tagen haben sie transplantiert, die neuen Fliegen sollten white-apricot eyes haben, aber sie haben ganz andere Augen, Farben, die keiner erwartet hat, verschwenderisch, irgendwas ist schiefgegangen, der Chef weiß noch nicht warum. Dann ist noch eine andere Fliege da, Wela hat sie noch nie unter dem Mik gesehen, die Fliege hat keinen Geschlechtsapparat, Wela hat die Superfliege in ein Glas gesetzt und hat mit rotem Fettstift auf das Glas geschrieben: O. G., ohne Geschlecht, sie sagt: Die Fliege kann nicht leben, alles zu, wenn sie frißt, muß sie irgendwann platzen. Der Chef weiß nichts von der Fliege, sie stand nicht auf seinem Plan, sie gehört Wela.
Was kannst du noch?
Sie war allein, der Chef hielt ein Referat, sie weiß nicht mehr, wie ihr Finger unter das Mik gekommen ist, plötzlich sah sie ihn, sie hat das Skalpell genommen, mit dem sie sonst die Fliegen seziert, und hat, angefangen bei der Fingerspitze, den Finger in kleine Stücke geschnitten, sie hat das Fleisch sauber vom Knochen geschabt, Blut ist nicht geflossen, das hätte die Sicht verdorben, ja, es ist eine Erholung, wenn man arbeiten kann, was man will. Die Haut war über die Nägel gewachsen, unter dem Mik konnte sie die Haut präzise abtrennen, sie hat alle Nägel gesäubert, der Finger lag unter dem Mik und ließ alles mit sich machen. Wir haben doch ein sauberes Labor, aber du glaubst nicht, wie dreckig so ein Finger ist, sie sagt, sie war an diesem Tag plötzlich fasziniert von so einem Finger. Der Chef sprach über die Morphogenese: Warum hat der Hund die vier Beine gerade an den Stellen, wo er sie hat? Eines Tages, sagt sie, haben wir die Möglichkeit der genauen Zucht und Auswahl. Ein langer Weg. Ab und zu liegt der Zeigefinger unter dem Mik, es schmerzt nicht, wenn das Skalpell eindringt, es hilft irgendwie unterwegs, wenn man allein ist.
Ich bin eine Runde Geisterbahn gefahren, früher war das

Zähneknirschen zu hören, Gelächter und Heulen, jetzt ist es still, dank der veränderten Bauweise und der reibungslosen Abfertigung hört man uns nicht mehr. Mehr können wir im Moment nicht tun, alles Weitere ist Ihre Sache, es kommt jetzt darauf an, daß Sie die Lage objektivieren, nehmen Sie das hier, einzunehmen gegen einen Symptomenkomplex, bei dem vielfältige psychische und körperliche Beschwerden, sich gegenseitig beeinflussend, miteinander verflochten sind, er schreibt, stempelt, damit sind Sie vorläufig in Sicherheit. Das ist so ein Laufpaß, damit Sie sich hier so schnell nicht wieder sehen lassen. Ich gehe, bin schon im Nebenzimmer, Hemd, Hose, Schuhe, das ist ein Wiedersehen, vielleicht, was vielleicht? bring ich ihr morgen Pralinen mit, wenn ich noch mal vorbeikomme und frage, was mit der Pisse und dem Blut ist. Bis morgen sind die Werte ermittelt, verspricht das Mädchen, Hämoglobin, Erythrozyten, Leukozyten, Cholesterin, Harnsäure, Gerinnungszeit, Sie können auch anrufen, da hat sie wieder das Gesicht, das sie hatte, als sie mit mir an der Treppe arbeitete: Los, hauen Sie ab. Zuerst hat sie mir zugesehen, dann hat sie beim Zählen zum Fenster rausgesehen. Wie viele hat sie heute schon über die Treppe geschickt? Ja, sage ich, morgen rufe ich an, morgen, der Idiot wollte Ihnen Pralinen vorbeibringen. Wofür? Daß er wieder in seinen Anzug paßt?
Ich habe angerufen.
Es war alles in Ordnung.
Die Ergebnisse hat sie nicht genannt, ich habe auch nicht danach gefragt, später habe ich angefangen zu glauben, daß sie das Material einfach zum Fenster rausgeschmissen hat. Die Rechnung ist gekommen, aber kein Beleg über die Werte, ich habe nicht reklamiert, ich war damit beschäftigt, wieder draußen zu sein.
Es war die 5-Uhr-Vorstellung, später werde ich sagen: Ich war im Kino, ja, ich war auch beim Arzt, du hattest recht,

nichts Organisches, ja, wir gehen essen, Pizza, er hat alles untersucht, er hat sogar an den Eiern gefummelt, macht einen guten Eindruck, der Mann, das reicht mal wieder für die nächsten 10 Jahre. Es war irgendwo in der Nähe von Mexiko, Berge, Sonne, es ging um die Art, wie man den toten Mann übern Sattel legt. Es gab in den Bretterstädten schon einen blühenden Handel mit abgetragenen Sachen aus bürgerlichen Kleiderschränken, schwarze Sonntagsanzüge, einzelne Hosen, Westen und Zylinder, die Killer trugen Anzüge von amerikanischen Familienvätern, es ging um ein altes amerikanisches Handwerk, den Tod.

Die Ballade vom besseren Leben und den Leuten, die es schon haben.

Wenn man den Mann zu Pferd
sieht, wie er aus der Flasche trinkt und geradeaus
nach Escondido reitet, weil der
Gouverneur ihm und allen Schnellfeuerspezialisten

die Amnestie versprochen hat,
dann weiß man, auch so ein Reiter
will bürgerlich werden
wie einer, der gerade im Parkett sitzt.

Im Kino, das weiß man, ist es schön,
weil dem Pepsodentmädchen niemals die Zähne ausfallen.
Also reitet er in die Ebene,
wo der Anstreicher ein schönes Plakat gemalt hat

für Reiter und sonstige Heimkehrer,
damit alle lesen und sehen,

wie es mit der Einbürgerung gemeint ist:
Prepare to meet God. Denk täglich dran.

Oh klar, daß wir gleich 10 Pistolen
auf den Tisch legen und amnestiert werden,
jetzt sind wir also richtige Bürger
mit einer richtigen leeren Hüfte und Lebensabend

und wollen frisch rasiert und mit der neuen
Weste an der Brust
endlich durch die Stadt ins Bett reiten.
Aber plötzlich kommen die Killer wegen der Prämie

und feuern trotz Amnestie so circa 20 Schuß
in das Pepsodentgebiß, das gerade
zu einem neuen Lächeln ansetzt, im Kino,
das weiß man, kommt jeder mal dran,

wo wir doch nur nach Escondido wollten
oder sonstwohin wegen der geregelten
Mahlzeit, jetzt liegen wir da, und eine Sirene heult
ganz nebenbei, aber nicht, weil das Trinkwasser so stinkt.

Im milden Herbst sind sie fast täglich vor unseren Fenstern unterwegs, der schlampige weiße Kittel und der Hund, langsam auf und ab, damit wir einsehen, daß es so bleibt, sie klingelt und klopft nicht, sie plant einen Winter für uns.
Manchmal schreibe ich einen Brief und erkläre, wie wir uns eingelebt haben: Wir unterscheiden uns nicht mehr von der Umgebung. Ich denke beim Briefschreiben daran, wie ich auf der Strecke vom Schreibtisch zum Briefkasten alles hinter mir lasse, die Reiseart ist vorgeschrieben, es kommt darauf an, daß man nach wenigen Metern umkehrt. Einmal hat Frau Bjarsch an der Eisentür gestanden und hat gefragt: Wohin?
Ich habe gesagt, daß wir bald Besuch kriegen, im Brief stehe, wann er am besten kommen soll.
Sie hat gesagt: Früher hatte ich immer Gäste im Haus, jetzt liegen sie überall.
Ja, das ist immer so. Aber jetzt haben Sie ja den Apparat.
Was für ein Apparat?
Das Fernsehen.
Ja, das weiß ich, ich brauche keinem zu schreiben. Die Herren sind immer da, wenn ich einschalte.
Die Herren, sagt Wela, mir macht sie nichts vor, der Boß war ihr letzter Kunde, Paris, Zürich, die Herren, sie war mal im Puff, und die andere hat ihr schon immer die Schuhe gewichst.
Wie geht es? fragt Jakob am Telefon. Haben Sie einen schönen Herbst? Ihre Terrasse gefällt mir, das sieht gut aus, der Rasen und alles andere.

Sie kommen, der Köter geht in die Hocke, breitbeinig pißt er in den Rasen, hier ist es bequem für ihn, oben muß er sich unter die Sträucher drängen oder auf die Steine pissen. Elly spritzt heißes Wasser über die Urinflecken, sie fegt und schreit. Im August war Aprikosenzeit, Frau Bjarsch kniff die unreifen Früchte, später pflückte sie eine und zerbiß sie langsam auf den Fingerspitzen, sie spuckte das Fell über die Mauer, später, als die Aprikosen gut waren, schluckte sie auch das Fell.
Ernten, habe ich gesagt, wir müssen sie ernten, weil ernten ein gutes Wort ist, das auf andere Gedanken bringt, sie sollte dabeistehen und sehen, daß wir Jakob nicht brauchen, der früher die Aprikosen pflückte, sehen Sie, wir vier machen das ganz allein, ein guter Sommer, wenn man sich versteht. Aber sie sagte, wir warten noch einen Tag, sie sind noch etwas hart, ich sage Ihnen schon, wann wir sie pflücken. Dann kamen die ersten Wespen und Fliegen und setzten sich auf die weichen Früchte, Frau Bjarsch stand vor den höchsten Zweigen des Spaliers, das an der Stützmauer hochwächst, und schleckte das Fruchtfleisch von den Fingerspitzen, sie beugte sich über die Zweige und griff tief in die Baumspitze, sie kniff zwischen all den sitzenden und schwirrenden Wespen in die Früchte, manchmal stand sie günstig auf der glitschigen, überall im Rasen aufgetürmten Wurmerde.
Wenn sie runterfällt, sagte Wela, lassen wir sie liegen.
Der weiße Kittel schwankt, weht, sie fällt durch die Zweige, im Fallen streift sie einen roten Pantoffel ab, der in den Zweigen hängenbleibt. Wir rufen Jakob an und sagen: Kommen Sie schnell, ein Unfall, wir haben ihr schon vor Tagen gesagt, die Aprikosen müssen vom Baum, wir wollten das für sie erledigen, aber sie wollte nicht auf uns hören, glauben Sie uns: Wir haben sie nicht über die Mauer gestoßen, es hat sich so ergeben.

Sie schmatzt weiter, sie pflückt die Baumspitze leer und läßt die tiefer hängenden Aprikosen verfaulen, die während der nächsten Tage vor die Garage fallen. Sie hat die Garage an einen Herrn Wendel vermietet, der in der Nachbarschaft wohnt, die Früchte zerplatzen vor der Einfahrt, gelber Matsch liegt auf dem verschlissenen Zementbelag. Es klingelt, da steht Frau Bjarsch mit dieser hochgewachsenen Frau Wendel, die hat blaue Steine an den Ohrläppchen, sie ist ungeduldig, sie wird in der Stadt erwartet, 100 Franken zahlt sie für die Garage, sie verlangt eine saubere Einfahrt, man soll sich ihre Schuhe ansehen, da, wenn sie zum Wagen will, muß sie durch Wespen und gelben Gelee, im letzten Jahr war es nicht so. Wieso fallen in diesem Jahr die Aprikosen ab? Warum tut keiner was dagegen?
Frau Bjarsch fingert an den Zweigen, sie verlangt, daß ich hinuntersehe: Wie konnte das passieren? Sie passen nicht auf? Wozu sind Sie denn da? Sie sagt es nicht, aber sie klingelt und zeigt, daß sie einen hat, der hier zuständig ist. So wie es jetzt unter dem Baum aussieht, war es noch nie, immer haben die Enkel am See die Aprikosen vom Zürichberg gegessen, sie tastet, sie murmelt, das muß weg, sagt sie, nehmen Sie einen Besen, Elly kann nicht alles machen. Das ist derselbe Ton, in dem sie von Schäden und Zerstörungen spricht, von etwas, das wir zulassen, obwohl sie uns gnädig ins Haus genommen hat. Aber diesmal schweigt sie, kein Wort über die Australier, auf einmal hat Frau Bjarsch so einen Blick, der mich um Schweigen bittet, verraten Sie uns nicht an die da, sagen Sie kein falsches Wort, Sie sind schon so lange hier, Jahre, nicht wahr? Jahre, Sie haben sich eingelebt, gehören doch nicht mehr auf die andere Seite. Frau Bjarsch will dieses fleischige, bemalte Weib nicht ansehen, die Frau ist mit ihrem weißen Hut und ihren Sommerhandschuhen so übertrieben wirklich, das macht die Umgebung plötzlich ruinenhaft. Frau Bjarsch geht in den Schatten,

unter den Magnolienbaum, da spricht sie mit dem Spalier, ich soll ihr diese Frau vom Hals schaffen, damit wir wieder unter uns sind, sie war plötzlich da, was will diese Frau? sie hat doch eine gute Garage, was ist denn plötzlich anders? Mein Sohn kommt. Er pflückt immer die Aprikosen. Vielleicht hat er viel zu tun und kann nicht kommen. Man muß das wegmachen, ja.
Ich habe geschwiegen, ich hätte leicht hinter der Hand sagen können: Es ist nicht meine Schuld, ich wollte ja schon vor ein paar Tagen die Aprikosen abnehmen. Aber sie war dagegen. Ich hätte es mit dem Unterton sagen können: Was haben Sie erwartet? Sie wissen doch auch, daß hier alles anders ist. Warum habe ich nichts gesagt? Bin ich einverstanden? Probiere ich aus, wie nah wir uns gekommen sind in diesem Haus? Eine Hand wäscht die andere, ich schweige, und sie setzt uns nicht auf die Straße, sie läßt die Polizei nicht zu nah herankommen, sie bringt die Polizei immer rechtzeitig auf die andere Fährte: die Australier. So mußt du das mal sehen, uns schnappen sie nie, mit den Australiern tarnt sie uns vor der Polizei. Es ist alles in Ordnung, der Puls, der Kopf, das Gelände, lückenlos, ich bin nicht verrückt, wir lassen keine fremden Personen herein, ich bin treu.
Sind Sie der Hauswart? hat die Person gefragt.
Ich habe nur gesagt: Ich wohne hier.

Die guten Familienväter im Labor haben ein Superfoto an die Wand gehängt, Größe ca. 100 mal 60 cm, ein Weib, das kniet und sich mit beiden Händen auf den Schenkeln aufstützt und so über die Schulter blickt, daß man unter dem Arm die körnige Warze sieht. Die Herren sehen aber vor allem das fachmännisch eingetragene Muster auf dem Körper, die Linien um die Fleischstücke und auf jedem Fleisch-

stück die Nummer wie im Handbuch für die Küche des Gaststättengewerbes (Methodische Grundlagen, Rezepte und Berechnungen), wo die Kuh steht und die Handschrift des Verbrauchers auf dem Leib hat. Bei dem Weib ist der Kopf da, wo das Wort Kopf auf dem Stirnbein steht.
Gehirn, sieht einer das Wort Gehirn?
Keiner sieht es.
Alles andere ist da.
Hals
Brust
Nachbrust
Federstück
Nierstück
Filet
Roastbeef
Vorschlag oder Nuß
Eckstück
Schenkel
Stotzen
Zu Hause sagen sie nichts davon, sagt sie. Einen Tag, bevor der Chef in die Armee geht, hat er die Uniform an, so sind sie alle, kaum haben sie die Uniform am Arsch, sieht man erst richtig die Scheiße im Mann, er kommt ins Labor und hat auf einmal den Ehering an, weil die Frau zu Hause hysterisch wird und winselt, da hat er ihr den Gefallen getan, dein Soldat bleibt sauber, die Frau ist abhängig von dem Schrott, und was er von ihr hält, zeigt der Mann, wenn er vor richtig fotografiertem Frauenfleisch steht und sagen kann, wo die besten Stücke sitzen. Erst hängen sie es an die Wand, dann rufen sie nach der Laborantin, um zu sehen, wie du reagierst, wenn du plötzlich vor dem Kuhfleisch der Frau stehst und dir die Definition ansiehst. Sie haben sich gefreut, denn es war ja so, daß der Laborkittel plötzlich von ihr abrutschte, darunter war sie genau so stückweise gemu-

stert und numeriert wie das aufgehängte Modell. Man lernt die Scheißer immer besser kennen, hat sie gesagt, sie haben keinen Witz gemacht, dieses aufgehängte Weib hat alles, was eine Frau heute ist, vergleiche die von Männern gemachte Fleischschauverordnung: Nach der Fleischschauverordnung hat der Fleischschauer zu entscheiden, ob das Fleisch als bankwürdig, d. h. gesund und zur menschlichen Ernährung geeignet ist. Solches Fleisch wird mit dem ovalen Stempel versehen. Sie war keine Spielverderberin, sie hat das Superfoto angesehen und hat so getan, als hätten sie einen Witz gemacht.

Wie fühlen Sie sich? hat einer gefragt.

Wie immer, hat sie gesagt. Zeigen Sie es auch mal zu Hause.

Warum?

Dann haben sie auch mal was zu lachen, Ihre Muttikühe.

Das hat ihnen gefallen, wirklich, das würden sie auf jeden Fall zu Hause erzählen, was für eine Laborantin sie hätten, andere Frauen, Mädchen hätten den Witz nicht so verstanden, hätten das persönlich aufgefaßt und so weiter, aber sie behalte klaren Kopf, nicht wahr? sie habe also nichts dagegen, daß die Frau so gemustert sei, von Natur aus?

Als sie später allein waren und wieder transplantierten, hat der Chef gesagt: Sie sind eine sehr gute Mitarbeiterin, aber Sie sind keine normale Frau.

Er konnte es nicht genau erklären, auf seinem Schreibtisch steht das Foto seiner Frau und sieht ihn an, der Hauptmann ist im Zivilleben ein guter Staatsbürger.

Der Briefträger hat eine Karte mit zwei eingestanzten Ringen gebracht: Das Brautamt halten wir in der Herz-Jesu-Kirche, die Hochzeitsfeier findet statt im *Jägerhof*, fließend Wasser, gutbürgerliche Küche, ein naher Verwandter, ich

schicke ihm ein Rezept aus dem 6. und 7. Buch Moses: Reibe deinen Leib mit Rabengalle ein, und die Liebe wird nie enden. Sie haben nicht geantwortet.
Nach dem Frühstück sehe ich zu, wie sie in den Wagen steigt und abfährt. Wenn sie einen Tag hat, an dem sie transplantieren muß, trinkt sie morgens Tee, um eine ruhige Hand zu haben.
Wie war es? werde ich mittags fragen.
Heute morgen singt Zarah. In einigen Minuten werde ich die Hundeleine vom Wandhaken nehmen. Ich saß einmal in einem Landkino und sah Zarah, es war ein schöner Krieg für Zarah und für mich, ich saß in der Loge im Plüsch, im Kino mit Zarah zusammen war der ganze Krieg aus Plüsch, jetzt stopfe ich Zarah das Maul, dann sehen wir uns den Morgen an, ich weiß, jetzt kann nichts passieren, um diese Zeit ist es noch still im Haus, die Rolläden sind noch nicht hochgezogen. Eine halbe Stunde später steckt die neue Nummer des *Tagblatts* nicht mehr im Briefkastenschlitz, dann weiß ich, sie leben noch. Wenn morgens im Haus noch alles still ist, denke ich manchmal, sie stehen jetzt nicht mehr auf, die Täter kamen über Nacht, sie kannten sich aus, Frau Bjarsch befestigte die Geldscheine mit einer Sicherheitsnadel am Kittel, in Herznähe, wir hatten gerade Altweibersommer. Sie waren schon draußen, so früh am Morgen, vielleicht war ich auch länger als eine halbe Stunde unterwegs, Elly hat schon die Zwergpalme begossen, plötzlich ist diese Schmeißfliege da und hüpft auf den Steinplatten, die Wicken sind über die Treppenmauer gewachsen, alles ist wieder da, wenn ich zurückkomme, Tag und Nacht die Geräusche im Haus, das Auf- und Zumachen der Schlösser und Riegel, wenn die Schwestern die Türen kontrollieren, das Schießen in den alten Wänden, das Aufschlitzen von Holz, das Klopfen der Hunderute auf dem Teppich. Weiter komme ich nicht, da ist dieses andere Geräusch, das Schwirren, dann der Luftzug,

das Wedeln in den Blumen, das widerliche Flattern der Wicken, die dir so gut gelungen sind, ein dichtes Beet, in dem plötzlich das Loch ist, dann ist der Fliegenschwarm draußen, hier schlug die Schere in die Hecke, jetzt liegt der Trödel da, wie sie sagen, frische haarige gelbe Hundescheiße in den Wicken, hier kann der Köter nicht hochsteigen, die Mauer ist zu hoch, er war das nicht.
Ich säubere die Wicken mit deiner Blumenschaufel, drehe den Wasserhahn an der Hauswand weit auf, durch die Hecke sieht keiner, wie ich gebückt arbeite, es hat auch keiner gesehen, wie ich die Hand mit der Blumenschaufel über die Straßenmauer gestreckt habe. Jemand hat ihr Telefon umgeworfen, ein Stück ist herausgebrochen, jemand wird ihre Telefonschnur herausreißen, sie wissen schon wer, dann liegt sie im Bett und hat die Sicherheitsnadel im Kehlkopf. Wer ist es gewesen? Elly? Eine alte Rechnung? Das Kichern will ich noch hören, wenn die Polizei kommt, ich begieße die stinkenden Kletterblumen. Man sieht ihn schon am Morgen bei den Blumen, sagen die Leute vielleicht hinter der Gardine, er macht einen guten Eindruck.
Die Schwestern haben gesehen, wie ich vom Spaziergang zurückgekommen bin, sie warten noch ein paar Minuten, dann kommen sie heraus, Elly sagt, wie es war: Heute morgen steht sie auf, geht in den Keller, um das Mineralwasser zu holen, da stinkt es ihr entgegen, da haben sie es in der Nacht vor der Kellertür auf dem Teppich gemacht, jetzt ist er wieder sauber, aber der Fleck ist noch da, wo sie mit Bürste und Schwamm gerieben hat, das soll ich mir ansehen, sie bringen mich vor die Kellertür, da ist der Fleck, alles naß, ein Fleck groß wie ein Menschenarsch. Sie hätten nichts dagegen, wenn ich mich hinkniete und am Teppich schnüffelte, damit würde ich alle meine Fehler wiedergutmachen.
Wo ist der Trödel?

Es gefällt ihnen, wie ich schon am Morgen in ihrer Sprache mit ihnen umgehe, er versteht uns immer besser.
Ich habe ihn fortgebracht, sagt Elly, auf dem Kehrblech.
Wohin?
Das will ich Ihnen sagen, erklärt Frau Bjarsch. Ich habe ihr gesagt, bring ihm das. Elly hat den Trödel in Ihre Blumen geworfen, ja, damit Sie es mal glauben, was wir mitmachen. Sonst glaubt er es ja nicht, mit ihm machen sie das nicht, jetzt soll er es mal so haben wie wir.
Das müssen Sie mir zeigen.
Kommen Sie. Zeig es ihm, Elly. Und Elly geht voraus, geht auf die Wicken zu und zeigt mit dem Finger auf die Stelle. Aber da ist nichts.
Ich sage: Ich habe nichts gesehen. Ich habe gerade die Blumen begossen, hier soll es ja gut aussehen.
Frau Bjarsch beobachtet Elly: Das weiß ich, daß Sie das machen, das weiß ich. Wie strafend steht sie hinter der Schwester, es ist schiefgegangen, Elly hat es falsch gemacht, Elly will aber beweisen, jetzt, in diesem Moment, wie treu sie lebenslänglich gedient hat, und daß sie den Beweis auf dem Kehrblech durchs Haus balancierte, daß sie ihn die Steintreppe runtergetragen und da, da abgelegt hat. Sie zerrt die Wicken auseinander, bückt sich tief in die Hortensien, sucht an Stellen, wo es nicht gewesen sein kann, sie sucht und wühlt dann nur noch in den Sträuchern, um der Schwester dieses Wühlen zu zeigen: Siehst du mich? Ich war immer für dich da.
Ich sage ja, ich habe den Blumen Wasser gegeben, da sehen Sie noch das Wasser unter dem Hahn.
Elly stöhnt.
Ich finde es schon.
Sie finden nichts.
Elly schreit.
Immer ist es bei uns.

Die Alte sagt: Ruhig, ruhig. Ja, überall ist Laub. Man sieht ja nichts.
Hören Sie, ich will Ihnen was sagen, der Hund frißt zuviel. Wenn Sie ihn nicht rechtzeitig nach draußen lassen, was soll er dann machen? Dann scheißt er Ihnen auf den Teppich. Vielleicht ist er krank.
Afra hat damit nichts zu tun.
Die Haare fallen ihm ins Fressen, das kann man beweisen.
Ja, beweisen Sie nur, Sie beweisen gar nichts. Und wenn er es getan hat, dann kriegt er eine Spritze. Aber das sind die Säue, die Australier. Merken Sie sich das. Oder wollen Sie, daß ich ihm eine Spritze gebe?
Wir lassen es im Labor untersuchen, Wela macht es kostenlos, sie bringt es Ihnen schwarz auf weiß, daß es, wie soll ich sagen, nicht menschlich ist, gut, es ist nicht von Afra, aber es ist auch nicht menschlich, hören Sie, das kriegen Sie wissenschaftlich bewiesen.
Ja, was macht das Fräulein? Sie ist im Labor.
Komm jetzt, sagt sie zu Elly. Bestellen Sie der Frau einen schönen Gruß, wenn sie kommt. Sie haben es hier unten besser als wir da oben. Haben Sie auch das, wie sagt man, die Herren, haben Sie auch so ein Ding?
Was für ein Ding?
Excüsi, Madame meint das Fernsehen.
Jeden Abend sprechen wir zusammen, sagt Frau Bjarsch. Kennen Sie die Astronauten? Ich kenne sie, ich bin ja von der Haute Couture, ich war lange Jahre in Paris, meine schönste Zeit, ich habe noch Lampen aus Paris, Sie können mal kommen und das Ding sehen. Haben Sie eins? Haben Sie mal das Kleid auf meiner Schneiderpuppe gesehen? Ach, die Arbeit, die Arbeit in so einem Haus, das Kleid wird nie fertig. Dann mach ich das Ding an, und die Herren sind da und kennen mich, und dann ist es ein schöner Abend, es ist nicht gut, wenn der Mensch allein ist. Komm jetzt.

Am Nachmittag kommen sie wieder.
Wela sagt, das ist die Methode, erst schlagen sie zu, und wenn es nicht klappt, dann sagen sie: Einen schönen Gruß, genießen Sie das Leben.
Elly streckt uns das Kehrblech entgegen, drei tote Schaben, erschlagen, in der Küche waren sie. Aber ich passe auf, sagt Elly. Auf einmal blinkt es so auf dem Fußboden, Afra hat gebellt, das Kalb ging nicht von der Stelle, der Kasper stand da und nickte und nickte, als kriegte er keine Luft mehr, Elly weiß, wie es ist: Sie pressen den Saft aus den Drüsen, um die Hunde zu betäuben.
Frau Bjarsch: Jetzt ruf ich den Staat an, jetzt müssen sie raus.
Wer?
Ja, sehen Sie das nicht? Die Australier.
Wela sagt: Sie müssen siebzigprozentigen Alkohol spritzen, vielleicht sind noch andere da, dann sterben sie.
Soll ich auch noch zahlen für das, was die Säue hier machen?
Ich sage: Schaben wandern.
Wandern? sagt Frau Bjarsch. Die Säue haben sie in der Tasche.
Excüsi, wenn sie nichts Besseres zu tun haben, dann machen sie es mit den Schaben.
Und was machen sie sonst?
Haja, auf der Terrasse sind sie, da läßt sie sich das Loch jäten.
Wela sagt: Schneiden Sie ihn doch ab.
Was?
Den Schwanz.
Excüsi, wie wollen Sie das machen? Sie laufen ja weg.
Er ist doch immer am Fenster.
Ja.
Auch nachts?
Ja, wenn ich in meinem Schlafzimmer bin und mich bücke, fackelt er sofort mit der Lampe an meinem Steiß.

Wissen Sie, was Sie machen? Sie stecken Rasierklingen in die Jalousien, und wenn er ihn durch die Jalousie stecken will, schneidet er sich den Schwanz ab, Sie müssen überall Rasierklingen aufstellen.
Sie lachen, sie sind heute wieder zufrieden mit uns, heute passen wir gut zusammen.
Frau Bjarsch sagt träumerisch: Rasierklingen.
Von der Seite sieht sie auf Ellys Barthaare.
Wir haben Rasierklingen.
Es geht nicht, sagt Elly, sie sehen alles.
Frau Bjarsch: Sie will ihre Rasierklingen nicht hergeben.
Excüsi, das Fräulein meint es ja nicht so.
Doch, sagt Wela, er gibt Ihnen seine Rasierklingen, wir machen das zusammen.
Einmal, sagt Elly, hat er mit der Lampe so gefackelt, der Augenmörder, daß ihr ganz schwindlig wurde, bis sie kotzen mußte, aber sie hat aufgepaßt. Sie betont es im Beisein der Schwester, daß sie all die Jahre für ein reines Haus gesorgt hat, aber dieses Pack hat immer wieder versucht, die Arbeit kaputtzumachen, damit es aussah, als würde sie schlecht arbeiten, ja, damit Madame sagen sollte: Wozu bist du überhaupt gut? Damit Madame sagen sollte: Jetzt inseriere ich und hole ein richtiges gelerntes Dienstmädchen ins Haus. Und wer hätte sich dann auf das Inserat gemeldet? Die Rifze. Und sie hätte alles an sich gerissen, man hätte sie viel zu spät erkannt, denn sie hat viele Gesichter. Also war ihr einmal zum Kotzen, aber da hat sie das Nachtgeschirr mitten aufs Bett gestellt, um besser kotzen zu können, während das Schwein immer mit der Lampe geblendet hat, damit sie neben den Topf kotzte, ins Bett, damit Madame sie bestrafen sollte. Aber Elly hat es nicht getan, sie meint, am Ende war sie noch immer die Stärkere.
Noch haben wir nicht verloren.
Noch sind zwei Schaben im Haus.

Und wenn es nur Männchen sind?
Es ist aber anzunehmen, daß die Schabenweibchen ihre Eier schon untergebracht haben, wir können mit Nachwuchs rechnen.
Frau Bjarsch: Was machen die vielen Autos in der Straße? Haben wir einen Todesfall?
Heute hat sie in der Zeitung eine Todesanzeige gelesen, die Person kommt ihr bekannt vor, Frau Bjarsch will den Namen sagen, den der Tod diesmal hatte, aber sie erinnert sich nicht mehr.

Der Liquidator setzt ein fettes Inserat in die Zeitung, dann stehen die Leute früher auf als sonst, sie kommen in die fremde Straße und stellen sich vor die Haustür. Es war das Haus auf der anderen Seite, Professor Steiger war ein bekannter Chirurg, Spezialisten kennen das genaue Alter einer Witwe und zählen die Tage, bis sie aus dem Straßenbild verschwindet, die Stadt ist mit Antiquitäten übersät.
Die Leute waren wie eine breite, lange Familie im Vorgarten. Wer zu spät kam, stand weit hinten auf der Steintreppe an der hölzernen Vorgartentür, die letzten drängten sich auf dem Bürgersteig zusammen, die ersten an der Haustür waren Profis, die ihre Packer schon dabeihatten, am Straßenrand stand schwarz und blumenbestickt ein Kanapee. Ich habe Frau Bjarsch seinerzeit gesagt, daß die Straße voller Autos war. So ist das, habe ich gesagt, mit dem Unterton, nichts, gar nichts können Sie mitnehmen. Das war Gift für sie, da verfiel sie zusehends, da hatte ich das Spiel in der Hand. Einer aus der großen hergelaufenen Familie wird sich eines Tages, weil er nicht früh genug aufsteht und nichts Besseres mehr findet, die Schneiderpuppe schnappen.
Die Frau stand mit Mantel und Hut auf der Leiter und

wollte den blauen Samtvorhang haben, aber der hing schwer in der Schiene, die Frau war um die sechzig, aus großer Höhe rief sie um Hilfe, mein, mein, der weinerliche Ausdruck, wenn sie fleddern, zerren, etwas festhalten, Angst haben, ein anderer könnte plötzlich zugreifen, junger Mann, bettelte sie, helfen Sie mir. Sie wollte mich reinlegen, es gab keinen jungen Mann. Der Aufpasser an der Tür trug Uniform und Pelerine, er kontrollierte die Ware, die hinausging, und die Kassazettel, ab und zu ließ er eine neue Gruppe herein, er war schweigsam, man sah ihm an, daß er in seiner Pelerine mehr zur Nachtarbeit neigte. Auf der Liquidation haben wir diesen Nachbarn gesehen, er wohnt in dem Haus, in dem auch Kramarz wohnt. In den ersten Wochen nach unserem Einzug ist er Wela durch sein Grüßen und Lächeln aufgefallen, dann hat er sie auf der Straße angesprochen: Warum sie noch immer die Zollnummer am Auto habe? Er hat ein schlechtes Französisch mit Schweizer Akzent gesprochen, ein Mann um die dreißig, er hat einen krummen, ältlichen Rücken, der nicht zu dem lächelnden Knabenkopf paßt, er fährt einen alten schwarzen Volkswagen. Wir haben festgestellt, daß der Mann in der Mittagspause nach Hause kommt und oft einen weißen Kittel trägt. Nach dem kurzen Gespräch über die Zollnummer hat er aber keinen Versuch mehr gemacht, Wela anzusprechen, wir haben uns dann so auf das Straßenbild eingestellt, daß es uns gleichgültig war, wenn er in einiger Entfernung an seinem Wagen hantierte. Im Gedränge sahen wir ihn ab und zu, wie er einen Korbsessel ausprobierte oder Schubladen aufzog, wie er im ersten Geschoß Pelze und Hüte so im Vorbeigehen mit der Hand streifte. Er sah den Hausfrauen zu, wie sie Bettzeug untereinander aufteilten, dann ging er mit einem Teppich unter dem Arm hinaus. Wela sagt, er habe irgendwann gegrüßt, so zwischen den Leuten hindurch, ich habe nichts bemerkt. Wir haben im Keller zwei weiße Stühle gefunden, hohe Rückenlehnen, gespreizte Armlehnen, früher haben sie im Wintergarten gestanden. Ich habe den ledernen Überseekoffer gekauft, für alle Fälle, Metallbeschläge und Grünspan, damit läßt sich fliehen, die alte Adresse steckt noch im Anhänger, gesprenkelt hinter dem winzigen Fenster, Professor Steiger auf Reisen, sie kaufte sein Chirurgenbesteck, am Anfang hat es ja so ausgesehen, als würde sie bei der Medizin bleiben, etwas von der alten Schwäche, mit dem Fleisch und Blut von Menschen umzugehen, ist bei ihr noch da, sie raffte das Etui von einem mit Abfall überhäuften Sofa. Dann kaufte sie mir den Spazierstock, den mit dem Elfenbeingriff, wo ein Hund eingeschnitzt ist, der mit einem verzückten Ausdruck auf unsichtbares Wild zuschleicht, das paßt zu ihr, mir einen Stock in die Hand drücken, dafür, daß ich in so eine Gegend gekommen bin.

Am letzten Tag der Liquidation waren die Räume so gut wie leer, die Torfballen im Keller hatte ein Gartenfreund mitgenommen, zuletzt bleiben immer die Teller und Tassen mit den eingeschlagenen Rändern übrig, die Zinkwanne für einen Säugling, die Elfenbilder von 1904, hier ist nichts mehr zu holen, das wissen die Leute, aber die letzten sind anders als die ersten, ganz anders, die letzten haben die Hände in den Taschen und wollen nichts kaufen, sie bewundern den Kahlfraß, die Feinschmecker. Auf der Fensterbank lag ein kleines Foto, in einem Lackrahmen, Professor Steiger bei der Arbeit, ein Mann Anfang sechzig, wie er gerade eine Flüssigkeit aus einem Reagenzglas in ein anderes umfüllt, um Kopf und Hände herum ist alles kittelweiß, aber die Köpfe der Assistenten, die gerade etwas lernen, sind nicht zu sehen, man sieht die tiefen Backenfalten, den gepflegten Spitzbart, die Augen sieht man nicht, der Blick ist unter den Hängelidern auf die Gläser und die eigenen Finger gerichtet, das könnte sie sein, die Einsamkeit, der Moment, wo der alte Zauberer zum tausendstenmal dasselbe macht. Jetzt habe ich seinen Spazierstock, die weißen Stühle sind im Zimmer aufgestellt, Gäste werden den steilen Rükkenlehnen und den fangbereit ausgestreckten Armlehnen vielleicht mißtrauen, aber die Einrichtung bleibt so. Man konnte ihn nicht einfach so liegenlassen, meine ich, den Spitzbart, den müden Kopf auf der Fensterbank, es war kurz vor Ladenschluß, sie wußten nicht, was er kosten sollte, weil der Preis nicht draufstand. Es sah so aus, als wollten sie ihn mir einfach in die Hand drücken, dann machte ihm die Kassiererin doch noch einen Preis: 2,50 Franken, auf dem Kassazettel beschrieb sie den Gegenstand als: 1 Bildchen. Quittung Nr. 30, Stempel: Bezahlt. J. Hurst, Liquidator, Zürich. Kein Umtausch, Reklamationen können nicht berücksichtigt werden.

Sehen Sie, Frau Bjarsch, man muß sich in acht nehmen vor dem Liquidator, er kann plötzlich der Hausherr sein.

Ein paar Wochen hat das Haus des Professors unbewohnt dagestanden, dann ist die Firma Martini & Rossi eingezogen, das Firmenschild wurde an der Vorgartentür befestigt, der Lattenzaun ist jetzt blau lackiert, die Reihe der Wagen ist länger geworden, seit die Angestellten hier parken, Wela hat auf Frau Bjarschs Frage, ob wir einen Todesfall in der Straße haben, erklärt, daß es nicht die Autos einer Trauergesellschaft sind.

Noch einmal soviel Sonne, daß wir unter dem Magnolienbaum sitzen können, Hammel mit grünen Bohnen, es geht, wenn man sich unsichtbar macht, Mahlzeiten unter dem Laub, bis sie kommen und sich über das Terrassengeländer beugen, sie riechen den Braten, während wir unter dem Murmeln, Quengeln, halblauten Beschimpfen die letzten

Bissen runterwürgen, sie wissen, daß wir uns ab und zu unter dem Baum verkriechen.
Frau Bjarsch sagt: Jetzt laß ich den Gärtner kommen, der soll ihn absägen. Wo sind sie? Er läßt sich nicht sehen. Und was ist mit ihr? Sie springt die Treppe hinunter, hoppla, wie schnell sie sind in der letzten Zeit.
Elly: Das muß dich nicht aufregen.
Der Gärtner soll ihn absägen, ich ruf den Hollenstein an.
Ja, sagt Elly, die haben sich geändert.
Eben ja, sagt die andere, wie das stinkt, sie haben einen dreckigen Stall. Und die Haare unten bei der Waschküche, er sagt, das sind Hundehaare, von Afra, die gehen doch nicht die Treppe hinunter, haja, mir kann er nichts vormachen. Die Säue schlafen da unten und strählen sich.
Elly: Der Alte lügt.
Natürlich lügt er, das Schwein, ich laß den Baum absägen. Und was hat er alles versprochen.
Eben ja, er schläft und frißt und tut nichts.
Eines Tages, sage ich zu Wela, kommen sie und verbieten dir das Kochen, sie sagen, was du kochst, das stinkt. Wie wir es machen, wir machen es falsch. Ein Glück, daß wir die Möbel nach oben gestellt haben, besonders die Ledersessel, sonst würden sie noch sagen, wir sind schuld, daß die Nähte geplatzt sind.
Sie warten darauf, daß wir sie eines Tages anbetteln: Ja, wir sind es, wir geben es zu, lassen Sie uns nur ab und zu ein wenig Luft schnappen, das ist unser letztes Angebot.
Wir beide fotografieren uns nie, es wird kein Foto von mir geben, wie ich mit dem Spazierstock eines Toten durch den Wald komme, wir gehen nebeneinander, einmal wollte sie anfangen zu schreiben. Merkst du das nicht? sagte sie, ich werde damit anfangen, wie einer immer vor dem andern herläuft, zum Kotzen, immer ein paar Schritte voraus.
Kurzen Prozeß machen, einfach hinüber in die nächste Jah-

reszeit, das liegt mir immer mehr, geradeaus, vorwärts, das wärmt noch am besten. Ich habe eine Bitte. Wie soll ich das sagen? Vielleicht drohend, mit dem Unterton: Hören Sie, wir gehen auf den nächsten Winter zu. Was ist los? Die Wohnung ist kalt. Was haben Sie mit dem Heizkörper gemacht? Haben Sie uns den Hahn abgedreht? Da sind die ersten schweren, nassen Wolken, ich weiß noch, wie ich im ersten Herbst mit dem Besen in die Hecke geschlagen habe, damit die Blätter runterfielen, der Wind blieb damals aus, einzelne Blätter habe ich mit der Hand abgestreift, Frau Bjarsch hat gesagt, man braucht den Wind nicht, wenn man Finger hat. Jetzt macht er die Hecke leer, nimmt mir die Arbeit ab. Nie haben sie mich richtig kennengelernt, weil ich mit allem, was ich getan habe, ihr Diener war, aber eines Tages kennen sie mich, ich weiß noch nicht, wie es anfängt, wenn ich kündige.
Einmal, gegen Mitternacht, als ich mit dem Hund zurückkam, waren alle Lampen in der Diele eingeschaltet, Elly schrie in der Küche, Madame stand vor dem Spiegel und setzte Hüte auf und ab, als würde sie noch ausgehen, ich meine: Reisehüte.
Ich besuche sie, ich muß das klären: Haben Sie es warm genug?
Es ist tatsächlich warm bei ihnen, aber die Heizkörper sind kalt. Sie sagt, wir frieren nicht, wir haben es warm. Diese überfüllten Zimmer, diese muffigen Lasten, sie halten die Wärme fest, machen Altweiberwärme draus, noch ein paar Tage geht das so, bis die Kälte von unten zu den beiden hochkriecht, dann werden sie runterkommen und an der Heizanlage kratzen.
Frau Bjarsch: Die Heizung ist gut.
Ja, sie ist gut. Aber es wird kälter.
Sie bringen mich zur Haustür, dann sagt Frau Bjarsch: Sehen Sie, so schlecht ist das Wetter nicht, es ist gar nicht windig.

Ich zeige in die Baumwipfel, wo man die Wirbel in den Zweigen sieht.
Sie sagt: Es ist kein Wind.
Und was ist das? Sehen Sie da oben, wie sich die Antenne biegt, auf dem Haus gegenüber.
Sie sagt: Ja, das macht sie, weil sie so hoch ist.
Schreien, ins Gesicht schreien, dafür ist es zu spät, das kennen sie. Weggehen und irgendwann wiederkommen, ganz anders, ich meine, daß sie einen nicht wiedererkennen, was bleibt mir übrig, das Gesicht im Strumpf vielleicht, damit sie umkippen, ein Trick des Wärters aus allernächster Nähe.
Morgen haben Sie es auch so kalt wie wir da unten.
Sie sind jung, sagt sie. Warum frieren Sie? Wie alt sind Sie?
Excüsi, ich habe Sie mit einem Spazierstock gesehen.
Frau Bjarsch: Sie haben schon einen Spazierstock? Sind Sie schon so alt?
Im Gehen rufe ich zurück: Einen schönen Tag noch.
Ja, danke, und einen Gruß an das Fräulein, die Frau. Wann machen Sie denn Kinder?
Was?
Wann Sie Kinder machen?
Ja, danke, einen schönen Tag noch.
Dann verschwinde ich hinter der Hauskante.
Der nächste Tag war mein Tag, sie klopften, über Nacht war ihnen kalt geworden, abgekämpft standen sie da, Frau Bjarsch zog mehrmals am gefederten Griff der Öluhr, es war genug Öl im Tank, der Hauptschalter war eingeschaltet, aber die Anlage war noch nicht auf die kälteren Tage umgestellt. Mein Sohn kommt, sagte sie, er macht es richtig, er hat gesagt, man darf da nichts verstellen. Das tun wir auch nicht, habe ich gesagt, wir müssen nur umschalten. Sehen Sie die Striche? Sommer, Winter, da steht es, links die Sonne, rechts der Halbmond, das ist alles, was wir beachten müssen, wir stellen jetzt Sonne und Mond auf die Num-

mer 5, Sie sagen es Ihrem Sohn, und sehen Sie, wir nehmen ihm ja die Arbeit ab. Danach funktionierte die Anlage richtig. Aber heute morgen ist die Wohnung wieder kalt, der Hauptschalter ist auf null gedreht.
Ich frage sie, wer das gemacht hat.
Sie geben zu, daß sie frieren.
Frau Bjarsch fragt Elly.
Elly sagt, so soll man ihr nicht kommen, so fragen, als habe sie es getan, wie mit den Fingernägeln, sie schneide sich nicht die Fingernägel über dem Tisch.
Ruhig, ruhig, sagt Frau Bjarsch, jetzt sieht er ja, wie sie es machen. Immer alles so drehen, daß man denken soll, wir haben es getan. Sehen Sie jetzt dahinter? Ja, denken Sie, wenn man das mit Ihnen so macht, was tun Sie dann? Ja, da sagen Sie nichts.
Wir haben nicht gehört, daß Elly zum Schalter gegangen ist, aber man weiß ja, daß sie nachts unterwegs ist, dieses feine Knistern, dieses leise Zerren an den Rolläden, wenn sie die Beweise anfertigt. Oder haben sie sich wieder abgesprochen? Haben sie das Frieren in Kauf genommen, weil sie damit rechnen konnten, daß ich bei ihnen reklamiere? Jetzt stehen sie da und beweisen: Ja, wir frieren alle vier, jetzt spüren auch Sie es endlich am eigenen Leib. Jetzt gehen wir mit Ihnen hinunter und schalten den Hauptschalter ein, um Sie wieder zu erlösen. Begreifen Sie das endlich?

Anfang Dezember steht man im Labor vor einem Rätsel.
Es ist normal, daß eine männliche Fliege an den Vorderbeinen Geschlechtskämme hat. Der Chef hat männliche Fliegen gezüchtet, die an mehr als zwei Beinen Geschlechtskämme haben, aber es sind auch andere dabei, die nicht geplant waren. Es ist kein Anblick wie sonst unter dem Mik, sie

kriechen wie die andern, sie fressen auch normal, es ist sogar denkbar, daß sie sich fortpflanzen, aber da sind Köpfe, die nur ein Auge haben, vielleicht etwas zur Stirnmitte hin versetzt, ein Anfang, daß man den Verdacht nicht los wird, das ist das Stirnauge, das einmal alles niedermacht, dem Erdboden gleich, das andere Auge ist nicht mehr da, an der Stelle, wo es war, ist ein Gewächs, körnig und mit Stielen nach allen Seiten, dick und breit sitzt es auf dem ehemaligen Auge, es verjüngt sich, daher kommt der plötzliche Ekel, ja, weil es sich so verjüngt. Stell dir vor, du siehst morgens in den Spiegel und hast auf einmal so eine Blüte auf der Stirn. Als sie es zum erstenmal sah, waren ihre Augen noch frisch, aber es ging sofort los, der Schwindel und dann die Brühe, die hochkam, sie hat gute Augen, ab und zu dieses Flimmern nach Massentransplantationen. Jedesmal, wenn sie die neuen Fliegen ansieht, eine andere Blüte am Kopf, es ist so, daß sie wie die richtigen Fliegen ihr Bestes tun, aber unerträglich wird es, wenn sie sich auch wie früher die Flügel putzen.
Der Nachmittag ist wieder frei wie jeder Nachmittag, weil sie nur halbtags arbeitet, sie weiß, daß sie jederzeit das Doppelte verdienen kann, sie braucht nur zu sagen, ja, ich arbeite jetzt voll, ganze Tage. Aber wie kommt sie dann nach Hause? Was bleibt von ihr übrig? Sie weiß es nicht. Der Spezialist für Meerestiere hat sie gefragt, ob sie die zweite Hälfte des Tages zu ihm kommen will, Meerestiere, manchmal fährt er selber an die Küste und fängt das Material, ich wollte fragen, an welches Meer er fährt, ich habe es vergessen, vielleicht, weil ich weiß, du bleibst hier, es gibt nichts zu reisen, Meerestiere, wir haben uns eingelebt, oder wir tun so, ist das nicht dasselbe? so kann man leben, wenn sie nicht wieder anfängt, ich will mein Zimmer haben, mein Zimmer, wo mich kein Mensch erreicht, wo ich ganze Tage für mich bin, ganze Tage bleibt die Tür geschlossen, kann

kommen, wer will, ich halte den Atem an, bis die Idioten wieder gehen.
Wer kocht dann für dich? hat sie gefragt.
Sie will in solchen Momenten, daß ich sage, geh nicht, wir beide finden schon einen Ausweg, wir lassen sie nicht mehr an uns rankommen, wir tun so, als gäbe es sie nicht. Aber das sage ich nicht, ich denke ab und zu daran, wie es wäre, wenn plötzlich alles aufhörte, mit einem Schlag, keine Stimmen mehr, keine Gesichter, keine Angriffe, alles still und unbeweglich, was für ein Haus wäre es dann?
Auch tagsüber liegen die Temperaturen jetzt unter dem Gefrierpunkt, im Dezember ist die alte Straßenbahn wieder im Einsatz, sie hat Kinder geladen, zwischen ihnen das weiße Nachthemd, der Engel, am Steuer die Figur vom letzten Jahr, der bärtige Schaffner, Runde um Runde gleiten sie vorbei, eine Dosis Frieden in das alte bimmelnde Gehäuse gestopft, innen winkt etwas. Wir gehen unter die Leute, wir brauchen andere Luft, komm jetzt, Zürichhorn, Seeluft oder Odeon, was du willst, aber fahren wir sofort, bevor wir es uns wieder anders überlegen, ich sehe, wie sie vor mir zum Wagen geht, vor mir den Weg hinunter, über die Straße, immer vor mir her, ich meine nur, wo sie doch sagt, wenn ich mal nicht Schritt halte: Du läufst vor mir her. Wo bleiben deine Vorsätze? Aufschreiben, daß dauernd einer vor ihr herläuft, mich auf Papier bestrafen, das will sie Tagebuch nennen und fängt nie damit an, das nennt sie schreiben, die andere Methode, unleserlich und vollkommen.
Sie geht zum Auto, will aufschließen, aber dann steht sie da mit dem Schlüssel in der Hand und sieht auf die Tür. In der letzten Zeit häufen sich Vorfälle dieser Art, ich erwische sie, wenn sie vergißt, was sie tun wollte, sie ruft mir manchmal etwas zu, was ich nicht verstehe, von einem Zimmer zum andern, aus einer unmöglichen Entfernung, ich töte so etwas auf der Stelle, ich sage halblaut in irgendeine Ecke

hinein: Halt die Schnauze. Dieses Schreien, warum? das kann man doch aus der Nähe sagen, sie schreit es aus dem Bett, wenn ich aus dem Badezimmer an der Küche vorbeikomme: Bring mir ein Glas Wasser mit. Jetzt steht sie vor dem Auto und ruft wieder etwas, ich sehe, daß die Haube geöffnet ist, eines Tages flitzt ihr das Ding bei 100 Stundenkilometern ins Gesicht, deine Ordnung, deine Konzentration in der letzten Zeit, sie soll nur nicht versuchen, sich damit herauszureden, daß sie nicht mehr gegen die Lage ankommt. Einmal habe ich während der Fahrt gesagt, daß sie seit ein paar Tagen unfallreif fährt, man spürt das an der Luft im fahrenden Wagen, sie wußte es schon, das war alles, was sie dazu sagte. Aber das ist es nicht, ich sehe es plötzlich vor mir, ich gebe es ja zu, es hat nichts mit ihr zu tun, an der Tür ist keine Klinke mehr, es war kein Unfall, das hätte sie gesagt, jemand hat die Klinke abgerissen, Klinke und Schloß glatt abgetrennt, mit dem Schlüssel ist da nichts mehr zu machen, diesen Tag können wir streichen, alles, was wir uns vorgenommen hatten, es braucht nur einer die Klinke abzureißen.

Heute morgen hat sie nichts bemerkt, sie ist mit der Seilbahn gefahren, um sich zu bewegen. Er hat zwei Kabel gelöst, ganz beiläufig hat er sie rausgezogen, man kann sie mühelos wieder einstecken. Will er damit sagen, daß er noch gnädig war?

Sie sollen die Streife öfter in diese Gegend schicken, das Beste ist, wir gehen zurück und rufen an. Jetzt sind wir da, wo wir nicht weiter können, sagt sie, ich habe es ja gewußt. Wenn wir die Polizei anrufen, werden sie alle möglichen Fragen stellen. So ein Protokoll machen sie nicht auf der Straße, sie werden reinkommen und sich umsehen. Wohnen Sie hier? Beide? Verheiratet? und so weiter. Die Klinke, mit der kann plötzlich alles zu Ende sein, wenn wir jetzt den Fehler machen und anrufen. Dann kann auch Frau Bjarsch

nicht mehr ablenken und sagen: Es waren die Australier. Wir haben gar keine andere Wahl, es ist nichts passiert, nichts.
Warum sucht er sich gerade unseren Wagen aus? Es sind Nacht für Nacht genug andere in der Straße. Vielleicht steht er jetzt zufrieden hinter der Gardine und denkt, daß es eine gerechte Strafe ist. Siehst du nicht irgendwo am Fenster eine Bewegung, ein Gesicht? Ja, er war noch gnädig, er hätte sämtliche Kabel zerschneiden können.
Laß uns ausziehen.
Und wohin?
Sie weiß es nicht.
Überall dasselbe, wenn man keinen Ring am Finger hat, man sieht ja, wohin man damit kommt, die Leute schlagen plötzlich zu. Ich sage, das ist nicht bewiesen. Sie sagt: Wer war es dann?
Die Garagisten in der nächsten Tankstelle kennen sich aus, das ist jetzt der fünfte oder sechste Anschlag dieser Art in der Gegend, bis jetzt hat keiner den Mann gesehen, man weiß nur, wie er es macht, Kabel rausziehen, manchmal alles zerreißen, Klinken rausbrechen, dann ist er zufrieden. Wie sie das sagen, zufrieden, der braucht das, der spritzt in die Hose, wenn er so eine Klinke abreißt, immer Frauen am Steuer dieser Wagen, die anderen Wagen kann er nicht gebrauchen, die Garagisten lachen, da knackt es nicht richtig. Sie können nicht helfen, sie sind beschäftigt, sie wollen uns einen Schraubenzieher leihen. Wenn es damit nicht geht, dann bleibt nur eins, den Touring Club Suisse anrufen, aber der kassiert sofort eine Stange Geld, wenn man nicht Mitglied ist, manchmal braucht man einen ganzen Tag, um die Kabel wieder zu ordnen, die Garagisten wissen, wie es ist, wenn man plötzlich nicht vor und nicht zurück kann.
Vielleicht?
Vielleicht ist es einer von ihren Leuten, Frau Bjarsch hat

ihm gesagt, mach das mal schnell für mich, so und so, vielleicht kriegt er ein Trinkgeld dafür, der Kramarz mit seinen Riegeln, aber das ist ein alter Mann, die Klinke ist glatt abgerissen, das war einer, der zupacken kann. Der TCS schickt seinen gelben Wagen, dann öffnet der Fahrer die Tür mit einem Schraubenzieher. Sie kommen immer und überall, sie läßt sich aber noch aus einem anderen Grund als Mitglied einschreiben: aus Angst. Sie hat auf etwas gewartet, einmal hat sie es abschütteln können, damals, vor Jahren, als der Mann nachts im Park hinter ihr herlief, das Keuchen, das sie nicht vergessen hat, ist auf einmal wieder da, die Masse hinter ihr, ohne Gesicht, aber Hände, ausgestreckte Finger, es ist lange her, und man glaubt, man ist in Sicherheit, man tut alles, um in Sicherheit zu sein, aber dann hat man doch nicht alles getan, sonst wäre es ja nicht so gekommen. Die Rolläden müssen repariert werden, sofort, zwei Rolläden schließen nicht mehr, sie würde nicht eine Nacht allein in der Wohnung verbringen.
Wer?
Wer?
Einer, der sich auskennt, der dazugehört. Das ist einer von diesen Beweisen, die sie da oben ständig anfertigen. Selbst wenn sie jetzt nichts mit diesem Anschlag zu tun haben, es bleibt ein Beweis, das ist es ja, daß wir es so oder so akzeptieren müssen.
Bisaz heißt der Zeitungsmann, diese kehlige Stimme, das tägliche Rappeln seines Gestells, einen Münsterländer Hühnerhund will er haben, der Mann will doch einen harmlosen Eindruck machen mit diesem Gerede von Hundeliebe und so, und dann diese hinterhältige Bemerkung, als er mit den Schwestern sprach: Ja, ich habe schon gemerkt, daß da unten etwas nicht in Ordnung ist. Den werde ich im Auge behalten, wann bringt er die Abendausgabe? und die Morgenausgabe? im Dunkel, in aller Frühe, wenn die Straße noch

menschenleer ist, der ist kräftig genug, um so eine Klinke im Vorbeigehen abzureißen, das ist einer, der steht auf der richtigen Seite, da können sie so verdammt treu sein, da halten sie zusammen, ich werde Stichproben machen. Ja, meinetwegen, wenn das so einfach wäre, die Koffer packen, weg, raus hier, aber sich so einfach geschlagen geben, von dieser Clique? jetzt sind wir lange genug hier, keinen Zentimeter geben wir auf, außerdem ist es unmöglich, du hängst doch an dem, was du hast, dieser Ramsch, was man so gefunden und angeschleppt hat, damit man es bewohnen kann, da und da, überall das Persönliche, die persönliche Geschichte, als würde das jemals, ein einziges Mal, liebevoll blinzeln, nichts, es könnte ebensogut auch ganz woanders stehen, ganz ohne dich, aber gerade deshalb hängt man ja dran, um zu verhindern, daß es in andere Hände fällt, es könnte ja sein, daß man plötzlich den Verstand verliert, wenn man nichts, gar nichts mehr in der Hand hat, nur noch die Wände ansehen kann, also bleiben wir, ja, wie all die andern, die auch so bleiben in den ausgestopften Zimmern.
Wenn es der Zeitungsmann war, dann kriege ich ihn irgendwann, dann geht die ganze Clique hoch, verlaß dich drauf, aber der ist schlau, der weiß, daß wir die Polizei nicht anrufen. Hast du ihm mal genau ins Gesicht gesehen? dieser Mund, der ständig etwas verarbeitet, und dann dieser geisterhafte Köter in seinem Kopf, man sagt ja, sie leihen Leute, die keine öffentliche Gefahr darstellen, in dieser Gegend für kleinere Arbeitsleistungen aus, die Leute bringen die Zeitung, arbeiten in Gärten, machen auch leichte Malerarbeiten und so weiter, alle haben gute Zensuren von der Anstalt, sie werden mit dem Taxi abgeholt, sagt man, und nach Feierabend wieder eingeliefert. Wenn es nur ein Witz ist, dann haben die Bewohner ihn hier erfunden, weil er stimmen könnte. Ja, wenn man nur so durch die Gegend spaziert, hinein und hinaus, dann kommt einer nicht aus dem Tritt.

Der Mann vom TCS hat auch gesagt, er kenne den Täter vom Hörensagen. Im Winter nehmen die Anschläge zu, Stiche in die Reifen, Schläge mit stumpfen Gegenständen auf die Wagen, geknickte oder verschwundene Scheibenwischer und so weiter, auf dem Stadtgebiet arbeiten zur Zeit mehrere Täter dieser Art. Er hat von sexuellen Motiven nichts gesagt, über den Mann, der jetzt zu uns gehört, sagte er nur noch, er unterscheide sich von den andern durch die saubere Methode.

Wenn man einfach zum Telefon gehen und sagen könnte: Kommen Sie, konzentrieren Sie sich nachts mehr auf dieses Gebiet, es sind keine Halluzinationen mehr wie bisher. Aber so, da zieht man den Kopf ein, wenn sie vorbeifahren. Sie sagt: Nennst du das Eine Wohnung haben?

In der Nacht bringen wir den Wagen in eine Seitenstraße. Der Täter ist unterwegs, er unterscheidet sich nicht von späten Fußgängern, die noch einmal Luft schnappen, ab und zu gehe ich vor die Tür und stelle mich an die Mauer, hinter Gebüsch und Hecke bin ich gut verborgen, ich warte auf einen, der seinen Hals nicht richtig vorbeiträgt, wenn er die Stelle erreicht, wo sonst der Wagen steht. Ich sehe ihr an, was sie denkt: daß wir dastehen mit leeren Händen, daß es zwecklos ist, die alte Gaspistole rauszuholen, ich lege sie trotzdem auf den Tisch, es ist immerhin ein brauchbarer Anblick im Zimmer.

Sie glaubt mir kein Wort. Ich habe anfangs nichts dagegen, ich mach das schon, aber das genügt irgendwann nicht mehr, ich sehe mich nach einer Art Kampfmaschine um, nach zwei Personen aus einem Guß, Schulter an Schulter oder schlimmstenfalls Rücken an Rücken, das sehe ich nirgendwo im Zimmer, sie sitzt auf dem Sofa und horcht auf

die Geräusche im Haus und auf der Straße, ich gebe zu, daß ich mit einem plötzlichen Ächzen, Splittern oder vielleicht einem kurzen Bersten rechne, wenn der Wagen wieder vor der Tür steht, versuchsweise, in der Hoffnung, daß es vielleicht nur ein einmaliger Anschlag war. Es wird so oder so zu spät sein, der Täter kann schnell im abschüssigen dunklen Gelände verschwinden.
Es ist ihre Idee: Wir könnten einen Zettel, eine Art Brief oder Botschaft an die Scheibe kleben, es geht auf Weihnachten zu: Es wird immer einsamer um Sie, kommen Sie zum Abendessen, wir besprechen alles in Ruhe, wir können schweigen, unter dem Baum wird ein neuer Hammer liegen, für die andern, Amen.
Dann ist sie wieder abwesend.
Wir müssen weg, sagt sie.
Sie will immer das andere, das andere. Wo ist das andere? Wie sieht es aus?
Ich sage Frau Bjarsch kein Wort über den Zwischenfall, vielleicht wartet sie darauf, damit sie sagen kann: Glauben Sie es jetzt? Abends beobachte ich, wie der Zeitungsmann die Straße überquert, es ist auffallend, wie er in der letzten Zeit den Kopf hebt und sich bemüht, durch die Bäume und das Gebüsch zu sehen. Oder hat er früher schon so den Kopf gehoben? Es ist nicht einfach, so steil zum Haus hinaufzusehen, man muß schon täglich einen Grund haben.
Heute sah die Nachbarin aus dem Haus gegenüber zu, wie Wela das Eis vom Wagenfenster schabte, die Frau hat nie ein Wort gesagt, plötzlich fängt sie an, ja, ja, ruft sie, im Winter geht alles schlechter. – Die Leute werden freundlich. Was hat das zu bedeuten?
Der Straßenzustand hat sich wegen der Schneefälle verschlechtert. Sie läßt den Wagen in der Straße stehen und fährt mit der Seilbahn. Der Schaffner hat genau gesehen, sagt sie, wie sie gekommen ist, der Wagen stand abfahrbereit

da, der Mann reißt doch sonst immer die Tür auf, wenn im letzten Moment noch ein Rock herein will, sie betont, er hat sich abgewandt, der mit dem falschen Haar, ein ekelhafter Ruck, Nacken runter, tief über das Steuer gebeugt ist er abgefahren. Er weiß doch, wie kalt es in der Station ist, warum hat er nicht gewartet? aber das ist noch nicht alles, mittags, als sie zurückkommt, steht er wieder da und sieht sie kommen, wieder der gleiche ekelhafte Ruck in seinen Schultern, und die erbärmliche Kiste schwebt bergauf, wieder mußte sie in der Kälte warten. Sie sagt: Das ist doch kein Zufall mehr, sie stecken alle unter einer Decke.
Es hat etwas mit diesem Keuchen zu tun, mit den ausgestreckten Fingern vor Jahren, jetzt der Ruck, das ölige Geräusch des Drahtseils, das Rattern in der Straße, wenn der Zeitungsbote kommt, er hat es nicht getan, das wäre zu einfach, aber er ist der einzige, den ich in dieser Sache verfolgen kann, ich brauche ihn. Sie hat recht, es ist eine Clique, gut verteilt auf die Seilbahn, die Straße, die Häuser, auf die Luft, die man atmet.
Wir sprechen von früher, wir stellen fest, daß wir Eltern hatten, sie warten auf Besuch, wenn sie noch nicht gestorben sind; der Fehler, auf Besuch zu warten, entstellt sie immer mehr, ich gehe nie nach Hause, wie man so sagt, damals hatten sie noch das schwarze Pferd im Ort, das war ein Tier, hinter dessen Arsch die Leute gut vorwärtskamen. Ich habe mich niedergelassen, der Wechsel wird mir nützen, sagt man, jede Reise hat einen guten Ruf, wenn man richtig einsteigt.
Wela ist ihnen an der Eisentür begegnet, ich war unterwegs, Frau Bjarsch hat gefragt: Was macht der Wagen? Fährt er gut?
Wieso hat sie nach dem Wagen gefragt? Das hat sie noch nie getan. Oder vielleicht früher, kann sein, es ist lange her, so gut wie nie.

Frau Bjarsch: Im Frühling fahren wir zusammen nach draußen, wenn die Sonne scheint, zu meinem Sohn, dann will ich Ihnen zeigen, was ich ihm aufgebaut habe, das ganze Areal am See. Haben wir alle Platz in Ihrem Wagen? Dann hat sie plötzlich gefragt: Wo ist der andere?
Welcher andere?
Der da unten.
Er ist in der Stadt, hat Wela gesagt.
Frau Bjarsch: Er geht wohl gern in die Stadt. Arbeitet er auch? Einen schönen Gruß an den Mann. Er soll noch lange leben.
Ein paar Tage vor Weihnachten haben sie angefangen, jeden Abend den Riegel an der Zwischentür vorzuschieben, morgens riegelt Elly wieder auf, wir haben ein paar Flaschen Wein und Bier im Keller, wir sind abends davon abgeschnitten, wenn wir nicht früh genug die Flaschen rausholen. Jetzt kommen die Schwestern herunter, sie schlurfen, sie treiben die zusammengerollten Hundehaare über die Fliesen, da, sagen sie, da sind sie, hier strählen sich die Säue, hier geht es ihnen gut.
Wir öffnen die Tür, bevor sie zuriegeln, wir fragen, warum sie auf einmal verriegeln und uns den Zugang zu den Vorräten versperren.
Frau Bjarsch: Was für Vorräte? Wir haben auch keine Vorräte.
Das ist so ein Moment, in dem ich alles, was ich von ihnen gelernt habe, anwende, die Wörter, die Lautstärke, ich tappe, latsche ein paar Schritte über die Fliesen, ich krümme den Nacken, damit sie sehen, wie gut ich ihnen gelungen bin. Hören Sie, jetzt machen wir mal reinen Tisch, sage ich zu Frau Bjarsch, jetzt will ich Ihnen mal sagen, was ich weiß. Die da, die läßt die Australier ins Haus. Ich habe gesehen, wie sie die Säue durch die Küchentür reinläßt. Glauben Sie mir, ich habe Augen im Kopf, hier riegelt sie zu,

und oben läßt sie die Australier rein, so macht sie das.
Elly sieht mir zu, friedlich, als habe ich mich ein für allemal auf die richtige Seite gestellt, dann schreit sie, lacht, schreit: Ja, Sie haben die Augen am Arschloch. Passen Sie auf, Sie kriegen noch Schläge von mir.
Sie läßt die Säue rein, ich hab's gesehen, ich kann Ihnen zeigen, wo es war.
Elly: Sie sind verrückt.
Ich kann Ihnen zeigen, wo sie sich die Fingernägel schneiden.
Ja, sagt Frau Bjarsch, Sie sind verrückt.
Ich frage Wela: Wer läßt die Australier ins Haus?
Die da.
Sie lachen.
Frau Bjarsch: Ihr seid beide verrückt.
Ich mache Ihnen einen Vorschlag. Sie riegeln die Tür nicht zu, und ich bringe Ihnen Weihnachten die Australier.
Elly: Die Tür wird zugemacht.
Hören Sie, wenn ich Ihnen die Australier bringe, was kriege ich dann?
Elly: Das kann er nicht, nein, nein, es gibt keine Versöhnung.
Da haben Sie recht. Was sollten wir machen, wir vier, wenn die Australier auf einmal nicht mehr da wären?
Elly: Nein, nein, es gibt keine Versöhnung.
Sie wollen beschwichtigen, es sei ja nur eine vorbeugende Maßnahme, wenn sie abends den Riegel vorschieben. Das ist gut für alle, sagt Elly, denn sie kommen, wenn der Herr mit dem Hund in den Wald geht, sie warten immer auf den günstigen Moment. Ich sehe ja von der Küche aus, wie Sie mit dem Hund den Weg hinaufgehen. Excüsi, dann haben Sie immer die kleine Pfeife dabei.
Was für eine Pfeife?
So eine Pfeife, zum Reinblasen.

Eine Flöte, sagt Frau Bjarsch.
Nein, so eine kleine Pfeife um den Hals.
Ja, das haben Sie gesehen, ich häng mir immer die Hundeleine um den Hals. Der Verschluß, ja, der blinkt so.
Elly sagt, warum sie sich so freuen: Wir haben gedacht, der Herr geht Hasen fangen.
Frau Bjarsch: Sind welche da? Was machen Sie damit?
Ich sage: Sie kennen mich aber gut, ich pfeif auf der Hundeleine, dann kommen die Hasen von allen Seiten.
Hajahjah, sie sind sehr zufrieden, sie finden, das ist die Art, sie kurz vor Weihnachten aufzuheitern, es sind ja keine leichten Tage, ja, wenn mein seliger Mann noch lebte. Wieder das tränenlose Schluchzen, das kurze Schweigen, dann macht sie weiter. Ja, jetzt haben wir bald Weihnachten und alles, ich meine, in der Stadt, die Waren, überall, jetzt sieht man die Hasen im Schaufenster.
Ellys Gelächter: Es ist doch nicht Ostern.
Du bist doch ein Idiot, sagt Frau Bjarsch, es muß doch nicht Ostern sein, wenn die Hasen im Schaufenster sind und bluten.

Die Gäste verscharrt, so und so oft dieselbe Einladung geschrien, der Besuch kam nicht; wenn er doch käme, endlich, nach all den Jahren, das wäre ein Tag, ein Leben im Haus. Jakobs Wagen in der Straße, Frau Bjarsch fährt zu den Enkeln am See, Elly bleibt und singt *Treuer Wächter Israel*, dann wieder Gemurmel, dann der alte Singsang Mach alles neu, machneu, der Hundeschwanz pocht auf dem Teppich, Afra kratzt, die Ekzeme bröckeln, heute schreit Elly nicht; wer den Singsang hört, soll gnädig sein, soll heute nicht kommen, die Figuren ruhen auf ihren Plätzen aus, bis Elly sie morgen wieder aufweckt: Augenmörder, komm doch, komm.

Sie haben mir einmal das steile Zierfenster an der Rückfront gezeigt, Butzenscheiben, eine Scheibe war gesprungen, ein alter Sprung, es waren die Australier, ja, gut, ich habe den beiden gesagt, sie sollen sich in acht nehmen: Nicht schreien, das zieht die Leute an. Manchmal rasselt eine Handvoll Splitt in den Garten, abends, wenn es dunkel genug ist und Elly schreit.

Ein gutes neues Jahr.
Ja, auch für Sie.
Ja, für uns alle.
Wela fragt, wie sie Weihnachten beschenkt worden sind.
Elly: Ich habe ein Nachthemd bekommen.
Die andere: Ich habe drei Nachthemden bekommen.
Jakob hält sich an die alte Rangordnung, er hat beide für die Nacht eingekleidet. Was hat er vor? Warum schenkt er ihnen nichts für den Tag?
Irgendwo hier oben, das weiß ich vom Hörensagen, beginnen Winter und Frühling ganz anders als auf dem übrigen Stadtgebiet. Es ist ein Garten, auf den Gartenwegen liegt Kies, die Frau, die hier wohnt, bringt den Kies ins Haus, bevor der erste Schnee fällt, sie wäscht den Kies, wäscht und wäscht, dann, an einem lauen Tag nach dem letzten Schnee, fängt sie an, den Kies wieder in den Garten zu tragen. Wenn er wieder daliegt, frisch gewaschen und wie neu, kann man sagen, sie ist für ihre Umgebung nicht gefährlich, es ist Frühling.
Anfang Januar haben zwei Männer geklingelt, sie standen mit kleinen Koffern vor der Tür, Hausierer, hat Elly gedacht, aber seit wann kommen sie zu zweit wie Jehovas Zeugen? Der eine war so haarig im Gesicht.
Was? sagt Frau Bjarsch und hat wieder den Unterton, mit

dem sie Elly auf das männerlose Leben anspricht. So genau hast du ihn angesehen?
Elly: Was soll ich denn machen, wenn sie dastehen? Ich muß sie doch ansehen. Das Kalb war ja bei mir, da sind sie nicht näher gekommen, aber die Henne hat gewedelt.
Sie wollten ins Haus, Italiener oder Spanier, Türken oder die vom Balkan, einer haariger als der andere, sie haben die Koffer nicht aufgemacht, sie haben gesagt, sie hätten alles im Koffer, was sie brauchten, zum Saubermachen im Haus, sie wollten das ganze Haus putzen, jetzt im Frühjahr, haben sie gesagt, die richtige Zeit, putzen, ja.
Waren sie auch bei Ihnen? fragt Elly.
Bei uns war keiner, wir haben sie nicht gesehen. Vielleicht waren sie da, und wir waren nicht zu Hause.
Frau Bjarsch: Sie müssen besser aufpassen. Lassen Sie keinen herein.
Sie spricht mit uns, als habe alles gerade erst angefangen, der erste Tag, der zweite Tag und so weiter, ja, Fremdkörper, sofort festnehmen.
Eine Runde nach der andern über den alten, vereisten Schnee, damit der Hund seine 15 Jährchen schafft, Flitter in den Bäumen, gefrorener Nebel, es rieselt in die Augen, manchmal habe ich den gefledderten Spazierstock dabei, um in den alten Schnee zu stoßen oder plötzlich dreinzuschlagen, damit die Stelle, genau diese Stelle knirscht, das reicht für die nächsten Meter. Der Wagen steht schon nächtelang wieder an seinem alten Platz. Einmal gefiel mir ein Passant nicht, die Art näherzukommen, dicht am Auto vorbei, und wie er dann langsam den Weg heraufkam, ein Mann um die fünfzig, langer Altmännermantel, Baskenmütze. Ich laß ihn vorbei, ich gebe ihm zehn, zwanzig Meter, mal sehen, wie er es aufnimmt, zwischendurch pfeife ich immer wieder dem Hund, damit der Mann das Pfeifen nicht los wird, ja, er fängt an, schneller zu gehen, sieht über die

Schulter, dann ist er weg, nach rechts abgebogen, ich sehe noch, wie er an der Seilbahnstation im tieferen Gelände verschwindet. Ich brauchte ihn, auch wenn es der falsche war, der vielleicht zu Hause gesagt hat, einer habe ihn mit so einem krankhaften Pfeifen verfolgt. Immerhin, es gibt noch Momente, die einen von Kopf bis Fuß erwärmen.
Ein andermal sehe ich, wie das Blaulicht auf mich zukommt, noch sind sie unten am Hügel, müssen noch in die Kurve, dann werden sie mich im Scheinwerfer haben, mitten auf dem Weg, in Höhe des Hauses, das sie so gut kennen, die telefonischen Anrufe, die Aussagen der Schwestern, im Moment keine besonderen Vorkommnisse, aber plötzlich eine Person auf dem Weg, dicht am Zaun, hat anscheinend das Haus beobachtet. Wer sind Sie, was machen Sie hier? Was soll man sagen, wenn sie bremsen? Ich wohne hier? Dann beweisen Sie das mal. Dann werden sie aussteigen und nach unten kommen, nein, der Weg ist menschenleer, ich laufe ein Stück in den Wald hinein, der Spaniel vor mir her, sie fahren vorbei, keine verdächtige Bewegung in Hausnähe, alles in guten Händen, wie die Streife es versprochen hat.

Zuerst sieht es so aus: Er hat die Stelle mit einem stumpfen Gegenstand getroffen. Nein, es war kein Schlag. Der Lack ist nicht gesplittert, die saubere Methode, der Mann hat sich aufgestützt und hat den rechten vorderen Kotflügel eingedrückt. Jetzt liege ich unter dem Wagen und habe ein Stück Latte mit einem Lappen umwickelt, ich schlage vorsichtig mit dem Hammer zu, Leute kommen vorbei, ich sehe aber keine Gesichter, nur die Schuhe; wenn sich einer bückt und gutnachbarlich fragt, was passiert ist, wird er nichts aus mir rausholen. Sie steht oben vor dem Haus, an der Mauer, sie macht keine zustimmende Handbewegung, nichts, während ich winke und damit sagen will, daß der Kotflügel wieder rund und glatt ist, ja, wir beseitigen sofort alle Anzeichen, die darauf hinweisen, daß etwas nicht in Ordnung ist, keine Blöße zeigen, zudecken, alles zudecken, so kommen wir durch. Vielleicht sollten wir ihm ein paar Zeilen schreiben, diesmal keine Einladung, es muß doch möglich sein, ihn in den Griff zu bekommen, zwei, drei Sätze auf der Schreibmaschine, er liest es, er sieht, wir sprechen mit ihm, ein paar Wörter, ganz allein für ihn, keine Polizei, nur diese paar Wörter, sachlich, menschlich, wie Einschüsse, ja, bloß nicht um Gnade betteln, das haben sie gern, das stärkt sie für den nächsten Schlag, den Text kleben wir ans Seitenfenster oder vielleicht besser an die Windschutzscheibe, wahrscheinlich kommt er von vorn, ja, das ist seine Handschrift, sich aufstemmen, der schwebt gern über der Sache, so ganz für sich. Wie kann man das schreiben?

Er muß sehen, daß wir ihn kennen, obwohl wir ihn nicht kennen, ich meine, warum er es macht, ihm so irgendwie auf die Schulter klopfen, das muß sitzen, vielleicht so: Ich kenne Sie. Nein, anders. Ich weiß, wer Sie sind. Das ist besser. Ja, ja.
Ich weiß, wer Sie sind.
Sie tun mir leid, weil Sie den Wagen nachts beschädigen. Sie sind krank. Beim 3. Mal muß ich Sie polizeilich melden.
Das sitzt noch nicht.
Sie sind krank, Sie tun mir leid. Aber beim 3. Mal muß ich Sie und so weiter.
Aus, lächerlich, es gibt keinen Text für ihn, unmöglich, sie sagt: Da ist noch was anderes. Sie an seiner Stelle, wenn sie das lesen würde *Krank, Sie sind krank,* sie würde alles zusammenschlagen, sofort.
Und wenn die Streife vorbeikommt und den Zettel sieht? Dann schreiben sie die Nummer auf, dann rufen sie an und fragen, was das zu bedeuten hat: Beim 3. Mal. Warum wir die anderen Fälle nicht gemeldet haben?
Und er? Er überlegt sich: Wenn sie mich kennen, warum schreiben sie dann den Zettel? Warum schreiben sie mir nicht mit der Post? Weil sie nicht wissen, wer ich bin, kein Gesicht, keine Adresse, nichts haben sie in der Hand, sie können nur Verrenkungen machen, sie haben keine ruhige Minute mehr, weiter so, bis sie aufeinander losgehen.
Es ist das Haus, sage ich, es ist alles so gekommen, weil wir hier sind, eins nach dem andern, die Wasserader, meinetwegen, es ist die Wasserader unterm Haus.
Gibst du auf?
Keine Antwort.
Ja, das ist gut, sagt sie, wir haben eine Wasserader unterm Teppich. Jetzt wissen wir alles.
Dann fängt sie an zu schreien, dreht sich ein paarmal im Kreis, hat die Arme hochgehoben und schreit, nein, lacht,

nein, mir macht sie nichts vor, sie hat immer das Ohr an die Wand gehalten, sie hat doch auch dafür gesorgt, daß wir uns immer mehr eingelebt haben, schrei nur, das bestätigt alles, schrei es zu, ja, zudecken, immer wieder untern Teppich damit und dann weiter, sie schreit: Jetzt fangen wir ganz von vorn an.

Eines Tages werde ich im Beisein der Schwestern wieder meine vertrauliche Handbewegung machen, vor der Haustür, die Temperaturen steigen, da, überall Knospen, jetzt wächst wieder alles zu. Wie geht es, gut, ja, wer macht den nächsten Zug?
In ihrem Küchenfenster neben der Haustür ist ein Ventilator eingebaut, er hat sich nie gedreht, seit wir eingezogen sind, das bleibt so, der Geruch von abgestandenem Kaffee, da geht er, sagen sie, weil sie mich durch die Gardine des Küchenfensters im Auge behalten, dann reißen sie die Tür auf und schreien es mir hinterher, daß er wieder unterwegs ist, mach weiter so, hier ist das Messer, komm, schreien sie, komm, da ist der Staat, abschneiden, alles, eines schönen Tages wird alles gut.
Regen, dann wieder Frost in diesem zähen ersten Monat des neuen Jahres, auf der Treppe von Professor Gandrian ist Glatteis, die Kinder, die zu Gandrian in die Psychotherapie gehen, kommen nicht wie sonst Hand in Hand mit ihren Eltern, im Vorbeigehen sieht man, wie gut sie heute im Gleichgewicht sind, auf dem Glatteis, unter ihnen, auf der Treppe, wanken diese verfrorenen, schweren, alten Personen in Wintermänteln, man sieht, wie die Kinder diese Leute an der Hand oder auch am Mantel hochziehen, später kommen die Männer vom Straßenamt und streuen Viehsalz, danach sieht man, daß die Leute ihre Kinder wieder im Griff haben.
Die Post hat Anfang des Jahres einen Baum gebracht, an

dem apfelähnliche Früchte hängen, ein Holzschnitt von Carlos Duss, Guten Tag und für das neue Jahr eine Lebendige Verbundenheit mit dem Herrn des Lebens, Sie sehen rechts von Ihm den Keimling, erkennen Sie sich? Wir danken Ihnen für Ihr Kommen und Gehen. *Wer in mir bleibt und ich in ihm, der bringt viele Frucht. Denn ohne mich könnt ihr nichts tun.*

Gestern hat sie dieses Essen gemacht, Fenchel und Schinken. Ganz am Anfang sind die Schwestern einmal runtergekommen und haben an der Tür geschnüffelt: Was kochen Sie da? Das dürfen Sie aber nicht kochen, es stinkt im ganzen Haus. Wir haben gesagt: Das sind wir nicht, sehen Sie mal den Nebel da draußen, das kommt jetzt im Herbst mit dem Nebel, aus den anderen Häusern, es kommt durch alle Ritzen, muß Fenchel sein oder so etwas, da können Sie nichts machen, das ist die Jahreszeit. Du bist auch so eine, du schnüffelst an den Mänteln, die in der Diele hängen, du glaubst, dein Haar stinkt nach Fenchel, kann sein, sie will raus aus dem Fenchelgeruch, wir haben gelüftet, das weiß sie, aber sie will nach draußen, weg, so weit wie möglich, heute will sie nicht im Haus sein.

Den ganzen Tag unterwegs, Hochnebelgrenze bei ca. 700 m, Zuger See, Fischessen, an der Hauswand hängt das Wetterschild für Besucher: Zuger Berg hell, Gubel nebelfrei. Die Karmeliterinnen haben auf dem Berg Gubel gebaut, schöne Anlage, viel Gartenerde und zufriedene Sperlinge, eine strategisch wichtige Höhe, in der Sonne stehen Radarschirme und Flugabwehrraketen, die schlanke nackte Sache am Gipfelkreuz steht noch auf einer festen Schneedecke, talwärts schon Wiese, man wird seine Haltung ändern, wem sagt man das?

Am Abend erzählen wir von einem Ausflug, wir wollten nicht im Haus bleiben, sagen wir, einen ganzen Tag lang wollten wir nicht da sein, wir danken sehr für den Abend

und das Abendessen, es geht uns besser, es ist spät geworden, jetzt müssen wir gehen.
Beim Aussteigen ist dieses Licht da, heller als sonst, vielleicht, weil wir so lange unterwegs waren, einen Tag lang haben wir die Gesichter nicht gesehen, nichts gehört, wir waren wie abgereist. Das ist das Licht wie immer, wenn Elly den Hund vor die Tür läßt, aber dann ist die Haustür weit auf, alle Lampen sind eingeschaltet, auf der obersten Treppenstufe steht ein Fremder. Nie vorher war so ein Licht im Hausinnern. Warum sind sie nicht an der Tür wie immer? Wo ist Afra?
Der Mann sagt: Wer sind Sie?
Wir wohnen hier. Was ist denn passiert?
Er sagt: Die beiden alten Frauen.
Hinter ihm andere Personen, mit etwas beschäftigt, das wir noch nicht erkennen, etwas auf dem Teppich, ausgestreckt, etwas flach im Schreibzimmer.
Er sagt: Vor einer halben Stunde.
Der Spaniel will ins Haus, irgendwo müssen sie sein, sie geben ihm Zwieback oder Knäckebrot, sie tätscheln ihm den Hintern, während er kaut, wo bleiben sie? Sie bringt ihn nach unten, schließt ab, zweimal dreht sie den Schlüssel um, dann gehen wir zusammen unter die Leute.
Das Blut in den Gesichtern ist schon geronnen, das Haar klebt an der Kopfhaut. Eine Decke, sagt eine Frau, ich brauche eine Decke, ich kenn mich hier nicht aus, sie frieren. Das ist Elly im Schreibzimmer, sie liegt mehr auf der Seite als auf dem Rücken, da sind die bespritzten Arme, Handgelenke, Finger, was immer so knochig und farblos war in den zu kurzen Wollärmeln, jetzt liegen die Hände übereinander, knotig, still vor der Schürze. Frau Bjarsch im Wohnzimmer, rücklings neben dem Fenster, Scheibe und Fensterrahmen bespritzt, ein Guß aus dem Kopf, Schlitze, Kerben in der Schädeldecke, die Tapete, die Fen-

sterbank, alles gesprenkelt, Blut, das nicht wie Blut aussieht, falsch und billig, das Gesicht kenne ich nicht, nie gesehen, den Kittel und die roten Pantoffeln erkenne ich wieder, plötzlich dieser Regen, dieses Sprühen im Zimmer, über die Augen, Finger, Strümpfe, Wände. Von der offenen Haustür kommt ständig der kalte Luftzug, sie macht den klebrigen Mund auf und zu, sie will in ihr warmes Bett, sie will ein Kissen unter dem Kopf haben, ein Fleck im Teppich, glitschig, wie feiner Schlamm rund um den Schädel, sie hat das Gebiß nicht mehr im Mund, ich frage sie, aber sie weiß nicht, was an der Haustür passierte, wie es anfing. Die Küche ist verwüstet, zerbrochene Steckkämme, ein halbes Brillengestell, das war Ellys Brille, an der Küchentür wieder so ein Guß, bis über die trüben Lappen, mit denen Elly das Fenster gegen den Scheinwerfer, den Phallus, verhängte. Auf dem Küchenschrank liegen die falschen Zähne aus dem Oberkiefer, ich habe Frau Bjarsch ein Kissen unter den Kopf geschoben, eins von den Sofakissen, die ich nicht berühren durfte, ich sah, wie das Kissen anfing, an ihrem Schädel zu saugen.
Ein Mann geht durch die Zimmer und macht ab und zu eine Eintragung ins Notizbuch, er sieht, daß vor dem Ankleidespiegel in der Diele der abgetrennte Bronzesockel der Gallélampe steht, der Sockel ist verbogen, der Rest der Lampe, die ihren Platz immer auf dem Schreibtisch hatte, liegt auf dem Küchenherd, der Lampenschirm ist zerschlagen, der Mann weiß nicht, was er beim Anblick der Bäuerin im Lampensockel, die auf dem Feld den Säugling stillt, eintragen soll. Er sagt: Das lag vor der Haustür, wissen Sie, wo es gestanden hat?
Ich sage: Fragen Sie mich nur, ich kenne mich hier aus, wir wohnen unten. Hat er damit zugeschlagen?
Ab und zu sehen wir uns unter all den Leuten. Einmal sagt sie: Ich gehe jetzt.

Jetzt sind sie alle da, zu spät, du kannst nicht mehr ausweichen, jetzt wissen sie, daß wir unten wohnen, sie geht nicht hinaus, wir machen weiter, bis sie fragen werden, seit wann wir da sind, ob wir nie etwas Verdächtiges bemerkt haben, nur ein paar Fragen, bleiben Sie in der Nähe.
Wer war es denn?
Einer?
Ein paar?
Wer?
Sie sind alle beschäftigt, die Frau sucht noch immer eine Decke, die anderen Zimmertüren sind abgeschlossen, alle, nirgendwo Schlüssel, Elly hat sie immer versteckt. Im Schreibzimmer steht eine Frau, die ich vom Ansehen kenne, sie wohnt im Haus schräg gegenüber, mittags ruft sie vom Balkon aus die gestreifte Katze nach Hause, die das rote Herzchen um den Hals trägt, alle wollen helfen, oder was wollen sie? das Licht, das offene Haus, man kann jetzt ein und aus gehen, Nachbarn, Frau Bjarschs Leute, sie werden aussagen.
Wissen Sie, was passiert ist?
Ich habe die Frau beobachtet, sie hat gar nicht richtig geholfen, wie soll ich sagen, sie hat nicht einen Moment die Hand ausgestreckt nach dem einen oder anderen blutigen Gesicht am Boden, in der Küche tritt sie auf die zerbrochenen Steckkämme, geht umher, als wäre da etwas, das ihr keiner nehmen kann, sie hat so einen Blick: Da sind Sie ja, das wissen Sie nicht? wo haben Sie gesteckt? warum haben Sie das nicht verhindert?
Dann sagt sie es übertrieben laut, man hört es, sie hat es doch schon in allen Zimmern gesagt, und ganz zuletzt muß sie es für den da auch noch sagen: Es war doch mein Sohn, ja, er war das.
Sie sagt: Sie kennen ihn doch.
Wir kennen ihn nicht.

Doch, Sie kennen ihn. Er wohnt im selben Haus wie wir, er hat diesen alten Volkswagen, wissen Sie, mein Sohn, er konnte ja nicht schlafen, vor ein paar Tagen hat es angefangen, aber wer denkt, daß es so weit geht. Der schwarze Volkswagen, der gehört ihm, der steht doch immer vor dem Haus, so ein Blonder, ja, das ist mein Sohn.
Das Lächeln, das ist ihr Sohn? er hat am Anfang versucht, mit dir ins Gespräch zu kommen, hat dieses schlechte Französisch gesprochen und hat später so aus der Entfernung gelächelt, dann die Liquidation im Haus des Chirurgen, da hat er einen Teppich gekauft, die Frau sagt: Kramarz, mein Mann hat den Frauen ab und zu geholfen, er hat die Riegel im Haus angebracht, das wissen Sie vielleicht. Mein Sohn war seit ein paar Tagen so verändert, er hat so wirr gesprochen, was er alles ändern will, von Grund auf, wissen Sie, das waren so seine Ideen. Wir haben ihm Valium gegeben, damit er schlafen kann, aber dann hat der Hund angefangen zu bellen, diese Afra, da ist er aufgesprungen und hat geschrien: Ich bin müde, ich will schlafen, jetzt schlag ich den Köter tot. Der Hund hat ja oft gebellt, und die Frauen haben geschrien, mein Sohn hat das immer gehört, das Schreien vor der Tür, laut genug war es ja. Dann ist er auf einmal über die Straße, im Pyjama, sein Bruder war noch da, er hat uns besucht, wir sind dann hinter ihm her, den Weg hoch, aber oben hat er sich beruhigt, die beiden Frauen haben ihn ja gekannt, sie mochten ihn gern. Dann sind wir zurückgegangen, ich habe noch gesagt: Sollen die drei Komischen sich doch unterhalten, die tun sich ja nichts. Wir waren schon wieder unten auf der Straße und wollten gerade ins Haus gehen, da ging das Geschrei los. Wir sind zurückgelaufen, aber da war schon alles vorbei, er stand da und war so müde, er hat nichts mehr gemacht, dann haben wir ihn ins Haus zurückgebracht, jetzt ist er unten, sie sind bei ihm, sie sprechen mit ihm. Dann sagt sie: Er ist

Assistent am Polytechnikum. Er kommt manchmal im weißen Kittel nach Hause. Mein Sohn ist Physiker.
Eine Krankenschwester ist da, sie trägt die gestreifte Schwesterntracht, das Gesicht habe ich schon mal gesehen, sie sagt, daß sie gerade vom Dienst zurückgekommen ist, sie wohnt im selben Haus wie er, die Wände sind dünn, er hat auch laut gesprochen, oft hat er Leute angerufen, Direktoren, Wissenschaftler, Mediziner, immer Leute von Rang hat er angerufen, er wollte mit ihnen seine Ideen diskutieren. Er hat sich die Leute im Telefonbuch ausgesucht, und wenn sie nicht mit ihm sprechen wollten, hat er sie angeschrien: Sie sind auch so ein Scheißer, ein Bünzli. Er hat geschrien, daß er den Hund totschlagen will, er hat aber auch geschrien, daß er die Bünzlis totschlagen will, alle, wie sie da sind. Die Krankenschwester sagt, er war so einer, ich weiß nicht, die Familie, sie haben ihm wohl gesagt, daß er jetzt beruflich weiterkommen muß, er ist ja verheiratet, beruflich hatte er wohl in letzter Zeit Probleme. Sie sagt zu mir: Wir kennen uns doch. Erinnern Sie sich? Wir haben im Sommer mit der Polizei gesprochen. Ich habe noch gesagt, daß sie da oben diese sexuellen Ideen haben. Das war ich.
Seine Mutter kommt aus der Küche und hat das alte schmierige Spültuch geholt, das ich oft in Ellys Hand gesehen habe, sie wischt über den blutigen Fensterrahmen, sie steht dicht neben Frau Bjarschs Füßen und arbeitet, er ist Physiker, sie hat es betont: Mein Sohn, auf dem Weg nach vorn, an die Spitze, und jetzt dieses Blut, überall haben sie es hingespritzt, sie haben alles verdorben mit diesem Blut. Sie hat diesem blutigen Plunder am Boden nichts zu sagen, sie wischt den Fensterrahmen ab.
Lautes Stöhnen, Ellys Stimme, noch einmal, sie hat es oft versucht, sich diesen tiefen abschreckenden Ton an der Küchentür zu geben, wenn sie in den Garten schrie, jetzt kommt dieser Laut vom Teppich, der Schäferhund hat die

Schnauze am Boden und tappt auf den blutigen Kopf zu, sie vertreiben den Hund, schwerfällig steigt er die Treppe hoch in den ersten Stock, wo alles ruhig ist. Elly will auf einem Stuhl sitzen, Leute, ach, ihr lieben Leute, setzt mich doch hin, laßt mich doch sitzen, das ist sie, sitzen, weitermachen, während die andere ins Bett kriechen will, Elly war immer die letzte, sie verrammelte die Türen, sie machte das Licht aus, sie rief beizeiten die Figuren herbei. Aber sie kommen und schnallen sie auf die Bahre, sie tragen erst Elly hinaus, die auf dem Weg durch den Korridor gegen das Schwanken der Bahre anheult, dann die andere, die still ist, als man sie festschnallt, die nur so im Vorbeikommen leise sagt, sie will nicht aus dem Haus, sie will das nicht.
Jakob ist nicht da, sie haben ihn noch nicht angerufen, ja, da ist ein Sohn, irgendwo, sie wissen seinen Namen nicht, haben den Sohn ab und zu gesehen, den amerikanischen Wagen vor dem Haus. Wela ruft ihn an, in unserer Wohnung, weil sie nicht unter den Leuten telefonieren will.
Jakob sagt auf seine Art, weit draußen: Es ist gut, danke, ich rufe jetzt oben an.
Es ist ein Zufall, ich stehe in der Nähe des Telefons, als es klingelt, ich sage ihm, daß sie den Mann haben, einer aus derselben Straße, der Sohn vom Kramarz, er ist plötzlich aus dem Haus gelaufen, jetzt sprechen sie mit ihm über das Motiv. Vor ein paar Minuten hat man sie weggebracht, er hat wahrscheinlich mit der Gallélampe zugeschlagen, das sage ich, damit er weiß, ich vertrete ihn, bis er kommt, mich können die Untersuchungsbeamten fragen, alles.
Da ist mein Mann, sagt die Mutter. Wir haben meinem Sohn das Valium gegeben, nicht wahr?
Ja, ja, er hatte ja seine Art und seinen Beruf, aber in letzter Zeit ging es nicht so richtig vorwärts.
Dann wechseln sie sich ab, in den Wörtern gehört er ihnen ganz allein, da ist er gerettet. Vielleicht, sagt sie, ich meine,

wenn man sich etwas vorzuwerfen hat, das fragen wir uns ja, vielleicht haben wir ihn etwas zu sehr gedrängt in den letzten Tagen, sich beruflich mehr zu konzentrieren. Vielleicht war das zuviel für ihn, er wollte ja mit allen Leuten sprechen, er hatte immer den Kopf voll davon, wie er das endlich ins reine bringen kann.
Der Vater: Da haben wir ihm das Valium gegeben, damit er mal wieder richtig schlafen kann.
Aber dann hat er vor ein paar Tagen den Anruf bekommen, eine Frau hat ihn angerufen, wir wissen nicht, wer sie ist. Von dem Tag an hat er nur noch diese Ideen gehabt, etwas richtigstellen, wie er gesagt hat, oder wie hat er gesagt? was er so tun wollte für die Gesellschaft, irgendwie wollte er es ganz anders machen, er ging aber nicht auf die Straße, wissen Sie, Demonstrationen oder so was, das glaube ich nicht. Weißt du etwas davon?
Der Vater: Nein, davon weiß ich nichts.
Sie sagt dann beiläufig: Er war vor Jahren einmal in der Anstalt.
Der Vater: Er war in Lausanne. Vor fünf Jahren.
Dann ging es ihm wieder gut. Bis jetzt, plötzlich hat es wieder angefangen.
Wie alt ist Ihr Sohn?
Er ist zweiunddreißig. Das war es ja, daß er sich nie konzentrieren konnte, aber wir haben es ihm nicht vorgeworfen. Wir haben nur gesagt, daß er ja mal weiterkommen muß. Wenn er Physiker ist, hat er doch viele Möglichkeiten. Sie haben ihn doch sicher in seinem weißen Kittel gesehen.
Ich habe nicht bemerkt, wie Jakob reingekommen ist, er spricht mit dem Kommissar, es ergibt sich so, daß wir uns in dieser Nacht nicht zu nahe kommen, immer sind ein paar Meter zwischen uns, ein paar Leute oder das Blut, die Scherben, die Reste der Haarkämme, die nassen Stellen im Teppich, einmal sagt Jakob im Vorbeigehen: Über den Hund sprechen wir dann noch.

Der Hund ist nicht mehr aus dem ersten Stock runtergekommen, seit sie ihn vertrieben haben, als er an dem blutigen Kopf im Schreibzimmer schnüffeln wollte. Ich höre, wie Frau Kramarz sagt: Er konnte nicht schlafen, sie haben ja vor der Haustür immer so geschrien.
Später sagt der Fotograf von der Spurensicherung in einer Arbeitspause: Wann hatte er den letzten Schub?
Vor fünf Jahren.
Der alte Mann: In Lausanne ist er gewesen.
Und so weiter, immer weiter rückt er weg, der Sohn, ein anderer nimmt seine Stelle ein, der, den die Leute jetzt zusammensetzen, um am Ende einen Täter zu haben, aber von dem sprechen die Eltern nicht, den kennen sie nicht.
Er sitzt jetzt auf einem Stuhl, man sieht ihn durch das vergitterte Türfenster, ein flacher Anbau, tiefer als das Straßenpflaster, das Gelände so abschüssig, daß man nur über Treppen, alte, körnige Steintreppen, zu den Häusern runterkommt. Das Türfenster ist geöffnet, in der Diele steht einer, der ihn weichmachen soll, hier wiederholt sich dieses helle Licht, in der Diele und im Zimmer, Licht ist immer das erste, womit sie sich helfen. Er sagt, daß er müde ist, beugt sich weit vor, nach rechts, nach links, dann zurück an die Lehne, wie Rumpfbeugen, Rumpfdrehen, er will jetzt schlafen, schlafen, dann antwortet er wieder, heftig, spricht seine Sätze, die er schon immer am Telefon gesprochen hat, er lacht, verteilt es mit den Händen, da habt ihr die Antwort auf den Fingern, da, in der Luft, überall, der Mann, der ihn weichmachen soll, läßt ihn sprechen.
Der Vater sagt: Der Herr macht das gut.
Der Anbau ist umstellt, sie stehen an jedem Fenster, junge Männer, nicht besonders kräftig, bieder, Handschuhe, Hüte, wie Passanten, die man gebeten hat, ein wenig aufzupassen.
Einer sagt: Ja, wir sind alle bewaffnet, jeder hat eine Pistole.
Einer fragt den Vater: Hat er Waffen bei sich?

Nein, sagt der Vater, nein, er hat einen Karabiner, auf dem Speicher, glaube ich, nein, er ist nicht bewaffnet.
Der Sohn fragt nicht nach seiner Frau, sie steht abseits und spricht mit einer anderen Frau, sie kommt nicht ein einziges Mal ins Licht, während wir vor dem Haus stehen, er fragt auch nicht nach den andern.
Der Vater sagt es wie ein Lob: Die Herren lassen sich Zeit, ich wundere mich, daß sie soviel Geduld haben.
Einer sagt: Wenn es so geht, mit Überreden, das ist uns schon lieber.

Jakob war im Spital, sie waren bei Bewußtsein, er hat kurz vor der Operation mit ihnen gesprochen, aber sie wissen nicht, was passiert ist. Elly hat wahrscheinlich einen Schädelbruch, man fand sie rechts neben der Eingangstreppe auf dem Zementbelag, der das Gitter des Luftschachts an der Hauswand einfaßt; diesen großen schmutzigen Fleck neben der Haustür hätte sie nie geduldet.
Es heißt, die Leute warten auf einen Spezialisten, notfalls, wenn sie alle Wörter verbraucht haben, sticht er ihm die Spritze durch das Hemd, sie haben den Sohn noch schnell für die Abreise angezogen, er trägt keinen Pyjama mehr, sie haben ihm die Krawatte umgebunden, früher steckte das Hemd besser in der Hose, wenn er über die Straße kam. Ein günstiger Moment, ich muß jetzt etwas fragen: Wissen Sie, kann es sein, daß er nachts unterwegs war, ohne daß Sie etwas davon wußten, ich meine, haben Sie nie etwas gehört, spät in der Nacht?
Er fuhr diesen heruntergekommenen Volkswagen, er wollte mit dir ins Gespräch kommen, daraus wurde nichts, zweimal hat er es deinem blanken Wagen zurückgegeben. War es nicht so? Einmal war die Türklinke an unserem Auto abgerissen, das zweite Mal war der Kotflügel eingedrückt.

Nein, nein, sagen sie schnell, das war er nicht, das macht er nicht. Wann war das? Nein, da war er nicht zu Hause, da waren sie in den Bergen, das wissen wir genau.
Beide Nächte in den Bergen? Aber ich frage nicht weiter, vielleicht glauben sie, daß sie zahlen sollen, eine Türklinke, ein Kotflügel, er war in den Bergen. Sie ist in unsere Wohnung gegangen und hat sich eingeschlossen, die Herren, wie Frau Bjarsch es nannte, sind fertig mit der Arbeit, morgen, sagt Jakob, kommt er mit seiner Frau vorbei, in dieser Nacht bleibt die Zwischentür zu den oberen Räumen geöffnet, falls noch irgend etwas sein sollte, ein Winseln vielleicht, aber der Hund hat Wasser im Napf. Sie will nicht dabeisein, wenn Jakob und ich allein in den Spritzern und Trümmern zurückbleiben. Wie macht ihr das? wie sprecht ihr miteinander? wie sprechen sie über mich, Frau, Fräulein? wer bin ich denn in diesem Haus? Er hat immer mit dir gesprochen, für ihn war ich nicht da, ich bin so eine, keinen Boden unter den Füßen, er weiß das, ich will nicht danebenstehen.
Es ist plötzlich ein stummes Haus, sie will auch nicht, daß ich noch einmal hinaufgehe. Was ist mit dem da unten? Noch immer Licht, so kriegen sie ihn nicht, er wartet, genau wie die andern, er wartet auf den Moment, wo sie nicht weiter wissen, dann sieht er plötzlich die Spritze, Wela hat von der Terrasse aus zugehört, wie er ihnen seine Ideen ins Gesicht geschrien hat. Der kommt wieder, er kennt ja den Weg, du wirst sehen, das sind Stümper, Idioten, Hilfsarbeiter, er reißt sich los, dann sind wir dran. Ich sage: Er kommt da nicht mehr raus, sie haben Pistolen, er kommt nicht weit, sie schießen in die Beine. Sie soll mit nach oben kommen, jetzt ist alles vorbei, jetzt können wir durchs Haus gehen, alles gehört jetzt uns. Sie zeigt mir ihre Finger, sie hat sich alle Fingernägel abgerissen, jetzt hat sie lächerliche stumpfe Mädchenfinger, sie beißt einen Nagelrest ab, der Finger beginnt zu bluten, sie riecht und schmeckt das eigene Blut

und das andere, das Blut auf dem Teppich, den Küchenfliesen, am Fensterrahmen; wenn sie es weiter vom Finger leckt, muß sie kotzen. Sie hat gesehen, wie die Frau mit dem Spüllappen über den Fensterlack gerieben hat, sie hat zu ihr gesagt, und sie hat gehört, wie lächerlich der Einwand war: Lassen Sie das lieber, die Polizei muß es rekonstruieren. Die Frau hat nicht zugehört. Jetzt bin ich allein hier oben, Jakob ist eine Nacht lang großzügig, er hat das Licht nicht ausgeschaltet, ich rufe dem Hund über die Treppe etwas zu, damit er weiß, daß ich es bin, wer? ich habe das nicht eingefädelt, ich habe nichts mit dem Täter zu tun, ich habe ihn nie gegrüßt, ein Passant wie alle andern, aber, was aber? nichts, ich habe ihn nicht gerufen, ich habe ihn höchstens, was habe ich? ich hielt es für möglich, wie soll ich sagen, daß etwas auf die eine oder andere Art unterwegs war, so wie ich ab und zu unterwegs war und gedacht habe, wie man das ins reine bringen könnte. Plötzlich, kein Geschrei mehr und keine Fremdkörper, eine Wohnung wie alle andern, gibt es das? Ich habe diesem Physiker die Tür nicht aufgemacht, das heißt, beschwören kann ich es nicht.

Jakob hat gesagt: Es stimmt nicht, was seine Eltern sagen, ich will nicht behaupten, daß sie lügen, was sagt man nicht alles in ihrer Situation, aber man läßt doch den Mann nicht einfach stehen, wenn er im Pyjama durch die Nacht läuft. Das Türschloß ist verbogen. Es ist nicht wahr, daß die drei noch zusammen gelacht haben, er hat sie sofort ins Haus getrieben, er hat sofort auf sie eingeschlagen. Sie sind im Salon zum Fenster gelaufen, ich nehme an, sie wollten das Fenster öffnen und nach Ihnen rufen.

Was hättest du gemacht, wenn wir zu Hause gewesen wären? hat sie gefragt, er war ja nicht aufzuhalten, der Spa-

niel, das Gebell, wir hätten gar nicht so tun können, als wären wir nicht zu Hause. Der Mann hätte hier unten weitergemacht, schon wegen der Idee, überall aufzuräumen.
Da liegt noch immer an derselben Stelle vor dem weißen Küchenschrank ein Stück von Ellys Brillengestell, daneben das unbeschädigte Brillenglas, ich setze es wieder ein, aber ich sehe nicht hindurch, ich weiß, die Brille war gut, Elly hat ja der andern aus der Zeitung vorgelesen, die Fremdkörper hatten mit der Brille nichts zu tun; ich nehme das Glas wieder heraus, für den Fall, daß die Polizei noch einmal kommt, oder für den Fall, daß Jakob ein gutes Auge hat und sieht, daß das Glas auf einmal wieder in der Fassung ist, ich lege das Gestell und das Glas wieder genau auf ihren Platz, ich habe nichts, gar nichts mit der Sache zu tun.
Sie ist noch da, lebensgroß in der Ecke, sie steht vor mir, aber sie ist kopflos, sie trägt den weißen Kittel, darüber hat sie den blauen Wintermantel gehängt, den sie trug, wenn sie draußen neue Beweise gegen uns sammelte, die Schneiderpuppe wird gut zu uns sein. Das heißt, wenn ich sie genauer ansehe, die Ähnlichkeit, muß ich da nicht sagen, ja, wir passen auf, wir glauben Ihnen alles. Aber zur Zeit, ich meine, jetzt kommt keiner mehr. Wer soll schon kommen? Es ist deine Angst, nicht meine. Aber warum überlege ich dann, ob ich nicht, für alle Fälle, ihre Gaspistole auf den Tisch legen soll? Ich meine, damit sie sieht, daß man etwas tut, auch wenn es lächerlich ist, sie fragt wieder: Ist er noch da? Das Licht brennt noch, sie verhandeln noch. Worauf warten wir? Die Geräusche waren schon immer da, das sind keine Schritte. Jakob hat das Haus verlassen, der Hund rührt sich nicht, ich gebe zu, gar nichts gebe ich zu, Angst, vor wem? leg dich hin, schlaf oder versuch es wenigstens, na schön, dann mach so weiter, ihren Platz einnehmen, bald schreien, aufeinander losgehen, damit wieder Leben in die Bude kommt, wir übernehmen alles, was dazugehört, es

fängt gut an, wir wollten Ruhe haben, wir haben uns das ab und zu ausgemalt, angefangen bei einem natürlichen Tod, die eine oder die andere, das wäre auch ein Ende gewesen, ein Sturz auf dem Glatteis, auf der Treppe, über die Mauer und so weiter, Ruhe, so eine wie jetzt, das haben sie uns dagelassen. Der Physiker wäre besser nicht gekommen, es war falsch von mir, ihm die Tür einen Spalt breit aufzumachen, denn solange sie über uns waren, hatten wir eine Chance, einen Köder, um von uns abzulenken. Vielleicht wollte er zu uns, er gab uns Zeichen, die Autoklinke, der Kotflügel, wir sind nicht darauf eingegangen, beim drittenmal wollte er zu uns, alles klarstellen, ja, auf seine Art, du liegst neben dem Stuhl, und dein ganzes Gesicht ist bespritzt. Früher hatten wir welche, die es zuerst traf, aber so was funktioniert nur einmal, leg dich hin, schlaf, morgen räumen die anderen auf.

Ich höre sie den ganzen Vormittag über mir, Küchenfliesen und Fensterrahmen können sie abseifen, aber aus dem Teppich kriegen sie es so schnell nicht raus. Sie hat es gern gesagt: Er folgt mir auf Schritt und Tritt, er geht mit keinem andern. Am frühen Morgen war ich bei dem Hund, aber er wollte nicht nach draußen. Sie haben Eimer und mehrere Mülltüten mit Abfall und Überbleibseln vollgestopft, sie haben Glück, daß es am Montag passiert ist, dienstags kommt die Müllabfuhr.
Jakob sagt, die Ärzte haben alles getan, bis 5 Uhr morgens wurde operiert, sie sind bei Bewußtsein, sie erinnern sich nicht, es ist im Moment kein Zimmer frei, man hat sie vorläufig in den Gang gestellt.
Die alten Frauen, sagt er, sie haben nie einem Menschen was getan, und sie muß es treffen. Er hätte ja auch woanders hingehen können, er hätte ja auch seine Eltern anfallen können. Es ist ein Zufall, daß es gerade hier passiert ist.
Mit dieser Ansicht habe ich nichts zu tun, sie kommt von draußen. Es ist kein Zufall, er hatte gar keine andere Wahl, dafür war von hier aus gesorgt, seit Jahren. Es ist nicht unsere Sache, das Jakob zu erklären, er könnte ja sagen: Mischen Sie sich da nicht ein. Finger weg von meiner Familie. Zu spät, er sorgt dafür, daß ich auch jetzt meinen Platz einnehme. Jakob faßt zusammen: Schmuck und Bargeld hat er an sich genommen, die Tageszeitung ist abbestellt, er sagt, es ist nicht sein Haus, sie hat mehrere Liegen-

schaften, vorläufig wird sich nichts ändern, die Miete wird in Zukunft an die Liegenschaftenabteilung überwiesen, er übergibt mir ein Heft Zahlungsscheine, fragt, ob wir von den vielen Zimmerpflanzen etwas übernehmen wollen, nein, danke, wir haben keine Pflanzen in der Wohnung, weiter, es ist nichts Wertvolles mehr im Haus, nur das Inventar, aber wer will das schon? Auf Türen und Schubladen stecken jetzt Schlüssel, im Gegensatz zu früher, falls noch einer kommt. Jakob will ihm das Aufbrechen ersparen, Sie sehen, es ist alles in Ordnung. Es ist nicht wahr, daß sie auf Bahren hinausgetragen wurden, sie sind jeden Abend zu Hause. Der Elektriker kommt in den nächsten Tagen und bringt eine Uhr an, nach 17 Uhr wird sich das Licht im Treppenhaus automatisch einschalten, kurz nach 23 Uhr wieder ausschalten, die Rolläden bleiben hochgezogen, damit man das Licht hinter den Fenstern sieht.
Wenn Schnee fällt, sagt Jakob, machen Sie bitte ein paar Fußspuren vor der Haustür. Alles andere macht ja die Uhr. Haben Sie sonst noch Fragen?
Später werden sie ins Pflegeheim kommen, da sind sie unter Kontrolle.
Vorläufig wird nicht verkauft.
Die neue Hausordnung wird Ihnen gut tun.
Das Vormundschaftsgericht wird sich damit befassen.
Die schweren Schläge auf den Kopf.
Ellys Hände sind gelähmt.
Man muß jetzt an die Zukunft denken.
Sehen Sie ab und zu mal in den Briefkasten draußen, hier ist der Schlüssel, und schmeißen Sie alles weg, die Reklame, das Papier, weg damit. Ich komme ab und zu vorbei, sonst haben Sie ja meine Telefonnummer.
Gehen Sie ab und zu mal ums Haus.
Im Zwischenraum hinter unserer Wohnungstür ist der Sicherungskasten, Jakob zeigt mir die Anlage. Das sind Sie,

sagt er und zeigt auf unseren Zähler und die Sicherungen, darunter eine Markierung, Schreibmaschinenschrift.
Sehen Sie, sagt er, das war früher das Personalhaus.
Auf dem dreckigen Papierstreifen steht: Gartenhalle.

Man kann ihnen den Hund nicht sofort nehmen, hat er gesagt, sie hängen an ihm, man muß schon eine Woche mit der Spritze warten. Er hat die Kantonspolizei angerufen, am Nachmittag schicken sie den Abdecker vorbei, der Mann ist in Zivil, auf der kurzen Strecke zum Wagen gleicht er einem Spaziergänger, der seinen Hund aus Liebe gemästet hat. Ich kenne mich, wir arbeiten Hand in Hand, im Frühjahr verwirrt es mich, wenn sich überall die Lebenszeichen vermehren, dann stecke ich meine zehn nackten ehrenwerten Finger in die Hosentasche und warte, bis der Schwindel vorbei ist, ja, ich habe mein Auskommen, ich bin der letzte, der einer Sache das Fell abzieht, ich habe den treuen Blick meiner Tiere.
Leichter Neuschnee.
Ich mache Fußspuren vor der Haustür, damit jeder sieht: Hier ist Leben, Unbefugte haben keinen Zutritt.

Tages-Anzeiger

Stadt Zürich
Unerklärliche Tat. Blinde Wut. Ein 32jähriger Physiker, der sich zur Zeit noch weiterbildet. Nur mit einem Pyjama bekleidet, verließ der Mann seine Wohnung. Der Besenstiel zerbrach. Nachher schlug er sie noch mit einem Metallaschenbecher und einer bronzenen Tischlampe. Der Angrei-

fer zog sich in seine Wohnung zurück. Als der Polizeioffizier Paul Furrer erschien, schaute der Physiker zum Fenster hinaus. Nach den Angaben des Polizeioffiziers Furrer befand sich bei der Tür der Greisinnen eine größere Blutlache, und überall waren Blutspritzer zu sehen. Die städtische Sanität mußte Gewalt anwenden, da sich der Täter einer Festnahme heftig widersetzte.

Annoncen

Todesanzeigen können für den folgenden Tag bis 19.45 Uhr aufgegeben werden.

Neue Zürcher Zeitung

Morgenausgabe
Der Physiker – er hat ein Diplom, jedoch noch keinen Doktortitel erworben – war nach Aussagen von Familienangehörigen schon während der ganzen letzten Woche unruhig gewesen. Der Täter war früher schon einmal in psychiatrischer Behandlung, doch hatte er noch nie zur Gefährlichkeit geneigt.

Das Wetter heute: Nebel. Darüber veränderlich bewölkt, leichter Niederschlag möglich.
Pegelstand des Zürichsees: 405,80 m.

Sie schreiben nichts über Geräusche oder Schritte oder Zwischenrufe der Nachbarn, sie haben ja keine Ahnung von der Schneeschmelze, das ist ein Nachtisch unter dem Eis, Karotten aus alten Männermägen, Brot und gekochter Reis von Witwen für die Vögel und Rehe, ich werde dem Köter pfeifen müssen, wenn das rauskommt, immer die Schnauze so tief am Boden, und plötzlich kaut er, was da seinen Winterschlaf gehalten hat, bis dahin, ich weiß nicht wann, darüber schreiben sie nichts, über Angst vor dem Dunkelwerden, über deine Art, so dazusitzen, die abgerissenen Fingernägel, ab und zu das Keuchen in Hausnähe, mal hier, mal da, ist da jemand? ein paar gibt es immer, die riechen, wann so ein Haus leersteht. Jakob sagt, die nächsten fünf Jahre kommt er nicht raus. Wer soll denn kommen? Aber das Licht muß brennen. Für wen? Früher war das Geschrei noch da. Bleiben Sie so, wie Sie sind, hat er gesagt, vor allem keine Schußwaffe, keine Nebengedanken, beweisen Sie mal die Notwehr, auch wenn es wirklich Notwehr ist, da kommen Sie nicht mehr raus. Ich habe ihm nichts davon gesagt, aber das mußte getan werden, wir wollen nicht mit leeren Händen dasitzen, wenn Besuch kommt, wenn es kratzt oder klopft oder die Klinke langsam runtergeht, jetzt kann man bei Dunkelwerden wenigstens sagen, wir haben alles getan, es war nicht schwer, den Browning zu besorgen, aber handlicher ist die alte gescheckte Harrington 6 mm, in der Blechdose sind 100 Schuß. Gute alte Familien in der Stadt haben das eine oder andere noch aus besseren Tagen, man schoß sich von einem Sonntag zum andern, als das Leben noch ein Sport war. Sollen sie kommen und fragen: Wie leben Sie hierzulande? Wenn ich den Daumen über die siebenschüssige Trommel ziehe, dreht sie sich geräuschlos und vertraulich.

Wir haben daran gedacht, sie im Spital zu besuchen, guten Tag, hören Sie, wir lassen keinen ins Haus, nie wieder. Aber

es geht nicht, wir stehen mit Blumen in der Tür, plötzlich erinnern sie sich und schreien: Da sind sie, die haben uns das Haus genommen.
Die Leute versuchen es mit Winken und Rufen über die Straße, Nachbarn, die in jener Nacht fest geschlafen haben, beim Lesen der Zeitung ist ihnen ein Verdacht gekommen, oder sie haben es vom Hörensagen, dann antworten wir ungefähr, nein, soviel wir wissen, sind sie oben, ja, gesund, warum nicht? hier kann es nicht gewesen sein, vielleicht etwas weiter weg. Später geben wir es vorsichtig zu, allmählich. Jakob war da: Sie kommen nicht wieder, sie verweigern die Nahrung. Der Zeitungsbote vermißt die guten Wörter an der Tür, er will wissen, wo sie sind, einmal ruft er mir von der Straße aus etwas zu, ich brauche aber nur einen Schritt zu machen, dann bin ich hinter der Terrassenmauer nicht mehr zu sehen.
Was wollen die wissen? Der Abdecker ist nicht gekommen, die Schwarte auf der Steintreppe war eben noch da, die Tür ging auf, das Licht brennt, was will man mehr? hier hat man Boden unter den Füßen, alles abgeseift, hier kann man sich frei bewegen, bald ist Frühling, auf Schritt und Tritt, Afra gibt Pfötchen, wir versetzen uns bei Dunkelwerden in unsere Lage, die Wände sind beseitigt, damit wir ein besseres Schußfeld haben. Wir sind zu Hause.